名家写名家

纷纷扰扰男女情

梁刚建 主编
李群 李聪 曹誉峰 黄善灵 编撰

中国广播电视出版社
CHINA RADIO & TELEVISION PUBLISHING HOUSE

图书在版编目（CIP）数据

纷纷扰扰男女情 / 李群等编撰. -- 北京 ：中国广播电视出版社，2013.2

（名家写名家 / 梁刚建主编）

ISBN 978-7-5043-6820-1

Ⅰ. ①纷… Ⅱ. ①李… Ⅲ. ①杂文集－中国－现代 Ⅳ. ①I266.1

中国版本图书馆CIP数据核字（2013）第000268号

纷纷扰扰男女情

梁刚建 主编 李 群 李 聪 曹誉峰 黄善灵 编撰

责任编辑 易 兰
装帧设计 嘉信一丁

出版发行 中国广播电视出版社
电 话 010-86093580 010-86093583
社 址 北京市西城区真武庙二条9号
邮 编 100045
网 址 www.crtp.com.cn
电子信箱 crtp8@sina.com

经 销 全国各地新华书店
印 刷 涿州市京南印刷厂

开 本 710毫米×1000毫米 1/16
字 数 235（千）字
印 张 14.75
版 次 2013年2月第1版 2013年2月第1次印刷

书 号 ISBN 978-7-5043-6820-1
定 价 29.80元

你在桥上看风景，看风景的人在桥下看你

文／曹鹏

本丛书中选收的回忆文章，都是名家们饱含感情写师友的精心之作，脍炙人口，可谓篇篇珠玑，编选者的工作只是用一条线把它们串在了一起而已。

这条线，除个别例外，有点像修辞里的顶针格，名家忆名家，后一个名家写前一个名家，更后的名家又写后一个名家。这种情景，可以借用卞之琳的名句“你在桥上看风景，看风景的人在桥下看你”来描绘。

一

回顾历史，从新文化运动到20世纪30年代乃至40年代，中国的文坛繁荣兴盛，名家名作硕果累累。民国的文人活得意气风发，虽然有战争，有动荡，有迫害，有贫穷，但在精神上是自由而健康的。这种文化上的生机勃勃在本书所收文章里反映得很清楚。

才学是文人彼此成为朋友的基础，这也就是所谓的共同语言，但与此同时，文人都有个性，甚至是极张扬或咄咄逼人的个性，这又是很多文人结怨成为对头的原因。

以鲁迅与郁达夫为例，他们的性格与为人处世的作风皆有天壤之别，可是两人交情甚好，鲁迅去世后，郁达夫写悼念文章也直言不讳两人性格的反差，鲁迅在世时也曾公开讲到这点。鲁迅在文章里写道：“对于达夫先生的嘱咐，我是常常‘漫应之曰：那是可以的’的。直白的说罢，我一向很回避创造社里的人物。这也不只因为历来特别的攻击我，甚而至于施行人身攻击的缘故，大半倒在他们的一副‘创造’脸。虽然他们之中，后来有的化为隐士，有的化为富翁，有的化为实践的革命者，有的也化为奸细，而在‘创造’这一面大纛

之下的时候，却总是神气十足，好像连出汗打嚏，也全是‘创造’似的。我和达夫先生见面得最早，脸上也看不出那么一种创造气，所以相遇之际，就随便谈谈；对于文学的意见，我们恐怕是不能一致的罢，然而所谈的大抵是空话。但这样的就熟识了，我有时要求他写一篇文章，他一定如约寄来，则他希望我做一点东西，我当然应该漫应曰可以。但应而至于‘漫’，我已经懒散得多了。”（鲁迅《伪自由书·前记》）

用现在的眼光看，民国文坛的斗争激烈，鲁迅更是以战士的姿态，攻击过一大批论敌，可是，当时光的尘埃落定之后，后人看得越来越清楚，即使是鲁迅骂得最不堪的章士钊、梁实秋、陈西滢、顾颉刚，也都是青史留名的杰出学者，学术成就与贡献有的甚至不在鲁迅之下，这倒有些像武侠评书里英雄所标榜的“刀下不斩无名之鬼”！不学无术的草包与混混，在民国文坛是没有立足之地的，不光没机会成为鲁迅这样的人物的朋友或学生，甚至没机会成为敌人或对手。

曹丕有句名言“文人相轻自古而然”，同是文人，相轻虽不可取，但也还可以理解；可怕的是那些自己并非文人的对文人“轻”起来，也就是武大郎开店“狗眼看人低”高人莫来的嫉贤妒能，才是妨害文化学术的邪恶力量。不幸的是，现实中这种情况并不罕见。

二

鲁迅对青年的感情，如同萧红用女性特有的直觉指出的，是一种“母性”，也就是发自内心的爱护与关心，在力所能及时给予机会与帮助，从精神到物质，自发的不求回报的付出。这也是多子女家庭里长子的角色所决定的性格特点。虽然鲁迅经常委婉地抱怨有青年学生不仅不感恩报恩，甚至会反目成仇或算计师长，如高长虹、李小峰，但是他对待青年还是一片热心。

鲁迅在民国文坛是叱咤风云的领袖、旗手，他在身后更享有极高的地位，甚至被神化了，这一方面是因为他的作品有思想性与艺术性，另一方面，也是因为他在青年中的声望与人气。1936年10月19日他逝世后，《大公报》发表一篇相对客观的小评论，言语中对鲁迅的成就有所褒贬，编辑萧乾为此不惜与大公报负责人撕破脸抗争，由此可见鲁迅的形象何等神圣不容侵犯。鲁迅的葬礼之隆重，在民国文坛是一件轰动全国的大事，在当时重丧的社会背景下，葬礼大都要靠家庭张罗，大操大办往往要付出倾家荡产的代价，如“旧王孙”溥儒葬母那样，而鲁迅遗属孤儿寡妇根本没有经济上与精力上的条件大办丧事，事实上，鲁迅能备享哀荣，除了他的朋友们出面，更多的靠的就是学生一辈的青年。

鲁迅对文学工作者的影响是至深至大的，孙犁就是一个例子，他对鲁迅心悦诚服，几乎亦步亦趋，他在成名后甚至按鲁迅日记所附购书账，逐一照单全收地订购图书。孙犁学习鲁迅的作风，培植了一批青年作家，形成了以孙犁为首的荷花淀派。

孙犁提携过的文学青年，最著名的要数莫言了。在莫言还在当兵刚尝试业余创作时的1984年4月，孙犁为《天津日报》写了一篇《读小说札记》，其中有这样一段话："去年的一期《莲池》，登了莫言的一篇小说，题为《民间音乐》。我读过后，觉得写得不错。"当年孙犁在中国文坛有一言兴邦的影响，所以，莫言自己说："几个月后，我拿着孙犁先生的文章和《民间音乐》敲开了解放军艺术学院的大门，从此走上了文学之路。"

2012年10月，莫言获得了诺贝尔文学奖的消息发布，姑且不论此奖的价值与份量如何，作为中国大陆作家第一个得奖者，莫言得到了空前的成功。这在1984年孙犁写那篇文章时，肯定是没预料到的，他的一句话，成就了一个诺贝尔文学奖获得者。当时评不评发表在地级市文学刊物上的一个青年作者的作品，在孙犁是可有可无之事，可以说，孙犁评莫言，只是兴之所致的偶然，不过，偶然多了，就有必然，所以，对于青年与学生，能多给一些提携与帮助，在长者、尊者、为人师者，是责任与义务，广种薄收，甚至广种未收，也比不种要好得多。

成功者耕耘也许不需要回报，但是收获时人们会更尊敬播种者。

三

同是帮助晚辈后生，效果都是"一经品题身价百倍"或"鲤鱼跃龙门"的大恩，帮助者的态度不同，对被帮助者来说感情也就不同。乔治·奥威尔在《我为什么要写作》一书有句意味深长的话："慷慨大度与抠门小气一样令人不好受，感激涕零和忘恩负义一样令人憎恶。"写尽了师生或朋友或亲戚之间，在精神上、心理上的微妙复杂关系。这也许可以解释郁达夫与沈从文的关系。

郁达夫写下了著名的《给一位文学青年的公开状》，不久，他把沈从文介绍给当时著名的《晨报副刊》的主编。一个月后，沈从文的处女作《一封未曾付邮的信》在《晨报副刊》上发表。后来，他又介绍沈从文与徐志摩相识，沈从文因此得到徐志摩的赏识和提携。

在《给一位文学青年的公开状》里，与其说是对文学新人沈从文的肯定与鼓励支持，不如说是浇冷水，文章显露的是郁达夫特有的不加掩饰的优越感与悲天悯人情怀，在这里沈从文只不过是一个大文豪借以发愤世嫉俗的议论的可怜道具。对于自尊心极强的人来说，有时帮助过自己的人也许正是最蔑视自己的人，这样的关系真是无可奈何。1936年，《从文小说习作选》出版时，沈从文在代序里写下了一段文字："这样一本厚厚的书能够和你们见面，需要出版者的勇气，同时还有几个人，特别值得记忆，我也想向你们提提：徐志摩先生，胡适之先生，林宰平先生，郁达夫先生……这十年来没有他们对我的种种帮助和鼓励，这本集子里的作品不会产生，不会存在。"这种表述方法耐人寻味。现今社会，人名排列成为一门学问，特别是在报纸与广播电视新闻上，顺序谁先谁后，讲究大得很，别武断地把这贬斥为形式主义官本位作风，要知道，中国的国情确实有通过先后顺序字里行间皮里阳秋的传统。特别是在文人写文人时，字句的掂量推敲会格外用心。

沈从文是一个高产的作家，他的小说与散文发表数量巨大，可是，就我有限的阅读范围所及，他没有留下关于郁达夫的回忆或纪念、追悼文章。相比之下，他写过悼念徐志摩的文章。沈从文写过一篇评论文章，把郁达夫与张资平合论——沈从文是精研《史记》的，对太史公的笔法颇多体悟，这篇虽非老子与韩非合传体例，但鉴于当时张资平在文坛的口碑以及后来的形象，把郁达夫与张资平并列论述，已经是春秋笔法，明显不全是敬意。

沈从文对郁达夫的侄女郁风谈起郁达夫，因为是对恩人的晚辈，言辞中肯定会表达知遇感恩之情，这也是一个有教养的长者应有的礼数。也许我是强作解人，我认为，对于作家与学者，还是文章与著作中的评价更能表明真实感情与态度。在书面上不置一辞，或写一篇可以作字里行间解读的文章，同样是一种评价。

四

巴金与沈从文是挚友，他们都既是文学报刊编辑又是小说散文作家，可谓志同道合。因此，巴金笔下的沈从文，就与郁达夫笔下的鲁迅异曲同工。在交情友谊之外，巴金对沈从文的推崇是不遗余力的，同时，也对沈从文在新中国成立后的被边缘化与受到的不公正待遇，予以声援。

从五十年代开始，文人学者在各种运动中受打击迫害，成为司空见惯寻常事，在人人自危的环境中，很少有谁敢于仗义直言。巴金晚年致力于反思自己与“文革”对中国文化的破坏性影响，因此，他悼念沈从文的文章，表达的不仅是个人感情，还有着左拉“我控诉”的义愤。他对沈从文逝世后国内报道既晚又简短表示谴责，实际上，之所以出现这种情况，还真不是有什么指示或精神在发挥作用，而只是在当时的社会状态下，演艺明星与富豪老板才是热点，新闻业实际上已经失去对文化学术人物的关注兴趣。这也算是“文革”后遗症吧。

五

在作者与回忆文章的主人公是朋友或夫妻时，视角不会是仰视，而是平视——反而更接近真实面貌。同样回忆鲁迅，萧红是高山仰止体，虽然很生动、亲切，但更多程度上可能是年轻女作家带着有色眼镜满怀敬慕的感情看到的鲁迅，不由自主的美化了。而郁达夫笔下的鲁迅，更可信，也更平凡与生活化。郁达夫当时在中国文坛上的地位不在鲁迅之下，所以，在沉痛悼念时，也只是把鲁迅作为一个平等的人来描写，事实上，隐然其间的甚至会有一些优越感，如郁达夫写他为鲁迅的版权纠纷而专程跑去上海交涉，显然是帮鲁迅而不是受鲁迅帮。当然，这有违“施人慎勿念，受恩慎勿忘”的古训。不过，郁达夫是性情中人，才华横溢，清狂自大，本来也不是传统意义上的规规矩矩谦谦君子。

端木蕻良写鲁迅是无限景仰，而写萧红却是平等的态度，有很明显的悼亡体色彩，他晚年还写了几篇诗词悼念萧红，这背后有舆论压力太大的因素，他与萧红的结合，以及萧红的不幸早逝，物议颇多。

汪曾祺写沈从文的回忆文章有很多篇，而汪曾祺的全集也只不厚的八册，说明其写作产量并不高，可见师生二人的恩情之深，遗憾的是沈从文未能活到获诺贝尔文学奖，否则，汪曾祺写沈从文的文章肯定还要多得多。就我个人而言，认为沈从文获诺贝尔文学奖更为实至名归，于国于民也更有益。

汪曾祺与端木蕻良是单位同事兼好友，惺惺相惜，话说得很有分寸，而又极到位，他说端木蕻良写画家王梦白的文章好，可是我翻了几本端木蕻良的散文选，居然无一收有此篇。汪曾祺的眼光，在文学与绘画这个题材上，那是没什么可说的。也只有在悼念端木蕻良的文章里，汪曾祺一反自嘲的低调风格，借老舍的话，抬了自己一回，老舍说：“我在（北京）市文联，只‘怕’两个人，一个是端木，一个是汪曾祺！”他用直接引语引用老舍的话说到这儿，下面还有一句："端木书读得比我多，学问比我大。"这显然是怕的理由，但老舍先生怕汪曾祺的又是什么呢，汪曾祺先生涵养超众，没明说！

六

要了解一个历史人物，读同时代人回忆他的文章比读他的正式传记要轻松有趣得多，而且，回忆文章往往文字更生动、更真实，这是因为，传记无论是自己写还是别人写，都不免一本正经、结构完整、穿靴戴帽，而回忆文章则没有这样的负担，可以有话则长、无话则短，只写作者最感兴趣的内容。

出于阴差阳错的机缘，我这几年为出版社编选了三种汪曾祺的集子，先后写了五六篇关于汪曾祺的文章，盘点一番，汪曾祺竟然是我为之写过文章最多的前辈作家，而有必要如实禀报读者的是，我接触阅读汪曾祺已经很晚，同时汪曾祺也并不是我对其作品用功最多的前辈作家，所以从不敢以汪曾祺研究专家自居，我也没有机会与汪老先生谋面。故而，我虽然曾一再用"青山多妩媚"来形容自己对汪曾祺的敬仰爱慕或欣赏，但自己明白差不多相当于雾里看花，实在是不敢说已经清楚了。我只不过是把自己的一些观感与印象写出来而已。

作为编选者，我自己对这套书里所收诸篇都是非常爱读的，能有机会将这些文章结集出版，视为莫大的乐事，为了体例上的完整，将我所写的关于汪曾祺的浅陋文字附在我编的这一册的后面，这样，书里每位人物就都有了被评说的文字，至于狗尾续貂之讥，则非所计也。

2012年12月1日写于北京闲闲堂

第一篇

张爱玲与胡兰成

——因为懂得，所以慈悲

张爱玲（1920～1995年），中国现代作家，本名张煐。1920年9月30日出生在上海公共租界西区的麦根路313号的一幢建于清末的仿西式豪宅中。张爱玲的家世显赫，祖父张佩纶是清末名臣，祖母李菊耦是朝廷重臣李鸿章的长女。张爱玲一生创作大量文学作品，类型包括小说、散文、电影剧本以及文学论著，她的书信也被人们作为著作的一部分加以研究。1944年张爱玲结识作家胡兰成与之交往。1973年，张爱玲定居洛杉矶，1995年9月8日，张爱玲的房东发现她逝世于加州韦斯特伍德市罗彻斯特大道的公寓，终年75岁，死因为动脉硬化心血管病。

张爱玲

胡兰成（1906～1981年），中国近代作家，争议性人物。因卖国社论《战难，和亦不易》，受汪精卫妻陈璧君赏识，成为《中华日报》总主笔。从此，开始替汪精卫的亲日伪政权服务，1940年汪伪政府成立，胡兰成任宣传部常务副部长、法制局长、《大楚报》主笔。1944年与张爱玲结婚，1947年与张爱玲离婚。这一段短暂婚史为人津津乐道。他晚年出版了《今生今世》，详细地描写了他在爱情与政治上摇摆的个性。时至今日，《今生今世》中描写张爱玲的那章《民国女子》仍成为研究“张学”的重要资料。

胡兰成

张爱玲与胡兰成的感情纠葛一向是最受关注也是最受争议的。

胡兰成因为看了《封锁》的缘故，对张爱玲的才华颇为欣赏，便从苏青处弄来了她的地址，设法与爱玲接触。两人初见，可以说是一见如故，一谈就是五个多小时，两人接触得多了，便渐渐地萌生了爱情。不久，胡兰成的第二任妻子与之离婚，紧接着，胡兰成便与张爱玲成婚。婚礼是不正式的，一纸婚书为凭，上书“胡兰成与张爱玲签订终身，结为夫妇。愿使岁月静好，现世安稳”，张爱玲写的是“签订终身”，胡兰成写的是“岁月静好，现世安稳”，从一开始便写下了结局。果然，战乱一来，张胡二人分离，胡兰成耐不住寂寞，便先后与两个女人“私定终身”，全然无视张爱玲的存在。倒也不是说胡兰成已然不爱张爱玲了，只是似乎他更愿意同时爱着好几个女人。可张爱玲爱的是胡兰成一个，如此滥情寡义，谁能忍受呢？于是，张爱玲离开了胡兰成，两人再也没有见面。张爱玲对这份感情没有写下只言片语，胡兰成呢，在他的《今生今世》里写了8位与之有关系的女子，张爱玲只是其中一个而已。

一见倾情　一世孽缘

1944年初春某天，胡兰成在南京一座庭院的草坪上，翻看着《天地》第11期。他被一篇题为《封锁》的小说深深吸引，被作者干练细腻的笔调所震惊。几天后回到上海，胡兰成立即去拜访其文作者张爱玲。首次登门他却碰了壁，只得从门缝中塞进了一张纸条，写下自己的电话，悻悻而归。第二天，张爱玲给胡兰成打电话，告诉他要上门拜访。就这样，张爱玲与胡兰成，一个当时上海最负盛名的女作家与一个汪伪政府的要员，在乱世之中相识、相知、相恋。不久后，因为身处异地，更因为胡兰成的滥爱，二人分道扬镳。正是这短短的一段爱情生活，给张爱玲以后的人生染上了灰暗的色彩。

张爱玲记（节选）

文／胡兰成

…………

我一见张爱玲的人，只觉与我所想的全不对。她进来客厅里，似乎她的人太大，坐在那里，又幼稚可怜相，待说她是个女学生，又连女学生的成熟亦没有。我甚至怕她生活贫寒，心里想战时文化人原来苦，但她又不能使我当她是个作家。

张爱玲的顶天立地，世界都要起六种震动。是我的客厅今天变得不合适了。她原极讲究衣裳，但她是个新来到世上的人，世人各种身份有各种值钱的衣料，而对于她则世上的东西都还未有品级。她又像十七八岁正在成长中，身体与衣裳彼此叛逆。她的神情，是小女孩放学回家，路上一人独行，肚里在想甚么心事，遇见小同学叫她，她亦不理，她脸上的那种正经样子。

她的亦不是生命力强，亦不是魅惑力，但我觉得面前都是她的人。我连不以为她是美的，竟是并不喜欢她，还只怕伤害她。美是个观念，必定如何如何，连对于美的喜欢亦有定型的感情，必定如何如何，张爱玲却把我的这些全打翻了。我常时以为很懂得了甚么叫惊艳，遇到真事，却艳亦不是那艳法，惊亦不是那惊法。

我竟是要和爱玲斗，向她批评今时流行作品，又说她的文章好在哪里，还讲我在南京的事情，因为在她面前，我才如此分明的有了我自己。我而且问她每月写稿的收入，听她很老实的回答。初次见面，人家又是小姐，问到这些是失礼的，但是对着好人，珍惜之意亦只能是关心她的身体与生活。

张爱玲亦会孜孜的只管听我说，在客厅里一坐五小时，她也一般的糊涂可笑。我的惊艳是还在懂得她之前，所以她喜欢，因为我这真是无条件。而她的喜欢，亦是还在晓得她自己的感情之前。这样奇怪，不晓得不懂得亦可以是知音。

后来我送她到弄堂口，两人并肩走，我说："你的身材这样高，这怎么可以？"只这一声就把两人说得这样近，张爱玲很诧异，几乎要起反感了，但是真的非常好。

…………

回家我写了第一封信给张爱玲，竟写成了像五四时代的新诗，一般幼稚可笑，张爱玲也诧异，我还自己以为好。都是张爱玲之故，使我后来想起就要觉得难为情。但我信里说她谦逊，却道着了她，她回信说我"因为懂得，所以慈悲"。

冷眼看世的张爱玲

从此我每隔一天必去看她。才去看了她三四回，张爱玲忽然很烦恼，而且凄凉。女子一爱了人，是会有这种委屈的。她送来一张字条，叫我不要再去看她，但我不觉得世上会有甚么事冲犯，当日仍又去看她，而她见了我亦仍又欢喜。以后索性变得天天都去看她了。

因为我说起登在《天地》上的那张照相，翌日她便取出给我，背后还写有字：

“见了他，她变得很低很低，低到尘埃里，但她心里是欢喜的，从尘埃里开出花来。”她这送相片，好像吴季札赠剑，依我自己的例来推测，那徐君亦不过是爱悦，却未必有要的意思。张爱玲是知道我喜爱，你既喜爱，我就给了你，我把相片给你，我亦是欢喜的。而我亦只端然的接受，没有神魂颠倒。各种感情与思想可以只是一个好，这好字的境界是还在感情与思念之先，但有意义，而不是甚么的意义，且连喜怒哀乐都还没有名字。

…………

我们两人在一起时，只是说话说不完。在爱玲面前，我想说些甚么都像生手拉胡琴，辛苦吃力，仍道不着正字眼，丝竹之音亦变为金石之声，自己着实懊恼烦乱，每每说了又改，改了又悔。但爱玲喜欢这种刺激，像听山西梆子的把脑髓都要砸出来，而且听我说话，随处都有我的人，不管是说的甚么，爱玲亦觉得好像“攀条摘香花，言是欢气息”。

爱玲种种使我不习惯。她从来不悲天悯人，不同情谁，慈悲布施她全无，她的世界里是没有一个夸张的，亦没有一个委屈的。她非常自私，临事心狠手辣。她的自私是一个人在佳节良辰上了大场面，自己的存在分外分明。她的心狠手辣是因她一点委屈受不得。她却又非常顺从，顺从在她是心甘情愿的喜悦。且她对世人有不胜其多的抱歉，时时觉得做错了似的，后悔不迭，她的悔是如同对着大地春阳，燕子的软语商量不定。

我的囿于定型的东西，张爱玲给我的新鲜惊喜却尚在判定是非之先。旧小说里常有人到了仙境，所见珍禽异卉，多不识其名，爱玲的说话行事与我如冰炭，每每当下我不以为然，连她给我看她的绘画，亦与我所预期的完全不对。但是不必等到后来识得了才欢喜佩服，便是起初不识，连欢喜佩服亦尚未形成，心里倒是带有多少叛逆的那种诧异，亦就非常好，而我就只凭这样辛辣而又糊涂的好感觉，对于不识的东西亦一概承认，她问我喜欢她的绘画么，只得答说是的，爱玲听了很高兴，还告诉她的姑姑。

我是受过思想训练的人，对凡百东西皆要在理论上通过了才能承认。我给爱玲看我的论文，她却说这样体系严密，不如解散的好，我亦果然把来解散了，驱使万物如军队，原来不如让万物解甲归田，一路有言笑。我且又被名词术语禁制住，有钱有势我不怕，但对公定的学术界权威我胆怯。一次我竟敢说出《红楼梦》、《西游记》胜过托尔斯泰的《战争与和平》，或歌德的《浮士德》，爱玲却平然答道，当然是《红楼梦》、《西游记》好。

牵牛织女鹊桥相会，喁喁私语尚未完，忽又天晓，连欢娱亦成了草草。子夜歌里有：

一夜就郎宿，通宵语不息，黄蘗万里路，道苦真无极。

我与爱玲却是桐花万里路，连朝语不息。

如此只顾男欢女爱，伴了几天，两人都吃力，随又我去南京，让她亦有工夫好写文章。而每次小别，亦并无离愁，倒像是过了灯节，对平常日子转觉另有一种新意。只说银河是泪水，原来银河轻浅却是形容喜悦。

…………

我与爱玲只是这样，亦已人世有似山不厌高，海不厌深，高山大海几乎不可以是儿女私情。我们两人都少曾想到要结婚。但英娣竟与我离异，我们才亦结婚了。是年我三十八岁，她二十三岁。我为顾到日后时局变动不致连累她，没有举行仪式，只写婚书为定，文曰：

胡兰成张爱玲签订终身，结为夫妇，愿使岁月静好，现世安稳。

上两句是爱玲撰的，后两句我撰，旁写炎樱为媒证。

我们虽结了婚，亦仍像是没有结过婚。我不肯使她的生活有一点因我之故而改变。两人怎样亦做不像夫妻的样子，却依然一个是金童，一个是玉女。

…………

她只管看着我，不胜之喜，用手指抚我的眉毛，说："你的眉毛。"抚到眼睛，说："你的眼睛。"抚到嘴上，说："你的嘴。你嘴角这里的涡我喜欢。"她叫我"兰成"，我当时竟不知道如何答应。我总不当面叫她名字，与人是说张爱玲，她今要我叫来听听，我十分无奈，只叫得一声"爱玲"，登时很狼狈，她也听了诧异，道："啊？"对人如对花，虽日日相见，亦竟是新相知，荷花娇欲语，你不禁想要叫她，但若当真叫了出来，又怕要惊动三世十方。

房里墙壁上一点斜阳，如梦如幻，两人像金箔银纸剪贴的人形。但是我们又很俗气。

…………

选自《今生今世》

论张爱玲

文／胡兰成

（一）

张爱玲先生的散文与小说，如果拿颜色来比方，则其明亮的一面是银紫色的，其阴暗的一面是月下的青灰色。

是这样一种青春的美，读她的作品，如同在一架钢琴上行走，每一步都发出音乐。但她创造了生之和谐，而仍然不能满足于这和谐。她的心喜悦而烦恼，彷佛是一只鸽子时时要想冲破这美丽的山川，飞到无际的天空，那辽远的，辽远的去处，或者坠落到海水的极深去处，而在那里诉说她的秘密。她所寻觅的是，在世界上有一点顶红顶红的红色，或者是一点顶黑顶黑的黑色，作为她的皈依。

她赞叹越剧《借红灯》这名称，说是美极了。为了一个美丽的字眼，至于感动到那样，这里有着她对于人生之虔诚。她不是以孩子的天真，不是以中年人的执著，也不是以老年人的智慧，而是以洋溢的青春之旖旎，照亮了人生。

我可以想像，她觉得最可爱的是她自己，有如一枝嫣红的杜鹃花，春之林野是为她而存在。因为爱悦自己，她会穿上短衣长裤，古典的绣花的装束，走到街上去，无视于行人的注目，而自个儿陶醉于倾倒于她曾在戏台上看到或从小说里读到，而以想象使之美化的一位公主，或者仅仅是丫环的一个俏丽的动作，有如她之为《借红灯》这美丽的字眼所感动，至于愿使自己变成就是这个美丽的字眼那样。这并不是自我恋。自我恋是伤感的，执著的，而她却是跋扈的。倘要比方，则基督在人群中走过，有一个声音说道："看哪，人子来了"，她的爱悦自己是和这相似的。

正如少年人讲话爱抢先，觉得自己要说的话太多太兴奋到不可抑止，至于来不及也没有空隙容许他倾听对方的说话，而常常无礼地加以打断一样，张爱玲先生由于青春的力的奔放，往往不能抑止自己去尊重外界的事物，甚至于还加以蹂躏。她知道的不多，然而并不因此而贫乏，正因为她自身就是生命的泉源。倒是外界的事物在她看来成为贫乏的，不够用来说明她所要说明的东西，她并且烦恼于一切语言文字的贫乏。这使她宁愿择取古典的东西做材料，而以图案画的手法来表现。因为古典的东西离现实愈远，她愈有创造美丽的幻想的自由，而图案画的手法愈抽象，也愈能放恣地发挥她的才气，并且表现她对于美寄以宗教般的虔诚。

张爱玲和自己的表兄妹（中为张）

她一次对我说，她最喜欢新派的绘画。新派的绘画是把形体作成图案，而以颜色来表现象征的意味的。它不是实事实物的复写，却几乎是自我完成的创造。我想，是因此之故，特别适宜于她的年龄与才华的吧。她曾经给我看过她在香港时的绘画作品，把许多人形画在一幅画面上，有善于说话的女人，低眉顺眼请示主人的女厨子，房东太太，舞女等等。她说是因为当时没有纸，所以画在一起的，但这样的画在一起，却构成了古典的图案。其中有一幅是一位朋友替她涂的青灰的颜色，她赞叹说："这真如月光一般"。我看了果然是幽邃，静寂得使人深思的。

她的小说和散文，也如同她的绘画，有一种古典的，同时又有一种热带的新鲜的气息，从生之虔诚的深处迸激出生之泼辣。她对于人生，恰如少年人的初恋，不是她的对象真有这样美，这样崇高，却是她自己的青春创造了美与崇高，使对象圣化了。

和她相处，总觉得她是贵族。其实她是清苦到自己上街买小菜。然而站在她跟前，就是最豪华的人也会感受威胁，看出自己的寒伧，不过是暴发户。这决不是因为她有着传统的贵族的血液，却是她的放恣的才华与爱悦自己，作成她的这种贵族气氛的。

贵族气氛本来是排他的，然而她慈悲，爱悦自己本来是执著的，然而她有一种忘我的境界。她写人生的恐怖与罪恶，残酷与委屈，读她的作品的时候，有一种悲哀，同时是欢喜的，因为你和作者一同饶恕了他们，并且抚爱那受委屈的。饶恕，是因为恐怖，罪恶与残酷者其实是悲惨的失败者，如《金锁记》的曹七巧，上帝的天使将为她而流泪，把她的故事编成一支歌，使世人知道爱。而《花凋》的女主角受了一生的委屈，委屈到死，则作者把她写成一个殉道者，而以"永恒的爱，永恒的依依"作为她的大理石的墓的题词。读它的时候，我记起了彼系时作的诗中的两句："这是泪花晶莹的世界，然而是美丽的。"作者悲悯人世的强者的软弱，而给予人世的弱者以康健与喜悦。人世的恐怖与柔和，罪恶与善良，残酷与委屈，一被作者提高到顶点，就结合为一。他们无论是强者，是弱者，一齐来到了末日审判，而耶和华说："我的孩子，你是给欺侮了”，于是强者弱者同声一哭，彼此有了了解，都成为善良的，欢喜的了。

她就是这样：“因为懂得，所以慈悲”。基督在鸡鸣之前祈祷三次：“主呵，如果可以移开这杯子，让它移开吧。”而终于说：“既是主的意思，我将喝干它。”于是他走向十字架，饶恕了钉死他的人们，并且给钉死在他旁边的两个强盗祝福。她就是这样，总觉得对于这世界爱之不尽。

她的这性格，在和她接近之后，我渐渐了解了。初初一看，似乎她之为人和她的作品是不相似的。因为，倘以为她为骄傲，则骄傲是排斥外界的，倘以为她为谦逊，则谦逊也是排斥外界的，而她的作品却又那么的深入人生。但我随即发现，她是谦逊而放恣。她的谦逊不是拘谨，放恣也不是骄傲。

一次她说：“将来的世界应当是男性的”，那意思，就是她在《沉香屑》里说的“那是个淡色的，高音的世界，到处是光与音乐”。她还是孩子的时候，就曾经想以隋唐的时代做背景写一篇小说，后来在回忆中说道：“对于我，隋唐年间是个橙红的时代。”她还是十几岁的时候写过一篇霸王与虞姬，有这样的句子借项羽的口说道：“我们是被猎了，但我倒转要做猎者。”从这些地方都可以看出她具有基督的女性美，同时具有古希腊的英雄的男性美。她的调子是阴暗而又明亮的。她见了人，很重礼数，很拘谨似的，其实这礼数与拘谨正是她所缺乏的，可以看出她的努力想补救，带点慌张的天真，与被抑制着有余的放恣。有一次，几个人在一道，她正讲究着礼数，却随即为了替一个人辩护，而激越了，几乎是固执地。她是倔强的。

因为她倔强，认真，所以她不会跌倒，而看见了人们怎样的跌倒。只有英雄能懂得英雄，也只有英雄能懂得凡人，跌倒者自己是不能懂得怎样跌倒的。她的作品的题材，所以有许多跌倒的人物。因为她的爱有余，她的生命力有余，所以能看出弱者的爱与生命的力的挣扎，如同《倾城之恋》里的柳原，作者描写他的无诚意，却不自觉地揭露了他的被自己抑制着的诚意，爱与烦恼。

几千年来，无数平凡的人失败了，破灭了，委弃在尘埃里，但也是他们培养了人类的存在与前进。他们并不是浪费的，他们是以失败与破灭证明了人生爱。他们虽败于小敌，但和英雄之败于强敌，其生死搏斗是同样可敬的。她的作品里的人物之所以使人感动，便在于此。

又因为她的才华有余，所以行文美丽到要融解，然而是素朴的。

讲到她的倔强，我曾经设想，什么是世界上最强的人呢？倘使有这样一个人，他被一种从未经验过的烦恼重重地迫着，要排遣它是不能，倘竟迫倒了他呢，他也将感谢它，然而也不能。他试试喝醉，想使自己软弱些，也还是想要失败而不能。有如半马人齐龙被他的学生赫格尔斯的毒箭射中，而他是得了不朽的，在苦痛中怎么也死不掉。他祈祷大神宙斯取回他的不朽，让他可以死去，结束苦痛。这是强者的悲哀。但这样的人还不是最强者，因为他的悲哀里没有喜悦。

而她，是在卑微与委屈中成就她的倔强，而使这倔强成为庄严。如《金锁记》里的长安，她的生命里顶完美的一段终于被她的母亲加上了一个难堪的尾巴，当她的爱人童世舫告辞的时候，她这样写："长安静静的跟在他后面送了出来。她的藏青长袖旗袍上有着浅黄的雏菊。她两手交握着，脸上显出稀有的柔和。世舫回过身来道：'姜小姐……'她隔得远远的站定了，只是垂着头。世舫微微鞠了一躬，转身就走了。长安觉得她是隔了相当距离看这太阳里的庭院，从高楼上望下来，明晰亲切，然而没有能力干涉，天井，树，曳着萧条的影子的两个人，没有话——不多的一点回忆，将来是要装在水晶瓶里双手捧着看的——她的最初也是最后的爱。"这真是委屈，然而是最强的抗议。是这样深的苦痛，而"脸上显出稀有的柔和"，没有一个《荷马史诗》里的英雄能忍受这样大的悲哀，而在最高的处所结合了生之悲哀与生之喜悦。

因为，她是属于希腊的，同时也属于基督的。她有如黎明的女神，清新的空气里有她的梦思，却又对于这世界爱之不尽。

起先，我只读了她的一小部分作品，有这样的担心，以为青春是要消失的，她对于人生的初恋将有一天成为过去，那时候将有一种难以排遣的怅然自失，而她的才华将枯萎。现在，我不再这么想了。我深信她的才华是常青的。何以呢？就因为她不仅是希腊的，而且是基督的。

（二）

论到她的作品，我想先从《倾城之恋》说起。

白公馆的流苏小姐二十岁上离了婚，回娘家，住七八年，哥嫂骗光了她的钱之后，用教训，也用冷言热语要将她逼走。而她也终于出走了，抱着受了委屈的心情，拼着接受罪恶的挑战，在罪恶中跋涉，以她的残剩的青春作命运的一掷。但也并非全由于负气，还更由于直到现在才分明地使她吃惊的古老的家庭的颓败生活，埋葬了一代又一代的青春，没有同情，没有一点风趣的残剩，是这么一种凄凉情味，使她的出走类似逃亡。

这种颓败的气氛，以前她是没有感觉到的，因为她是此中长大的。第一次感觉到，大概是在结婚之后丈夫的家里。男家和她的娘家白公馆应是同等门户，只因为于她是生疏，她以生人的眼看出了这种颓败的气氛，但不能如这次的分明，却不过是觉得诸般的不合适。作者虽然没有提到离婚的原因，可是不难想象的。于是她回到娘家，在那里有她做女儿时代一切熟悉的东西，使她又住上了七八年。但在哥嫂排挤她，使她觉得在娘家也成了一个生人之后，她骤然地发现了这古老的家庭的颓败气氛，比她哥哥的教训和嫂嫂的冷言热语更难受，而同时也是与这些教训和冷言热语混合为一的灰暗而轻飘的画面，而陷于一种绝望的恐怖，凄凉地、小声地说道："这屋子里可住不得了！……住不得！"

于是她走了，怨愤地，凄凉地，也喜悦地。

然而她不是娜拉。她是旧式家庭的女子，以她残剩的青春的火把，去寻觅一些儿温存，一些儿新鲜，与一些儿切实的东西。她把这些归结于第二次的结婚，而她也只能如此。

她的对手柳原是一个自私的男子，也可以说是颓败的人物，不过是另一种的颓败。他和她要好，不打算和她结婚。这样的人往往是机智的，伶俐的，可是没有热情。他的机智与伶俐使他成为透明，放射着某种光辉，却更见得他的生命之火是已经熄灭了。结婚是需要虔诚的，他没有这虔诚。他需要娼妓，也需要女友，而不需要妻。他与萨黑荑妮公主往来，这萨黑荑妮公主对于他毋宁是娼妓，他决不把她和流苏同等看待。保持这样的女友关系，靠的是机智与伶俐，不是靠的热情。流苏恨他的这一手，但也有不尽了解他的地方。柳原有意当着人做出和她亲狎的神气，而两人相对时却又是平淡的，闲适的，始终保持着距离。他的始终保持着距离是狡狯，但他当着人和她的亲狎却是有着某种真情的。人们把他俩当做夫妇，在他乃是以欺骗来安慰自己，因为他只是厌倦人生，缺乏家庭生活的虔诚，没有勇气结婚而已，但仍然自己感觉到这一面的空虚，他需要以伪装的夫妇来填补这空虚。其人是自私的，并且怯弱。有一天，他在深夜里打电话给流苏，也不是为了要使流苏烦恼，却正是他自己的烦恼的透露。他说出了爱，随即又自己取消了。因为怯弱，所以他也是凄凉的。

但流苏不能懂得这些，只以为都是他在刻毒她，玩弄她，她也是自私的，但她的自私只是因为狭隘，和柳原的自私之因为软弱不同。当她赌气回上海住了些时，柳原打电报请她再到香港去的时候，她觉得万分委屈，失败到不能不听他摆布而哭了。这处所，倘在低手，是要写成一喜一怒，或惭喜交集的，其实是绝没有喜意，也没有怒，连愧惭都不是，而有的只是一腔委屈。

重到香港之后，一个晚上柳原吻了她。第二天他却告诉她，他一礼拜后就要上英国去。他是要逃避自己的这一吻。

流苏被留在香港，独自住在他给她新租下的一所房子里。一切竟是这样的空洞，不切实，这样的没有着落吗？不，就是梦也要比这更分明些。她搬进了新房子，“客厅里门窗上的油漆还没干，她用食指揿着试了一试，然后把那黏黏指尖贴在墙上，一贴一个绿迹子。为什么不？这又不犯法？这是她的家！她笑了，索性在那蒲公英黄的粉墙上打了一个鲜明的绿手印”。她要证实给自己看，就是欺骗自己都好。

于是来了战争，柳原和流苏逃难做一起。这战争，如作者所说，流弹的“那一声声的‘吱呦呃……’撕裂了空气，撕毁了神经。淡蓝的天幕被扯成一条一条在寒风中簌簌飘动。风里同时飘着无数剪断了的神经的尖端，那炸弹轰天震地一声响，整个的世界黑了下来，像一只硕大无朋的箱子，拍地关上了盖，数不清的罗愁绮恨，全关在里面了。”而更要紧的，是这流弹与炸弹把柳原与流苏的机智与伶俐，自私与软弱都撕掉了，剩下素朴的一男一女，变成很少说话，却彼此关切着，结了婚了。早先说的：“死生契阔——与子相悦，执子之手，与子偕老”这一首最悲哀的诗，至此得到真实的人生做注解了：“可是总有地方容得下一对平凡的夫妻的。”

这故事结局是壮健的，作者刻划了柳原的与流苏的机智与伶俐，但终于否定了这些，说道：“他不过是一个自私的男子，她不过是自私的女人。”而有些读者却停留于对柳原与流苏的俏皮话的玩味与赞赏，并且看不出就在这种看似斗智的俏皮话中也有着真的人性，有着抑制着的烦恼，对于这样的读者，作者许是要感觉寂寞的吧。

至于文句的美，有些地方真是不可及的。例如：“那口渴的太阳汩汩地吸着海水，漱着、吐着、哗啦哗啦的响。人身上的水分全给它吸干了，人成了金色的枯叶子，轻飘飘的。流苏渐渐感到那奇异的眩晕与愉快……”凡是在海滩上玩过的人大概总能领略这妙处的。又如写流苏刚到香港：“那是个火辣辣的下午，望过去最触目的便是码头上围列着的巨型广告牌，红的、橘红的、粉红的，倒映在绿油油的海水里，一条条，一抹刺激性的犯冲的色素，蹿上落下，在水底下厮杀得异常热闹。流苏想着，在这夸张的城里，就是栽个跟斗，只怕也比别处痛些，心里不由的七上八下起来。”好在哪里，我想是无需解释的。

并且我也不想一一举出，不如让读者们自己去发现来得更好。

（三）

有一次，张爱玲和我说："我是个自私的人"，言下又是歉然，又是倔强。停了一停，又思索着说："我在小处是不自私的，但在大处是非常的自私。"

她甚至怀疑自己的感情，贫乏到没有责任心。但她又说："譬如写文章上头，我可是极负责任的。"究竟是什么回事呢？当时也说不上来。

但也随即得到了启发。

是几天之后，我和一个由小党员做到大官的人闲谈，他正经地并且看来是很好意地规劝我：应当积极，应当爱国，应当革命。我倦怠地答道："爱国全给人家爱去了，革命也全给人家革去了，所以我只好不爱国了，不革命了。"

正如鲁迅说的：正义都在他们那一边。他们的正义和我们有什么相干？而这么说说，也有人会怒目而视，因为群众是他们的，同志也是他们的，我又有什么"们"？好，就说是和我不相干吧。于是我成了个人主义者。

再遇见张爱玲的时候，我说："你也不过是个人主义者罢了。"这名称是不大好的，××××但也没有法子，就马马虎虎承受这个名称吧。（编注：原文如此，想是当时经检查之故。）

说到"没有法子"和"马马虎虎"，想起一次和清水、池田两位谈天，他们很惊奇这两句中国特有的流行语。我说这两句话是民国以来才有的。几十年来，英雄们来来去去，一个个摩拳擦掌，在那里救国救民。而人民，却只是赶着看热闹，你问他游行他也去，你叫他喊口号他也喊。回来问他怎么样？他说是"马马虎虎"。但凡英雄们，无论是土著的，外来的，总是异口同声的叹气，对于这样的人民"没有法子"。也幸亏这"马马虎虎"，人民才不至于被骗光，使得英雄们作恶"没有法子"作得彻底。

还是各人照管照管自己吧。同时也不妨听听公说公的理，婆说婆的理，当作余兴。《到底是上海人》里赞扬上海人的这种聪明，与几乎具有魅惑性的幽默，但不是俏皮。

这样的个人主义是一种冷淡的怠工，但也有更叛逆的。它可以走向新生，或者破灭，却是不会走向腐败。如今人总是把个人主义看做十五世纪欧洲文艺复兴时代专有的东西，殊不知历史上无论那个新旧交替的时代都是这样的。奴隶社会也好，封建社会，资本主义社会也好，当它没落之际，都是个人被团体淹死，而人类被物质淹死。有如一家破落的大户，奴隶厌倦主人，主人也厌倦奴隶，生活的一角更沉缅于奢侈，而生活的全面则是物的贫乏，使人心因为吝啬而收缩。一切成为不可忍受，如《论写作》里说的有一种“壅塞的忧伤”，人也“雾数”，物也“雾数”，没有一桩顺眼的。要活下去，是只好出走，如《走，走到楼上去！》里说的“去接近日月山川”，并且把物从阴暗的角隅里拖出来，拆散，一件件洗干净了，也得个爽心悦目。

出身名门望族，前为张爱玲

苏格拉底与卢骚就是这么的要袪除氤氲于“雾数”的东西上头的神秘，而诉之于理性。他们都是个人主义者。卢骚还挑战地说：“我即使不比别人更好，至少我是和别人不同的。”

讲到出走，她的一张照片，刊在《杂志》上的，是坐在池塘边，眼睛里有一种惊惶，看着前面，又怕后头有什么东西追来似的。她笑说：“我看看都可怜相，好像是挨了一棒。”她有个朋友说：“像是个奴隶，世代为奴隶。”我说：“题名就叫逃走的女奴，倒是好。”过后想想，果然是她的很好说明。逃走的女奴，是生命的开始，世界于她是新鲜的，她自个儿有一种叛逆的喜悦。

但她和苏格拉底、卢骚他们都不同。

纪元前四世纪的希腊只是在解体中，后面并没有新的时代，苏格拉底的理性没有现实的东西可以依附，随后是被吸收到基督教里去了。尼罗时代的罗马也是有没落而无新生，如显克微支的《往何处去》里所写的，人们倦怠于生活，盛行了讽刺，但终因时代没有前景，所以讽刺也渐渐稀薄，成为无害的警句，过后是无结果地消失了。一时代的没落之后倘使随来的是空虚，是开不出文学的花来的。

卢骚的时代却是有着资本主义革命的前景的，所以卢骚对于旧时代是谴责，不再用讽刺。他有《民约论》，有《爱弥儿》，替时代开了药方。

如今的情形可又是另一种。

文学上从讽刺发展到谴责，再发展到对于新事物的寻求，往往是经过一串长的程序的，而现在却是压缩在一起。例如鲁迅，在他同时写的作品里就有讽刺，有谴责，有寻求，并且有开方。这是因为几十年来中国一直在连续的革命与连续的反动之故。但鲁迅在开方上头是错了，他的参加左翼文学是一个无比的损失。他是过早地放弃了他的个人主义。个人主义是旧时代的抗议者，新时代的立法者，它可以在新时代的和谐中融解，却不是什么纪律或克制自己所能消灭的。

鲁迅的遭遇比果戈理好，果戈理的讽刺没有不屑，他竭力和空虚挣扎，想归结到有所寻求，但终于自己烧掉了死魂灵的后半部。他的晚年是可哀的。鲁迅的讽刺却是有寻求，所以能不受空虚的袭击，而走向如火如荼。但鲁迅的收场也并不比托尔斯泰或果戈理更好。托尔斯泰是伟大的寻求者，但一开方，就变个枯竭的香客了。鲁迅开的方是史太林一味，也等于宗教。而在过早地放弃个人主义上头，则鲁迅和果戈理在晚年同样地被什么纪律所牺牲了。

鲁迅之后有她。她是个伟大的寻求者。和鲁迅不同的地方是，鲁迅经过几十年来的几次革命，和反动，他的寻求是战场上受伤的斗士的凄厉的呼唤，张爱玲则是一枝新生的苗，寻求着阳光与空气，看来似乎是稚弱的，但因为没受过摧残，所以没一点病态，在长长的严冬之后，春天的消息在萌动，这新鲜的苗带给了人间以健康与明朗的、不可摧毁的生命力。

一九二五至二七年中国革命的失败，使得许多青年作家的创作力都毁灭了，现代杂志社的那些人，有的是从明丽的南欧留学回来的，带来一些鲜洁的空气，如同沾着露水的花朵，刚刚使人眼目一亮，很快就枯萎了。时代的阴暗给予文学的摧折真是可惊的。没有摧折的是鲁迅，但也是靠的尼采式的愤怒才支持了他自己。

到得近几年来，一派兵荒马乱，日子是更难过了，但时代的阴暗也正在渐渐祛除。兵荒马乱是终有一天要过去的，而传统的吓人的生活方式也到底被打碎了，不能再恢复。这之际，人们有着过了危验期的病后那种平静的喜悦，虽然还是软绵绵的没有气力，却想要重新看看自己，看看周围。而张爱玲正是代表这时代的新生的。

鲁迅是尖锐地面对着政治的，所以讽刺、谴责。张爱玲不这样，到了她手上，文学从政治走回人间，因而也成为更亲切的。时代在解体，她寻求的是自由，真实而安稳的人生。

统治这世界的是怎样一种生活呢？《封锁》里的翠远，像教会派的少奶奶，她知道自己生活得没有错，然而不快乐。她没有结婚，在电车上胆怯怯地接受了一个男人的调情，原来在她的灵魂里也有爱，然而即刻成了秽亵，她吃惊，并且混乱了。那男人，生活得也不好，是个银行的职员，像乌壳虫似的整天爬来爬去，很少有思想的时间。和那女人，不过是很偶然的戏剧化的一幕，但他从自己的一生中记忆起了一些什么，使他烦恼，不满于他自己了。

高等的如《倾城之恋》里柳原与流苏的调情，人生成了警句，但不是一篇作品。柳原说的没有不错，“死生契阔——执子之手，与子偕老”是一首悲哀的诗，世界是荒凉的，并且太沉重了，他的机智与风趣只是萤火虫的微蓝的光，在黑暗中照亮自己。

还有更低等的如《连环套》里霓喜过的那种日子。霓喜一个又一个的和男人姘居，有如饥饿的人贪馋地没有选择地大嚼榨过油的豆饼，虽然也有滋养，不免伤了肠胃，精致的东西不一定是伟大，但人吃畜生的饲料到底是悲怆的。

柳原的光辉久后是要黯淡的。这光辉一消失，便成了《沉香屑》第一炉香里的梁太太。梁太太一直过的高等调情的生活，越来越变成现实的浅薄的享乐，灵感褪了色，只好加上腻与刺激，以浓浓的味使自己上瘾，并且欺骗自己，当作这里边有着滋养。

这种靠不住的灵感的褪色是可哀的。《金锁记》里姜公馆的客厅是阴沉沉的，姜公馆的男女一个个如同年深月久贴在屏风上绣出的鸟，没有歌唱，连抖动一下翅膀的意思都永远没有了。即使加上腻与刺激也没有用，久后成了麻痹，如同《年轻的时候》里的油炸花生下酒的父亲，听绍兴戏的母亲，庸俗的姊姊，过的日子正如绍兴戏的唱腔宽平面无表情，热闹的，眩晕的，不真实的。如同《花凋》里的郑先生家，外面好看，里头姊妹们为了一件衣裳一双袜子费尽心机，几乎是退到原始的生存竞争，并不比拾荒的孩子们的争吵更文明些。

是什么鞭子把人打成这样子可怜相的呢？是《年轻的时候》里教科书的怆然告诫自己：“无论什么事，都不可以大意。无论什么事，都不能称自己的心愿的。”连惊叹号都没有，只是冷冷的逗点与句点。是《金锁记》里那沉重的黄金的枷锁。总之是这世界上有着牵牵缠缠使人不愉快的，不成款式的人生的伦理。

她谴责这些，而抚慰那被损害、被侮辱的。她以眼泪，不是悲怆的而是柔和的眼泪，洗净了人间。在《公寓生活记趣》与《道路以目》里，她把事事物物养在水盂里，如同雨花台的小石子。精致的，明朗而亲切的。她拆卸了戏剧化的装饰，把人类的感情揩拭干净，告诉他们衣着的美，吃食的美，告诉他们怎样听幼稚的弟弟讲故事：“他还没说完，我已经大笑起来，在他的腮上吻了一下，把他当作小玩意。”

但这些都是个人的。倘或集团相处又怎样呢？

《到底是上海人》里她赞美上海人的聪明，那种把公说公的理，婆说婆的理也当作一个小玩意的风趣。不过事实本身并没有她的这说明那样好。她另有她所寻求的。《论写作》里她神往于申曲：“五更三点望晓星，文武百官上朝廷，东华龙门文官走，西华龙门武将行，文官执笔安天下，武官上马定乾坤”那种时代，如南星的散文里有一句“午后庭院里的阳光是安稳的”，真是思之令人泪落。但她不能开方，她是止于伟大的寻求。

她是个人主义的，苏格拉底的个人主义是无依靠的，卢骚的个人主义是跋扈的，鲁迅的个人主义是凄厉的，而她的个人主义则是柔和、明净。至此忽然记起了郭沫若的《女神》里的“不周山”，黄帝与共工大杀一通之后，战场上变得静寂了，这时来了一群女神，以她们的抚爱使宇宙重新柔和，她就是这样，是人的发现与物的发现者。

原载1944年6月上海《杂志》月刊

读张爱玲的《相见欢》

文／胡兰成

张爱玲的《相见欢》还是可见作者的笔力非凡。荀太太与伍太太都是庸俗之人，然而有着中国人特有的忠厚宽和平稳。她们的是“后天而奉天时”的顺，与所谓对命运的屈服却又不可一概而论。世上还有“先天而天弗违”的反逆性的英雄美人，亦与这荀太太伍太太之辈原也是同条生，中国史上的小民与大人同是一代之人。

荀太太伍太太都有委屈而无怨毒，有时也说说自己所受的委屈吐吐气，但也不过是这样说说罢了，其实并没有记恨的。荀太太说起借钱给穷亲友，多少有点替自己撑面子，亦有点幸喜自己的景况较好，绍甫有职业。这种艰辛里出来的沾沾自喜实在相当庄严，不可只以浅薄视之。她对穷亲友只觉把他们无可奈何，倒也没有卑视穷人之意的。

这些，与其说因于道德的，毋宁是出于自然的情意，中国文明的浸润成了民族的性格，连道德的名词也不觉得了。

荀太太、伍太太的年龄去青春已远，两人对头上生出了白发的那一段淡淡的实际的说话，与英雄美人的迟暮惊心，也是同条的，只是有光影姿态之异罢了。荀太太的一点点剩余的女人的相貌的自尊心，快要在记忆里淡了远了，但亦还是尊贵的——生为女人身的尊贵，带点可怜儿的。伍太太生得不好看，而她对自己的相貌亦有一种随和。她与荀太太两人的那份亲谊还是沉甸甸的有金玉之情的感觉，虽然在世故中已快要成为不足道的了。

却说《相见欢》里的那荀太太与伍太太，因打仗避地上海，迁就着过生活，而于这时代一无怨言，也不求甚解，有这样一种顺从而与卑屈又两样，与无知识也有些儿两样。这是中国人才有的大顺，“后天而奉天时”的大众若譬如海水，则“先天而天弗违”的英雄美人可比是浪花。伍太太比较有钱，见得深厚些，荀太太比较贫薄，所以特要表现自己，即是对时代的逆来顺受的迁就生活中，亦仍可以有各人的个性。这两个老妇人夹着一位年轻的妇人婉梅，更见得败花残叶的无可奈何，然而还是值得依惜，珍重。

西洋的老妇人多变得乖戾固执，他们没有中国人的那种顺，西洋的革命也没有中国的革命是对天的。《易经》的两句话，“先天而天弗违”便是乐，“后天而奉天时”便是礼，二者不可只要其一。宋儒只讲顺，现在我们讲反，但是我们同时必要学礼，如孔子的问礼于老子，老子原也是极知礼的。荀太太伍太太决不与西洋的老妇人同，读西洋小说最可知之。荀太太的小气与自炫，与西洋的个人主义的不同。而亦因此，中国的英雄与革命亦与西洋的英雄与革命不同。要于此能辨别，是写中国文章的第一条件。

宋儒讲先天，只知说先天之性，而不知一个反字。宋儒教人顺从礼教，而不知我们顺礼，乃是以礼顺天，若只知顺礼，那就迂了。我们知此则知礼仪之美，恋爱也要约于礼。

《左传》有晋文公为公子时，出亡于狄，在狄十二年，而至齐，在齐国住了下来他又不肯走了，是部下设计才把他载在车上离了齐国。晋文公是五霸之一，那样的英雄，而随遇而安，这就是一个顺字。陶渊明的知足即亦是于此有其相共通者。荀太太伍太太的顺从环境，所以与英雄美人同是一代之人。张爱玲写《相见欢》，于此似乎缺少点出一笔。但是点明最难，弄得不好，会成了说明而不是文学了。此是文章作者的觉，故能不加解说，而自然明白。

张爱玲的《倾城之恋》、《年轻的时候》、《赤地之恋》、《秧歌》等的文章是自然明白，无须再加点明，但是此篇《相见欢》只觉缺少点明。《相见欢》可以看出作者对于荀太太伍太太那样的人也抱有爱意，虽然自己不喜欢与她们一样，作者就像是婉梅的看她们。此所以能是好文学，但是除此再没有别的了。

诗文的点明是一个大问题。最好是自然明白，不加点明，如唐诗“君家何处住，妾住在横塘，停舟暂借问，或恐是同乡”，昔年有夏瞿禅先生，赞为“不着一字，光景无穷”。但也不可一概而论。《诗经》与《汉赋》即多是点明的。比起日本的古歌与俳句，中国的古诗多是带议论的。细想想，这倒是文学的正宗。原来其他各种艺术如建筑、陶器、音乐等皆其造形即是一切，不可能再有自己说明，惟诗文可以自己说明，此所以中国文学不同于一般艺术，而称为礼乐文章。

有云“曲终奏雅”，如汉赋写游猎之盛，两京的闳丽，而归结于要行王道，即是把方才所写的美好的东西，一一还它一个价值，此就是点明。作者是自己在世人世事之中，而同时有如神在看自己，看世人世事。

有不自觉地写出了好文章，有自觉地写出了好文章，应当是后者更高，但是亦有自觉了反为写不出好文章了的。其故是不可依照所觉的来写作。若依照所觉的来写作，那就不是创造的了。好文章是随着写作而一路明白起来的，这才是生出来的新的觉。能如此，则不加点明亦自然明白，加了点明亦不会破坏文章。

写文章与打天下同。如周文王武王是自觉的，如刘邦与朱元璋则是不自觉的。后世惟孙中山先生的创造民国是自觉的。不自觉亦可打得天下，如不自觉亦可写得好文章，但是下文就要有师，帮助他自觉，如刘邦请教叔孙通与陆贾。

荀太太伍太太、绍甫、婉梅这般人们，避战乱到上海，便是《相见欢》里的人物，如果逃不出来，在沦陷区，便也与大众是一海之水，则到底也不能知道中国一般人的心思。谁如果能知《相见欢》里的人物的顺从与时代英雄的反逆可以相结成，则可以创造时代了。

青年人不觉地写出了好文章，很快会萎，政治上不觉地造反，后来就会像文化大革命的不知所云。《相见欢》笔致极好，只是作者与书中人物相知尚不够深。张爱玲是《赤地之恋》以后的小说，虽看来亦都是好的，但是何处似乎失了衔接，她自已也说给写坏了，她自己也只是感觉得不满意，而说不出是何处有着不足。这样一位聪明才华绝代的人，她今是去祖国渐远渐久了。

一般中国人其实多是《相见欢》里荀太太伍太太绍甫之流，缺少团结心，各人管各人，少出主意，少惹是非，但你若以为他们都是顺民，那就错了。

中国史上独有的天下皆反，民间起兵，其中其实大多是《相见欢》里那样的凡人。他们是大顺，而与天下皆反可以结合在一起。看他们处世之道少出主意，而他们一旦有了主意却可以闻风响应。《易经》乾者太始，坤者大顺，在中国民族全体来说实是一个。对于这样的国民，足惟革命者与真真的文学者能唤起之，如孙先生说的“务须唤起民众”。不是可以只靠政策，而是要以道。

荀太太伍太太绍甫等是时代的浮沫，但底层还是有着海水的。像他们这样的人，你刚想看不起他们，他们却忽然发出话来，会当下使你自悔轻薄。《大学》讲亲民，《孟子》讲觉民，都先要知民。如《流言》、《秧歌》等的看人待人都是非常好的，有一种智光。

原载1979年4月《三三》集刊20辑

张爱玲与左派

文／胡兰成

有人说张爱玲的文章不革命，张爱玲文章本来也没有他们所知道的那种革命。革命是要使无产阶级归于人的生活，小资产阶级与农民归于人的生活，资产阶级归于人的生活，不是要归于无产阶级。是人类审判无产阶级，不是无产阶级审判人类。

所以，张爱玲的文章不是无产阶级的也罢。

革命必通过政治斗争，到改造经济制度。制度渗透于一般人的日常生活的各方面，而且到了最深的处所。制度腐败了，人是从生活的不可忍受里去懂得制度的不可忍受的。生活的不可忍受，不单是不能活，是能活也活得无聊赖，觉得生命没有了Point。这样才有张爱玲的诗：

他的过去里没有我；
曲折的流年，
深深的庭院，
空房里晒着太阳，
已经成为古代的太阳了。
我要一直跑进去，
大喊：“我在这儿！

我在这儿呀！”

这时候人要求重新发现自己，发现世界，而正是这人的海洋的吸动里满蓄着风雷，从这里出来的革命才是一般人们的体己事。革命有地下室的活动，展开时还有指挥部与突击队，然而决定斗争的是全军的军容。张爱玲的文章没有提到革命的指挥部与突击队倒是更完全的。

还有，人是为了心爱的东西才革命的，洗净它，使它变得更好更可靠。

倘在现实生活里不知道什么是美的，也必不知道什么地方受了污秽与损伤，那样的人要革命，自然只好让他们去革，可是也不必向他们领教。他们没有生命的青春，所以没有柔和，崇拜硬性。他们还崇拜力，是崇拜物理的力，不是生命力，因为他们的线条怎样看来也没有生命力，所以总喜欢画得粗些，再粗些，成为粗线条。一次几个人看一幅齐白石的画，不像是真品，主人却啧啧称叹，说画得多有魄力。池田笃纪说："这哪里是魄力，这是膂力罢了。"他们的粗线条其实不过是这种膂力。

有的人至今只发现了艺术的背景，不懂得艺术还有它自身。他们把艺术看做事物的反映，时代的钤记，然而钤记是并不能给时代加添一点什么的，事物没有镜子，也无损于它的完全。只有私有制的社会里，没有无主的东西，要从表示所有权的钤记才能想像事物的存在，渐渐把钤记自身也看作是一种存在。

资本主义末期，人的存在成为被动的，不是人创造事物，人倒是事物的反映了，说艺术是反映，是钤记，不过是这种错觉的抄袭。不懂得艺术自身，是会连艺术的背景也说不明白的。他们说艺术被阶级性沾染，这当然是，但也不过是被沾染而已，艺术是植根于人类的，在有阶级的社会，它的背景是通过了阶级的人类，可是他们只说是阶级。他们并且抄袭教会的把艺术看做装饰，资产阶级的把艺术看做宣传，也说艺术不过是无产阶级的工具。

艺术是什么呢？

是人生的超过它自己，时代的超过它自己，是人的世界里事物的升华，这超过它自己到了平衡破坏的程度便是革命。懂得这个，才懂得在张爱玲之前谦逊。

张爱玲的《夜营的喇叭》，在这时代的凄凉与恐怖里向一个熟悉的调子，简单的心奔走着充满喜悦与同情，这里有一种横了心的悲壮。可是时代到底沉重，《走，走到楼上去！》便是一出这样的悲喜剧。平常人不是英雄，在他们的生活里没有悲剧与喜剧的截然界限，他们不那么廉价地就会走到感情的尖端。

一次读汉诗：“翩翩堂前燕，春藏夏来见。弟兄两三人，流宕在他县。故衣谁当补，新衣谁当绽。幸得贤主人，揽取为我袒。夫婿从门来，斜柯西北眄。语卿且勿眄，水清石自见。石见何磊磊，远行不如归。”读到“卿且勿眄”，张爱玲笑了，说：“啊！怎么能够的，诗也可以这样滑稽！怎么后来人写诗，好诗总是悲哀的多，一滑稽就变成打油诗了，从前的人真是了不起。这样开玩笑似的，可又这么厚道，认真。”又读晋人《子夜歌》：“欢从何处来，端然有忧色。千唤不一应，有何比松柏！”张爱玲说：“‘端然’两个字真好。他不过是一点小小的不开心，大约并不是忧国忧民，可是在她看来，也还是有一种郑重的美。可见她是真的爱他的，就像印度跳舞里那女孩子得意的告诉人，她的爱人笑起来是怎样的，生起气来又是怎样的。她也忧愁起来，跟在后面问长问短，可是也不至于严重到没有一点取笑的意思。”

张爱玲的《孔子与孟子》，短短几百字，登在《小天地》第四期上，讲厨房的窗子外边吊有一块破布条子，像个小人儿，风吹雨打，他频频打拱作揖，仿佛有一肚子的仁义礼智王道霸道要对人说，越看越像孟子。这篇文字和别的一篇排印接错了，我拼起来读，觉得非常好。很深的情理，然而是家常的。

这次我在南京，到博物院去看六朝石刻，有一块是站着的两尊佛，上身赤膊，胖墩墩的像小孩子，下面蹲着两只兽，也胖墩墩的很好玩。分明是眼面前的东西，可以同时是神，是灵异。又看到乾隆朝的漆器，女人用的红粉盒，盖上雕着双龙。像龙这样大动物，用在这里应当是不配的，可是非常配。只有平常人才能这样的把时代的恐龙也绣作女人的鞋头的图案，把时代的巨人也看成可以在他颊上吻一下的孩子，把革命也看作家常的。

崔承喜来上海跳舞，那“无敌大将军”活像我见过的官，装腔作势，可是观众不怕他，也没有憎恶。观众的态度必是难得有这样的天真的，因为舞的好，把观众提得这样高了。“花郎”描摹一个冶游郎，也是讽刺的，可是没有一点刻薄，为了青春的缘故，他的一切都被观众所原谅。还有是描摹一个有自卑心理的驼子，一个少女故意撩拨他，和他跳了一回舞，又跑开了，撇下他孤零零的，观众心里难受起来，然而还笑着。张爱玲去看了回来说：“讽刺也是这么好意的，悲剧也还能使人笑。一般的滑稽讽刺从来没有像这样的有同情心的，卓别林的影片算了不得的了，不过我还是讨厌里面的一种流浪人的做作，近于中国的名士派。那还是不及崔承喜的这支舞。到底是我们东方的东西最基本。”

晚年在日本的胡兰成

她认真地工作，从不占人便宜，人也休想占她的，要使她在稿费上头吃亏，用怎样高尚的话也打不动她。她的生活里有世俗的清洁。在香港时，路上一个瘪三抢她的钱袋，夺来夺去好一会儿，还是没给抢去。一次是在上海，瘪三抢她手里的点心，连纸包一把抓去了一半，另一半还是给她攥得紧紧的拿了回来了。对任何人，她都不会慷慨大量，或者心一软，或者感到恐怖而退让。现代人的道德是建基在占便宜上，从这里生出种种不同身份的做人风格。张爱玲没有一点这种禁忌，她要的东西定规要，不要的定规不要，什么时候都是理直气壮的。

人与人的关系应当是人的展开，而现在却是人与人的关系淹没了人。

先要有人的发现，才能刷新人与人的关系，可以安得上所谓“个人主义”、“集团主义”的名词。然而左派理论家只说要提倡集团主义，要描写群众。其实要描写群众，便该懂得群众乃是平常人，他们广大深厚，一来就走到感情的尖端并不是他们的本色。他们是在一时代的政治经济制度里生活着，但他们把它烹饪过了，不是吃的原料。是他们日常的生活的感情使他们面对毁灭而能够活下去。资本主义的崩溃，无年无月的世界战争与已在到来的无边无际的混乱，对于平常人，这是一个大的巫魇，惘惘的，不清不楚的，而左派只是学的陈胜。陈胜使人夜于丛祠旁篝火狐鸣：“大楚兴，陈胜王！”使农民惊恐，他们的文艺便是这种狐鸣。他们用俄国的神话，美国的电影故事，山东人走江湖的切口，构成他们的作品的风格。如马克思主义者自己说的：每一种风格都是阶级性的狭隘，再狭隘些，风格就更固定而为习气。

左派有很深的习气，因为他们的生活里到处是禁忌：虽然强调农民的顽固，市民的歇斯底里与虚无，怒吼了起来，也是时代的解体，不是新生。

原载1945年6月上海《天地》月刊

书信往来，今生惘然

抗战结束后，胡兰成便躲到了温州乡下。胡兰成的风流成性，已使张爱玲完全丧失掉对他的爱；当然，她更清楚胡兰成也早已经不爱她了，但是，在胡兰成最落魄的时候，她没有马上抛弃他，而是等到他安顿以后，才写信与他断绝关系，顺便还把自己的稿费邮寄给他。

胡兰成致信张爱玲

文／胡兰成

爱玲：

我坐在忘川里的湖边，看微风拂过，湖面浮着枯黄的柳叶，柳枝垂落水面，等待着风给予的飘落，那是种凋零的美。风的苍凉里，我听到了那款款袭来的秋的脚步正透过水面五彩的色调，荡漾而来。湖水的深色给人油画的厚重感，那天边的夕阳，是你爱看的。不知道你经常仰望天空的那个窗台，如今是何模样，如今是谁倚在窗边唱歌。

我常以为，天空是湖泊和大海的镜子，所以才会如此湛蓝。我坐在这儿，静静地等你，我的爱。而你，此刻在哪里呢，真的永不相见了么？记得那时，我们整日地厮守在你的住所——静安寺路赫德路口一九二号公寓六楼六五室。爱玲，你可还记得我们第一次见面时的情景，想想也是好笑的，到现在我还无法解释当时的鲁莽。在《天地》上读了你的文，就想我是一定要见你的。从苏青那里抄得了你的地址后就急奔而来，得来的却是老妈妈一句：张小姐不见人的。我是极不死心的人，想要做的事一刻也耽搁不下，想要见的人是一定要见的。那时只有一个念头，“世上但凡有一句话，一件事，是关于张爱玲的，便皆成为好”。当即就立于你家门口写下我的电话和地址，从门缝塞进。

你翌日下午就打电话过来，我正在吃午饭，听得电话铃声，青芸要去接，我那时仿佛已感应是你的，就自己起身接了。你说你一会儿来看我，我就饭也不吃了，坐也不是，立也不是，吩咐青芸泡茶，只等你来了。我那时住大西路美丽园，离你家不远，不一会你就来了。我们一谈就是五个小时，茶喝淡了一壶又一壶。爱玲，你起身告辞，我是要坚持送你归去。二月末的天气里，我们并肩走在大西路上，梧桐树儿正在鼓芽，一枝枝蠢蠢欲动的模样，而我们，好得已经宛若多年的朋友。

翌日一早，忍不住地一睁开眼就想要见到你，我打电话去，老妈妈接的，说张先生忙了一夜，在休息。但我还是很早就去了，从电梯管理员那里拿了报纸，坐于你家门口的楼梯上等你。老妈妈开门出去买菜，见到我，一定要我到屋里坐，我怕扰了你，还是坐在楼梯上安心，直到你醒。你从门洞里歪出半张脸，眼睛里看得到你是欣喜的，这是我希望得到的回应。换了鞋，跟在你身后进了房间，你房里竟是华贵到使我不安，那陈设与家具原简单，亦不见得很值钱，但竟是无价的，一种现代的新鲜明亮几乎是带刺激性……当时我就想："三国时东京最繁华，刘备到孙夫人房里竟然胆怯，爱玲你的房里亦像这样的有兵气。在爱玲面前，我想说什么都像生手抱胡琴，辛苦吃力，仍道不着正字眼，丝竹之音变为金石之声。"那天，你穿宝蓝绸裤袄，戴了嫩黄边框眼镜，越显得脸儿像月亮。你给我倒茶，放了糖的，才知道你原是跟孩子一般极喜欢甜食的。此后的数日，每隔一日，我是必去的，到后来竟是止不住地天天要去了，而你也是愿意见我的。我们整夜整夜地说话，才握着手，天就快亮了。

这样，有半年光景，我们就结婚了。可是世事布下的局，谁能破了？

之后，因时局发展，我又辗转武汉，在那里认识小周，自此背信于你。可是生在那个动荡的年代，人人都要疯掉了。次年，日本无条件投降，我被划为文化汉奸被政府通缉，到温州老家避难，与秀美成婚。你来看我，要我于小周同你之间做出选择，我不愿舍去小周，更不愿失去你，我无法给出选择，你在大雨中离去。间隔没几日，我又回到上海，去你那里，我们再不像从前那般亲近，甚至我轻触你手臂时，你低吼一声，再不愿我碰你。我睡了沙发，早晨去看你，你一伏在我肩头便哽咽一声"兰成"，没想到那竟是我们最后一面。我起身离去，回到温州。数月后收到你寄来的诀别信，随信附一张三十万的支票，是你的《太太万岁》和《不了情》的剧本费。

自你与我分手后，我依旧是每写一文都要寄予你，直至写成《吾妻张爱玲》后，你把我寄去的所有书信原址退回。想我是不自量力的，而你是说到做到的。……爱玲是真的不喜欢我了，那个"见了他，她变得很低很低，低到尘埃里，但她心里是欢喜的，从尘埃里开出花来"的爱玲不见了。爱玲，记否我们初见时我写给你的"因为懂得，所以慈悲"？如今看来，我终究是不能明白你的。你原是极心高气傲的，宁可重新回到尘埃之中，也不甘让我时时仰望了。之前我竟一直愚笨到想你永远是我窗前的那轮明月，我只要抬头，是时时都能仰望见你的。

胡兰成和第二任太太全慧文合影

上次遇见炎樱，炎樱说我们："两个超自以为是的人，不在一起，未必是个悲剧。"我说："爱玲一直在我心上，是爱玲不要我了。"听了这话炎樱在笑，又说："两个人于千万人当中相遇并且性命相知的，什么大的仇恨要不爱了呢，必定是你伤她心太狠。有一次和张爱一起睡觉，张爱在梦中喊出'兰成'二字，可见张爱对你，是完全倾心，没有任何条件的，哪怕你偷偷与苏青密会，被她撞个正着。还有秀美为你堕胎，是张爱给青芸一把金手镯让她当了换钱用。这些，虽然她心头酸楚，但也罢了，因为你在婚约上写的要给她现世安稳的。"我无语，只能用李商隐的两句诗"星沉海底当窗见，雨过河源隔座看"来形容我的懊悔。当时炎樱是我们的证婚人，你在婚书上写道："胡兰成与张爱玲签订终身，结为夫妇。"我亲手在后面又加了一句"愿使岁月静好，现世安稳"的，可是没有做到的是我。

忽儿又想起那日你对我说："我自将萎谢了……"不，爱玲，我立时慌张起来，你要好好的。我去找你，熟悉的静安寺路，熟悉的一九二号公寓六楼六五室，矗立门前，门洞紧闭。我曾经无数次地在门洞打开后看到你可爱的脸，可是你毕竟是不在了。六三室的妇人粗声对我说六个月前你已经搬走。我想象不出那一屋的华贵随你到了哪里，那一层金黄的阳光如今移居到了哪儿，还有那随风翻飞的蓝色窗帘遗落在何处。离开的时候第一次没走楼梯，我在这昏黄的公寓楼梯间里隔着电梯的铁栅栏，一层层地降落，仿佛没有尽头，又恍惚如梦，我仿佛是横越三世来见你的，而你却不在。

想你与我之间的事，仿佛是做了一场梦，你是一直清醒着的，而我……

梦醒来，我身在忘川，立在属于我的那块三生石旁，三生石上只有爱玲的名字，可是我看不到爱玲你在哪儿，原是今生今世已惘然，山河岁月空惆怅，而我，终将是要等着你的。

兰成

张爱玲致信胡兰成

文／张爱玲

（一）

我已经不喜欢你了。你是早已不喜欢我了的，这次的决心，我是经过一年半的长时间考虑的。

彼时唯以小吉故，不欲增加你的困难。你不要来寻我，即或写信来，我亦是不看的了。

1947年

手边如有《战难和亦不易》、《文明的传统》等书(《山河岁月》除外)，能否暂借数月做参考？请寄。

（二）

兰成：

你的信和书都收到了，非常感谢。我不想写信，请你原谅。我因为实在无法找到你的旧著作参考，所以冒失地向你借，如果使你误会，我是真的觉得抱歉。《今生今世》下卷出版的时候，你若是不感到不快，请寄一本给我。我在这里预先道谢，不另写信了。

爱玲

十二月廿七

第二篇

钱钟书与杨绛
——最平凡的相濡以沫

钱钟书（1910～1998年），原名仰先，字哲良，字默存，号槐聚，曾用笔名中书君，中国现代著名作家、文学研究家。曾为《毛泽东选集》英文版翻译小组成员。晚年就职于中国社会科学院，任副院长。钱钟书在文学、国故、比较文学、文化批评等领域的成就，推崇者甚至冠以“钱学”。

钱钟书与杨锋

杨绛，本名杨季康，生于1911年7月17日，1932年毕业于苏州东吴大学。1935～1938年留学英法，回国后曾在上海震旦女子文理学院、清华大学任教。1949年后，在中国社会科学院文学研究所、外国文学研究所工作。杨绛女士是著名作家、翻译家、外国文学研究家，主要文学作品有《洗澡》、《干校六记》，另有《堂吉诃德》等译著，2003年出版回忆一家三口数十年风雨生活的《我们仨》，96岁成书《走到人生边上》。

有一种爱，叫相濡以沫。这样一个词用来描述钱钟书与杨绛的相知相守，感觉是那么的贴切。他们一生的相爱或许没有人们想象中的浪漫和热烈，但平凡的陪伴更让人为之动容。两人初次相识是在清华园求学之时，杨绛初次见到钱钟书时，发现此人“穿一件青布大褂，一双毛布底鞋，戴一副老式大眼镜”，一点也不像想象中的那样“翩翩”。之后，志趣相投的两人便在学校里开始恋爱了，而且第二年就订了婚。1933年，二人正式结婚，成为相伴一生的伴侣。他们共同经历了在牛津留学时期的甜蜜生活，共同度过了艰难但不失温馨的动乱时期。不离不弃，一生相伴。钱钟书在两人同存的《人 兽 鬼》样书上，写道：“赠予杨季康（杨绛本名），绝无仅有的结合了各不相容的三者：

妻子、情人、朋友。”对自己的夫人给予了极高的评价。“围在城里的想逃出来，城外的想冲进去。对婚姻也罢，职业也罢。人生的愿望也都是如此”。钱钟书在《围城》里对婚姻作了这样精辟的比喻，而他与杨绛的婚姻却似乎是个例外，二人在婚姻的围城里过着幸福的生活。这在中国现代文人夫妇中，如此相知甚深、相濡以沫，真称得上人一段佳话。

学术伉俪 相濡以沫

1969年11月，杨绛本来打算和钱钟书吃一顿寿面，庆祝钱钟书的虚岁六十岁生日，但等不到生日，钱钟书就得下放改造。1970年7月，杨绛也下放干校。送别钱钟书时，有杨绛和女儿、女婿；杨绛下放时，就只有女儿一人送她，女婿已在一个月前含恨自杀。火车开行后，车窗外已不见女儿的背影。杨绛这样写：“我又合上眼，让眼泪流进鼻子，流入肚里。”1981年，《干校六记》出版，杨绛用淡雅幽默的格调描绘了干校生活的点滴，留给读者“哀而不伤，怒而不怨”之感。

干校六记（节选）

文／杨绛

（一）学圃记闲

我们连里是人人尽力干活儿，尽量吃饭——也算是各尽所能、各取所需吧？当然这只是片面之谈，因为各人还领取不同等级的工资呢。我吃饭少，力气小，干的活儿很轻，而工资却又极高，可说是占尽了“社会主义优越性”的便宜，而使国家吃亏不小。我自觉受之有愧，可是谁也不认真理会我的歉意。我就安安分分在干校学种菜。

新辟一个菜园有许多工程。第一项是建造厕所。我们指望招徕过客为我们积肥，所以地点选在沿北面大道的边上。五根本棍——四角各树一根，有一边加树一棍开个门；编上黍秸的墙，就围成一个厕所。里面埋一口缸沤尿肥；再挖两个浅浅的坑，放几块站脚的砖，厕所就完工了。可是还欠个门帘。阿香和我商量，要编个干干净净的帘子。我们把黍秸剥去壳儿，剥出光溜溜的芯子，用麻绳细细致致编成一个很漂亮的门帘；我们非常得意，挂在厕所门口，觉得这厕所也不同寻常。谁料第二天清早跑到菜地一看，门帘不知去向，积的粪肥也给过路人打扫一空。从此，我和阿香只好互充门帘。

菜园没有关栏。我们菜地的西、南和西南隅有三个菜园，都属于学部的干校。有一个菜园的厕所最讲究，粪便流入厕所以外的池子里去，厕内的坑都用砖砌成。可是他们积的肥大量被偷，据说干校的粪，肥效特高。

我们挖了一个长方形的大浅坑沤绿肥。大家分头割了许多草，沤在坑里，可是不过一顿饭的功夫，沤的青草都不翼而飞，大概是给拿去喂牛了。在当地，草也是希罕物品，干草都连根铲下充燃料。

早先下放的连，菜地上都已盖上三间、五间房子。我们仓促间只在井台西北搭了一个窝棚。树起木架，北面筑一堵“干打垒”的泥墙，另外三面的墙用黍秸编成。棚顶也用黍秸，上盖油毡，下遮塑料布。菜园西北有个砖窑是属于学部干校的，窑下散落着许多碎砖。我们拣了两车来铺在窝棚的地下，棚里就不致太潮湿。这里面还要住人呢。窝棚朝南做了一扇结实的木门，还配上锁。菜园的班长，一位在菜园班里的诗人，还有“小牛”——三人就住在这个窝棚里，顺带看园。我们大家也有了个地方可以歇歇脚。

菜畦里先后都下了种。大部分是白菜和萝卜；此外，还有青菜、韭菜、雪里红、莴笋、胡萝卜、香菜、蒜苗等。可是各连建造的房子——除了最早下放的几连——都聚在干校的“中心点”上，离这个菜园稍远。我们在新屋近旁又分得一块菜地，壮劳力都到那边去整地挖沟。旧菜园里的庄稼不能没人照看，就叫阿香和我留守。

我们把不包心的白菜一叶叶顺序包上，用藤缠住，居然有一部分也长成包心的白菜，只是包得不紧密。阿香能挑两桶半满的尿，我就一杯杯舀来浇灌。我们偏爱几个“象牙萝卜”或“太湖萝卜”——就是长的白萝卜。地面上露出的一寸多，足有小饭碗那么顽。我们私下说：“咱们且培养尖子！”所以把班长吩咐我们撒在胡萝卜地里的草木灰，全用来肥我们的宝贝。真是宝贝！到收获的时候，我满以为泥下该有一尺多长呢，至少也该有大半截。我使足劲儿去拔，用力过猛，扑通跌坐地下，原来泥里只有几茎须须。从来没见过这么扁的“长”萝卜！有几个红萝卜还像样，一般只有鸭儿梨大

中年时代其乐融融的三口之家

小。天气渐转寒冷，蹲在畦边松土拔草，北风直灌入背心。我们回连吃晚饭，往往天都黑了。那年十二月，新屋落成，全连搬到“中心点”上去；阿香也到新菜地去干活儿。住窝棚的三人晚上还回旧菜园睡觉，白天只我一人在那儿看守。

班长派我看菜园是照顾我，因为默存的宿舍就在砖窑以北不远，只不过十多分钟的路。默存是看守工具的。我的班长常叫我去借工具。借了当然还要还。同伙都笑嘻嘻地看我兴冲冲走去走回，借了又还。默存看守工具只管登记，巡夜也和别人轮值，他的专职是通信员，每天下午到村上邮电所去领取报纸、信件、包裹等回连分发。邮电所在我们菜园的东南。默存每天沿着我们菜地东边的小溪迤逦往南又往东去。他有时绕道到菜地来看我，我们大伙儿就停工欢迎。可是他不敢耽搁时间，也不愿常来打搅。我和阿香一同留守菜园的时候，阿香会忽然推我说：“瞧！瞧！谁来了！”默存从邮电所拿了邮件，正迎着我们的菜地走来。我们三人就隔着小溪叫应一下，问答几句。我一人守园的时候，发现小溪干涸，可一跃而过；默存可由我们的菜地过溪往邮电所去，不必绕道。这样，我们老夫妇就经常可在菜园相会，远胜于旧小说、戏剧里后花园私相约会的情人了。

默存后来发现，他压根儿不用跳过小溪，往南去自有石桥通往东岸。每天午后，我可以望见他一脚高、一脚低从砖窑北面跑来。有时风和日丽，我们就在窝棚南面灌水渠岸上坐一会儿晒晒太阳。有时他来晚了，站着说几句话就走。他三言两语、断断续续、想到就写的信，可亲自撂给我。我常常锁上窝棚的木门，陪他走到溪边，再忙忙回来守在菜园里，目送他的背影渐远渐小，渐渐消失。他从邮电所回来就急要回连分发信件和报纸，不肯再过溪看我。不过我老远就能看见他迎面而来；如果忘了什么话，等他回来可隔溪再说两句。

…………

有一次，那是一九七一年一月三日，下午三点左右，忽有人来，指着菜园以外东南隅两个坟墩，问我是否干校的坟墓。随学部干校最初下去的几个拖拉机手，有一个开拖拉机过桥，翻在河里淹死了。他们问我那人是否埋在那边。我说不是；我指向遥远处，告诉了那个坟墓所在。过了一会儿，我看见几个人在胡萝卜地东边的溪岸上挖土，旁边歇着一辆大车，车上盖着苇席。啊！他们是要埋死人吧？旁边站着几个穿军装的，想是军宣队。

我远远望着，刨坑的有三四人，动作都很迅速。有人跳下坑去挖土；后来一个个都跳下坑去。忽又有人向我跑来。我以为他是要喝水；他却是要借一把铁锹，他的铁锹柄断了。我进窝棚去拿了一把给他。

当时没有一个老乡在望，只那几个人在刨坑，忙忙地，急急地。后来，下坑的人只露出了脑袋和肩膀，坑已够深。他们就从苇席下抬出一个穿蓝色制服的尸体。我心里震惊，遥看他们把那死人埋了。

借铁锹的人来还我工具的时候，我问他死者是男是女，什么病死的。他告诉我，他们是某连，死者是自杀的，三十三岁，男。

冬天日短，他们拉着空车回去的时候，已经暮色苍茫。荒凉的连片菜地里阒无一人。我慢慢儿跑到埋人的地方，只看见添了一个扁扁的土馒头。谁也不会注意到溪岸上多了这么一个新坟。

第二天我告诉了默存，叫他留心别踩那新坟，因为里面没有棺材，泥下就是身体。他从邮电所回来，那儿消息却多，不但知道死者的姓名，还知道死者有妻有子；那天有好几件行李寄回死者的家乡。

不久后下了一场大雪。我只愁雪后地塌坟裂，尸体给野狗拖出来。地果然塌下些，坟却没有裂开。

整个冬天，我一人独守菜园。早上太阳刚出，东边半天云彩绚烂。远远近近的村子里，一批批老老少少的村里人，穿着五颜六色的破衣服成群结队出来，到我们菜园邻近分散成两人一伙、三人一伙，消失各处。等夕阳西下，他们或先或后，又成群负载而归。我买了晚饭回菜园，常站在窝棚门口慢慢地吃。晚霞渐渐暗淡，暮霭沉沉，野旷天低，菜地一片昏暗，远近不见一人，也不见一点灯光。我退入窝棚，只听得黍秸里不知多少老鼠在跳踉作耍，枯叶窸窸窣窣地响。我舀些井水洗净碗匙，就锁上门回宿舍。

人人都忙着干活儿，唯我独闲；闲得惭愧，也闲得无可奈何。我虽然不懂得任何武艺，也大有鲁智深在五台山禅院做和尚之概。

我住在老乡家的时候，和同屋伙伴不在一处劳动，晚上不便和她们结队一起回村。我独往独来，倒也自由灵便。而且我喜欢走黑路。打了手电，只能照见四周一小圈地，不知身在何处；走黑路倒能把四周都分辨清楚。我顺着荒墩乱石间一条蜿蜒小径，独自回村；近村能看到树丛里闪出灯光。但有灯光处，只有我一个床位，只有帐子里狭小的一席地——一个孤寂的归宿，不是我的家。因此我常记起曾见一幅画里，一个老者背负行囊，拄着拐杖，由山坡下一条小路一步步走入自己的坟墓；自己仿佛也就是如此。

过了年，清明那天，学部的干校迁往明港。动身前，我们菜园班全伙都回到旧菜园来，拆除所有的建筑。可拔的拔了，可拆的拆了。拖拉机又来耕地一遍。临走我和默存偷空同往菜园看一眼告别。只见窝棚没了，井台没了，灌水渠没了，菜畦没了，连那个扁扁的土馒头也不知去向，只剩了满布坷垃的一片白地。

（二）冒险记幸

在息县上过干校的，谁也忘不了息县的雨——灰濛濛的雨，笼罩人间；满地泥浆，连屋里的地也潮湿得想变浆。尽管泥路上经太阳晒干的车辙象刀刃一样坚硬，害我们走得脚底起泡，一下雨就全化成烂泥，滑得站不住脚，走路拄着拐杖也难免滑倒。我们寄居各村老乡家，走到厨房吃饭，常有人滚成泥团子。厨房只是个席棚；旁边另有个席棚存放车俩和工具。我们端着饭碗尽量往两个席棚里挤。棚当中，地较干；站在边缘不仅泥泞，还有雨丝飕飕地往里扑。但不论站在席棚的中央或边缘，头顶上还点点滴滴漏下雨来。吃完饭，还得踩着烂泥，一滑一跌到井边去洗腕。回村路上如果打破了热水瓶，更是无法弥补的祸事，因为当地买不到，也不能由北京邮寄。唉！息县的雨天，实在叫人鼓不起劲来。

一次，连着几天下雨。我们上午就在村里开会学习，饭后只核心或骨干人员开会，其余的人就放任自流了。许多人回到寄寓的老乡家，或写信，或缝补，或赶做冬衣。我住在副队长家里，虽然也是六面泥的小房子，却比别家讲究些，朝南的泥墙上还有个一尺宽、半尺高的窗洞。我们糊上一层薄纸，又挡风，又透亮。我的床位在没风的暗角落里，伸手不见五指，除了晚上睡觉，白天耽不住。屋里只有窗下那一点微弱的光，我也不愿占用。况且雨里的全副武装——雨衣、雨裤、长统雨鞋，都沾满泥浆，脱换费事；还有一把水淋淋的雨伞也没处挂。我索性一手打着伞，一手拄着拐棍，走到雨里去。

钱钟书及夫人、女儿

我在苏州故居的时候最爱下雨天。后园的树木，雨里绿时青翠欲滴，铺地的石子冲洗得光洁无尘；自己觉得身上清润，心上洁净。可是息县的雨，使人觉得自己确是黄土捏成的，好像连骨头都要化成一堆烂泥了。我踏着一片泥海，走出村子；看看表，才两点多，忽然动念何不去看看默存。我知道擅自外出是犯规，可是这时候不会吹号、列队、点名。我打算偷偷儿抄过厨房，直奔西去的大道。

连片的田里都有沟；平时是干的，积雨之后，成了大大小小的河渠。我走下一座小桥，桥下的路已淹在水里，和沟水汇成一股小河。但只差几步就跨上大道了。我不甘心后退，小心翼翼，试探着踩过靠岸的浅水；虽然有几脚陷得深些，居然平安上坡。我回头看看后无追兵，就直奔大道西去，只心上切记，回来不能再走这条路。

泥泞里无法快走，得步步着实。雨鞋愈走愈重；走一段路，得停下用拐杖把鞋上沾的烂泥拔掉。雨鞋虽是高统，一路上的烂泥粘得变成“胶力士”，争着为我脱靴；好几次我险的把雨鞋留在泥里。而且不知从哪里搓出来不少泥丸子，会落进高统的雨鞋里去。我走在路南边，就觉得路北边多几茎草，可免滑跌；走到路北边，又觉得还是南边草多。这是一条坦直的大道，可是将近砖窑，有二三丈路基塌陷。当初我们菜园挖井，阿香和我推车往菜地送饭的时候，到这里就得由阿香推车下坡又上坡。连天下雨，这里一片汪洋，成了个清可见底的大水塘。中间有两条堤岸；我举足踹上堤岸，立即深深陷下去；原来那是大车拱起的轮辙，浸了水是一条“酥堤”。我跋涉到此，虽然走的是平坦大道，也大不容易，不愿废然而返。水并不没过靴统，还差着一二寸。水底有些地方是沙，有些地方是草；沙地有软有硬，草地也有软有硬。我拄着拐杖一步一步试探着前行，想不到竟安然渡过了这个大水塘。

上坡走到砖窑，就该拐弯往北。有一条小河由北面南，流到砖窑坡下，稍一停洄，就泛入窑西低洼的荒地里去。坡下那片地，平时河水蜿蜒而过，雨后水涨流急，给冲成一个小岛。我沿河北去，只见河面愈来愈广。默存的宿台在河对岸，是几排灰色瓦房的最后一排。我到那里一看，河宽至少一丈。原来的一架四五尺宽的小桥，早已冲垮，歪歪斜斜浮在下游水面上。雨丝绵绵密密，把天和地都连成一片；可是面前这一道丈许的河，却隔断了道路。我在东岸望着西岸，默存住的房间更在这排十几间房间的最西头。我望着望着，不见一人；忽想到假如给人看见，我岂不成了笑话。没奈何，我只得踏着泥泞的路，再往回走；一面走，一面打算盘。河愈南去愈窄，水也愈急。可是如果到砖窑坡下跳上小岛，跳过河去，不就到了对岸吗？那边看去尽是乱石荒墩，并没有道路；可是地该是连着的，没有河流间隔、但河边泥滑，穿了雨靴不如穿布鞋灵便；小岛的泥土也不知是否坚固。我回到那里，伸过手杖去扎那个小岛，泥土很结实。我把手杖扎得深深地，攀着杖跳上小岛，又如法跳到对岸。一路坑坑坡坡，一脚泥、一脚水，历尽千难万阻，居然到了默存宿舍的门口。

我推院进去，默存吃了一惊。

“你怎么来了？”

我笑说，“来看看你。”

默存急得直骂我，催促我回去。我也不敢逗留，因为我看过表，一路上费的时候比平时多一倍不止。我又怕小岛愈冲愈小，我就过不得河了。灰蒙蒙的天，再昏暗下来，过那片水塘就难免陷入泥里去。

恰巧有人要过砖窑往西到“中心点”去办事。我告诉他说，桥已冲跨。他说不要紧，南去另有出路。我就跟他同走。默存穿上雨鞋，打着雨伞，送了我们一段路。那位同志过砖窑往西，我就往东。好在那一路都是刚刚走过的，只需耐心、小心，不妨大着胆子。我走到我们厨房，天已经昏黑。晚饭已过，可是席棚里还有灯火，还有人声。我做贼也似的悄悄掠过厨房，泥泞中用最快的步子回屋。

我再也记不起我那天的晚饭是怎么吃的：记不起是否自己保留了半个馒头，还是默存给我吃了什么东西；也记不起是否饿了肚子。我只自幸没有掉在河里，没有陷入泥里，没有滑跌，也没有被领导抓住；便是同屋的伙伴，也没有觉察我干了什么反常的事。

入冬，我们全连搬进自己盖前新屋。军宣队要让我们好好过个年，吃一餐丰盛的年夜饭，免得我们苦苦思家。

外文所原是文学所分出来的。我们连里有几个女同志的“老头儿”（默存就是我的“老头儿”——不管老不老，丈夫就叫“老头儿”）在他们连里，我们连里同意把几位“老头儿”请来同吃年夜饭。厨房里的烹调能手各显奇能，做了许多菜：熏鱼、酱鸡、红烧猪肉、咖喱牛肉等等应有尽有；还有凉拌的素菜，都很可口。默存欣然加入我们菜园一伙，围着一张长方大桌子吃了一餐盛馔。小趋在桌子底下也吃了个撑肠拄腹；我料想它尾巴都摇酸了。记得默存六十周岁那天，我也附带庆祝自己的六十虚岁，我们只开了一罐头红烧鸡。那天我虽放假，他却不放假。放假吃两餐，不放假吃三餐。我吃了早饭到他那里，中午还吃不了饭，却又等不及吃晚饭就得回连，所以只勉强啃了几口馒头。这番吃年夜饭，又有好菜，又有好酒；虽然我们俩不喝酒，也和旁人一起陶然忘忧。晚饭后我送他一程，一路走一路闲谈，直到拖拉机翻倒河里的桥边，默存说：“你回去吧。”他过桥北去，还有一半路。

那天是大雪之后，大道上雪已融化，烂泥半干，踩在脚下软软的，也不滑，也不硬。可是桥以北的小路上雪还没化。天色已经昏黑，我怕默存近视眼看不清路——他向来不会认路——干脆直把他送回宿舍。

雪地里，路径和田地连成一片，很难分辨。我一路留心记住一处处的标志，例如哪个转角处有一簇几棵大树、几棵小树，树的枝叶是什么姿致；什么地方，路是斜斜地拐；什么地方的雪特厚，哪是田边的沟，面上是雪，踹下去是半融化的泥浆，归途应当回避等等。

默存屋里已经灯光雪亮。我因为时间不早，不敢停留，立即辞归。一位年轻人在旁说，天黑了，他送我回去吧。我想这是大年夜，他在暖融融的屋里，说说笑笑正热闹，叫他冲黑冒寒送我，是不情之请。所以我说不必，我认识路。默存给他这么一提，倒不放心了。我就吹牛说：“这条路，我哪天不走两遍！况且我带着个很亮的手电呢，不怕的。”其实我每天来回走的路，只是南岸的堤和北岸的东西大道。默存也不知道不到半小时之间，室外的天地已经变了颜色，那一路上已不复是我们同归时的光景了。而且回来朝着有灯光的房子走，容易找路；从亮处到黑地里去另是一回事。我坚持不要人送，他也不再勉强。他送我到灯光所及的地方，我就叫他回去。

我自恃惯走黑路，站定了先辨辨方向。有人说，女同志多半不辨方向。我记得哪本书上说，女人和母鸡，出门就迷失方向。这也许是侮辱了女人。但我确是个不辨方向的动物，往往‘欲往城南往城北”。默存虽然不会认路，我却靠他辨认方向。这时我留意辩明方向：往西南，斜斜地穿出树林，走上林边大道；往西，到那一簇三五棵树的地方，再往南拐；过桥就直奔我走熟的大道回宿舍。

可是我一走出灯光所及的范围，便落入一团昏黑里。天上没一点星光，地下只一片雪白；看不见树，也看不见路。打开手电，只照见远远近近的树干。我让眼睛在黑暗里习惯一下，再睁眼细看，只见一团昏黑，一片雪白。树林里那条蜿蜒小路，靠宿舍里的灯光指引，暮色苍茫中依稀还能辨认，这时完全看不见了。我几乎想退回去请人送送。

新婚的钱钟书和杨绛搭乘邮轮赴英留学

可是再一转念：遍地是雪，多两只眼睛亦未必能找出路来；况且人家送了我回去，还得独自回来呢，不如我一人闯去。

我自信四下观望的时候脚下并没有移动。我就硬着头皮，约莫朝西南方向，一纳头走进黑地里去。假如太往西，就出不了树林；我宁可偏向南走。地下看着雪白，踩下去却是泥浆。幸亏雪下有些黍秸秆儿、断草绳、落叶之类，倒也不很滑。我留心只往南走，有树挡住，就往西让。我回头望望默存宿舍的灯光，已经看不见了，也不知身在何处。走了一回，忽一脚踩个空，栽在沟里，吓了我一大跳；但我随即记起林边大道旁有个又宽又深的沟，这时撞入沟里，不胜欣喜，忙打开手电，找到个可以上坡的地方，爬上林边的大道。

大道上没雪，很好走，可以放开步子；可是得及时往南拐弯。如果一直走，便走到“中心点”以西的邻树去了。大道两旁植树，十几步一棵。我只见树干，看不见枝叶，更看不见树的什么姿致。来时所认的标志，一无所见。我只怕错失了拐弯处，就找不到拖拉机翻身的那座桥。迟拐弯不如早拐弯——拐迟了走入连片的大田，就够我在里面转个通宵了，所以我看见有几棵树聚近在一起，就忙拐弯往南。

一离开大道，我又失去方向；走了几步，发现自己在黍秸丛里。我且直往前走。只要是往南，总会走到河边；到了河边，总会找到那座桥。

我曾听说，有坏人黑夜躲在黍秸田里；我也怕野狗闻声蹿来，所以机伶着耳朵，听着四周的动静轻悄悄地走，不拂动两旁黍秸的枯叶。脚下很泥泞，却不滑。我五官并用，只不用手电。不知走了多久，忽见前面横着一条路，更前面是高高的堤岸。我终于到了河边！只是雪地又加黑夜，熟悉的路也全然陌生，无法分辨自已是在桥东还是桥西。——因为桥西也有高高的堤岸。假如我已在桥西，那条河愈西去愈宽，要走到“中心点”西头的另一个砖窑，才能转到河对岸，然后再折向东去找自己的宿舍。听说新近有个干校学员在那个砖窑里上吊死了。幸亏我已经不是原先的胆小鬼，否则桥下有人淹死，窑里有人吊死，我只好徘徊河边吓死。我估计自己性急，一定是拐弯过早，还在桥东，所以且往西走；一路找去，果然找到了那座桥。

过桥虽然还有一半路，我飞步疾行，一会儿就到家了。

“回来了？”同屋的伙伴儿笑脸相迎，好像我才出门走了几步路。在灯光明亮的屋里，想不到昏黑的野外另有一番天地。

一九七一年早春，学部干校大搬家，由息县迁往明港师部的营房。干校的任务，由劳动改为“学习”——学习阶级斗争吧？有人不解“学部”指什么，这时才恍然：“学部”就是“学习部”。

看电影大概也算是一项学习，好比上课，谁也不准逃学（默存因眼睛不好，看不见，得以豁免）。放映电影的晚上，我们晚饭后各提马札儿，列队上广场。各连有指定的地盘，各人挨次放下马札儿入座。有时雨后，指定的地方泥泞，马扎儿只好放在烂泥上；而且保不定天又下雨，得带着雨具。天热了，还有防不胜防的大群蚊子。不过上这种课不用考试。我睁眼就看看，闭眼就歇歇。电影只那么几部，这一回闭眼没看到的部分，尽有机会以后补看。回宿舍有三十人同屋，大家七嘴八舌议论，我只需旁听，不必泄漏自己的无知

一次我看完一场电影，随着队伍回宿舍。我睁着眼睛继续做我自己的梦，低头只看着前人的脚跟走。忽见前面的队伍渐渐分散，我到了宿舍的走廊里，但不是自己的宿舍。我急忙退回队伍，队伍只剩个尾巴了；一会儿，这些人都纷纷走进宿舍去。我不知道自己的宿舍何在，连问几人，都说不知道。他们各自忙忙回屋，也无暇理会我，我忽然好比流落异乡，举目无亲。

抬头只见满天星斗。我认得几个星座；这些星座这时都乱了位置。我不会借星座的位置辨认方向，只凭颠倒的位置知道离自己的宿舍很远了。营地很大，远远近近不知有多少营房，里面都亮着灯。营地上纵横曲折的路，也不知有多少。营房都是一个式样，假如我在纵横曲折的路上乱跑，一会儿各宿舍熄了灯，更无从寻找自己的宿舍了。目前只有一法：找到营房南边铺石块的大道，就认识归路。放映电影的广场离大道不远，我错到的陌生宿舍，估计离广场也不远；营房大多南向，北斗星在房后——这一点我还知道。我只要背着这个宿舍往南去，寻找大道；即使绕了远路，道路却好走。

我怕耽误时间，不及随着小道曲折而行，只顾抄近，直往南去；不防走进了营地的菜圃。营地的菜圃不比我们在息县的菜圃。这里地肥，满畦密密茂茂的菜，盖没了一畦畦的分界。我知道这里每一二畦有一眼沤肥的粪井；井很深。不久前，也是看电影回去，我们连里一位高个儿年轻人失足落井。他爬了出来，不顾寒冷，在“水房”——我们的盥洗室——冲洗了好半天才悄悄回屋，没闹得人人皆知。我如落井，谅必一沉到底，呼号也没有救应。冷水冲洗

杨绛先生在清华大学任教时期

之厄，压根儿可不必考虑。

我当初因为跟着队伍走不需手电，并未注意换电池。我的手电昏暗无光，只照见满地菜叶，也不知是什么菜。我想学猪八戒走冰的办法，虽然没有扁担可以横架肩头，我可以横抱着马扎儿，扩大自己的身躯。可是如果我掉下半身，呼救无应，还得掉下粪井。我不敢再胡思乱想，一手提马扎儿，一手打着手电，每一步都得踢开菜叶，缓缓落脚，心上虽急，却战战兢兢，如临深渊，一步不敢草率。好容易走过这片菜地，过一道沟仍是菜地。简直像梦魔似的，走呀、走呀，总走不出这片菜地。

幸亏方向没错，我出得菜地，越过煤渣铺的小道，越过乱草、石堆，终于走上了石块铺的大路。我立即拔步飞跑，跑几步，走几步，然后转北，一口气跑回宿舍。屋里还没有熄灯，末一批上厕所的刚回房，可见我在菜地里走了不到二十分钟。好在没定冤枉路，我好像只是上了厕所回屋，谁也没有想到我会睁着眼睛跟错队伍。假如我掉在粪井里，几时才会被人发现呢？

我睡在硬帮帮、结结实实的小床上，感到享不尽随安稳。

有一位比我小两岁的同事，晚饭后乖乖地坐在马扎上看电影，散场时他因脑溢血已不能动弹，救治不及，就去世了。从此老年人可以免修晚上的电影课。我常想，假如我那晚在陌生的宿舍前叫喊求救，是否可让老年人早些免修这门课呢？只怕我的叫喊求救还不够悲剧，只能成为反面教材。

所记三事，在我，就算是冒险，其实说不上什么险；除非很不幸，才会变成险。

《干校六记》小引

文／钱钟书

杨绛写完《干校六记》，把稿子给我看了一遍。我觉得她漏写了一篇，篇名不妨暂定为《运动记愧》。

学部在干校的一个重要任务是搞运动，清查“五一六分子”。干校两年多的生活是在这个批判斗争的气氛中度过的；按照农活、造房、搬家等等需要，搞运动的节奏一会子加紧，一会子放松，但仿佛间歇疟，疾病始终缠住身体。“记劳”，“记闲”，记这，记那，都不过是这个大背景的小点缀，大故事的小穿插。

现在事过境迁，也可以说水落石出。在这次运动里，如同在历次运动里，少不了有三类人。假如要写回忆的话，当时在运动里受冤枉、挨批斗的同志们也许会来一篇《记屈》或《记愤》。至于一般群众呢，回忆时大约都得写《记愧》：或者惭愧自己是糊涂虫，没看清“假案”、“错案”，一味随着大伙去糟蹋一些好人；或者(就像我本人)惭愧自己是懦怯鬼，觉得这里面有冤屈，却没有胆气出头抗议，至多只敢对运动不很积极参加。也有一种人，他们明知道这是一团乱蓬蓬的葛藤账，但依然充当旗手、鼓手、打手，去大判“葫芦案”。按道理说，这类人最应当“记愧”。不过，他们很可能既不记忆在心，也无愧怍于心。他们的忘记也许正由于他们感到惭愧，也许更由于他们不觉惭愧。惭愧常使人健忘，亏心和丢脸的事总是不愿记起的事，因此也很容易在记忆的筛眼里走漏得一干二净。惭愧也使人畏缩、迟疑，耽误了急剧的生存竞争；内疚抱愧的人会一时上退却以至于一辈子落伍。所以，惭愧是该被淘汰而不该被培养的感情；古来经典上相传的“七情”里就没有列上它。在日益紧张的近代社会生活里，这种心理状态看来不但无用，而且是很不利的，不感觉到它也罢，落得个身心轻松愉快。

《浮生六记》——一部我很不喜欢的书——事实上只存四记，《干校六记》理论上该有七记。在收藏家、古董贩和专家学者通力合作的今天，发现大小作家们并未写过的未刊稿已成为文学研究里发展特快的新行业了。谁知道没有那么一天，这两部书缺掉的篇章会被陆续发现，补足填满，稍微减少了人世间的缺陷。

1980年12月

作为一名研究型的学者，钱钟书的兴趣并不在创作小说上，因此其平生只创作了《围城》一部长篇。钱老自己曾说是锱铢积累的完成这部作品的，每写一段文字，每塑造一个人物，都要先给杨绛先生过目。因此，书成之后，在序言中最需要提及并感谢的也是他的夫人。

《围城》序

文／钱钟书

在这本书里，我想写现代中国某一部分社会、某一类人物。写这类人，我没忘记他们是人类，只是人类，具有无毛两足动物的基本根性。角色当然是虚构的，但是有考据癖的人也当然不肯错过索隐的机会、放弃附会的权利的。

这本书整整写了两年。两年里忧世伤生，屡想中止。由于杨绛女士不断的督促，替我挡了许多事，省出时间来，得以锱铢积累地写完。照例这本书该献给她。不过，近来觉得献书也像“致身于国”、“还政于民”等等佳话，只是语言幻成的空花泡影，名说交付出去，其实只仿佛魔术家玩的飞刀，放手而并没有脱手。随你怎样把作品奉献给人，作品总是作者自已的。大不了一本书，还不值得这样精巧地不老实，因此罢了。

钱钟书先生酷爱读书，一生用于读书的时间远多于写作，且每读一书必作笔记。钱钟书先生大量丰富的学术研究宝藏正是在尚未付梓的读书笔记里。这些笔记的手稿由钱先生的夫人杨绛提供，影印出版为《钱钟书手稿集》。这套笔记主要为钱先生阅读中国古代典籍所做的笔记，其书写时间从上世纪30年代至90年代，数量十分惊人，内容也极其丰富，有其难以估量的学术价值。杨绛先生为其作了序言。

杨绛敬序2001年5月4日

1997年三月四日，钱瑗病逝，1998年，钱钟书撒手人寰，这个曾经其乐融融的三口之家如今只剩下了杨绛先生孤身一人，她于92岁高龄之时用心记述了他们这个特殊家庭63年的风风雨雨、点点滴滴，结成回忆录《我们仨》。

我们仨（节选）

文／杨绛

有一晚，我做了一个梦。我和钟书一同散步，说说笑笑，走到了不知什么地方。太阳已经下山，黄昏薄幕，苍苍茫茫中，忽然钟书不见了。我四顾寻找，不见他的影踪。我喊他，没人应。只我一人，站在荒郊野地里，钟书不知到哪里去了。我大声呼喊，连名带姓地喊。喊声落在旷野里，好像给吞吃了似的，没留下一点依稀仿佛的音响。彻底的寂静，给沉沉夜色增添了分量，也加深了我的孤凄。往前看去，是一层深似一层的昏暗。我脚下是一条沙土路，旁边有林木，有潺潺流水，看不清楚溪流有多么宽广。向后看去，好像是连片的屋宇房舍，是有人烟的去处，但不见灯火，想必相离很远了。钟书自顾自先回家了吗？

我也得回家呀。我正待寻觅归路，忽见一个老人拉着一辆空的黄包车，忙拦住他。他倒也停了车。可是我怎么也说不出要到哪里去，惶急中忽然醒了。钟书在我旁边的床上睡得正酣呢。

我转侧了半夜等钟书醒来，就告诉他我做了一个梦，如此这般；于是埋怨他怎么一声不响地撇下我自顾自走了。钟书并不为我梦中的他辩护，只安慰我说：那是老人的梦，他也常做。

是的，这类的梦我又做过多次，梦境不同而情味总相似。往往是我们两人从一个地方出来，他一晃眼不见了。我到处问询，无人理我。我或是来回寻找，走入一连串的死胡同，或独在昏暗的车站等车，等那末一班车，车也总不来。梦中凄凄惶惶，好像只要能找到他，就能一同回家。

钟书大概是记着我的埋怨，叫我做了一个长达万里的梦。

…………

（一）

一九三五年七月，钟书不足二十五岁，我二十四岁略欠几天，我们结了婚同到英国牛津求学。我们离家远出，不复在父母庇荫之下，都有点战战兢兢；但有两人作伴，可相依为命。

钟书常自叹“拙手笨脚”。我只知道他不会打蝴蝶结，分不清左脚右脚，拿筷子只会像小孩儿那样一把抓。我并不知道其他方面他是怎样的笨，怎样的拙。

他初到牛津，就吻了牛津的地，磕掉大半个门牙。他是一人出门的，下公共汽车未及站稳，车就开了。他脸朝地摔一大跤。那时我们在老金（Mr.King）家做房客。同寓除了我们夫妇，还有住单身房的两位房客，一姓林，一姓曾，都是到牛津访问的医学专家。钟书摔了跤，自己又走回来，用大手

钱钟书、杨绛夫妇二人晚年合影

绢捂着嘴。手绢上全是鲜血，抖开手绢，落下半枚断牙，满口鲜血。我急得不知怎样能把断牙续上。幸同寓都是医生。他们教我陪钟书赶快找牙医，拔去断牙，然后再镶假牙。

牛津大学的秋季始业（Michaelmas Term）在十月前后。当时还未开学。我们下船后曾在伦敦观光小住，不等学期开始就到牛津了。钟书已由官方为他安排停当，入埃克塞特（Exeter）学院，攻读文学学士（B. Litt）学位。我正在接洽入学事。我打算进不供住宿的女子学院（Home Students），但那里攻读文学的学额已满，要入学，只能修历史。我不愿意。

我曾毫不犹豫地放弃了美国韦斯利女子学院（Wellesley College）的奖学金，因为奖学金只供学费。我的母校校长以为我傻，不敢向父亲争求。其实我爸爸早已答应我了。我只是心疼爸爸负担重，他已年老，我不愿增加他的背累。我指望考入清华研究院，可以公费出国。我居然考上了。可是我们当时的系主任偏重戏剧。外文系研究生没一个专攻戏剧。他说清华外文系研究生都没出息，外文系不设出国深造的公费学额。其实，比我高一级的赵萝蕤和我都是获得奖学金的优秀生；而清华派送出国的公费生中，有两人曾和我在东吴同学，我的学业成绩至少不输他们，我是获得东吴金钥匙奖的。偏我没出息？我暗想：假如我上清华外文系本科，假如我选修了戏剧课，说不定我也能写出一个小剧本来，说不定系主任会把我做培养对象呢。但是我的兴趣不在戏剧而在小说。那时候我年纪小，不懂得造化弄人，只觉得很不服气。既然我无缘公费出国，我就和钟书一同出国。借他的光，可省些生活费。

可是牛津的学费已较一般学校昂贵，还要另交导师费，房租伙食的费用也较高。假如我到别处上学，两人分居，就得两处开销，再加上来往旅费，并不合算。钟书磕掉门牙是意外事；但这类意外，也该放在预算之中。这样一算，他的公费就没多少能让我借光的了。万一我也有意外之需，我怎么办？我爸爸已经得了高血压症。那时候没有降压的药。我离开爸爸妈妈，心上已万分抱愧，我怎能忍心再向他们要钱？我不得已而求其次，只好安于做一个旁听生，听几门课，到大学图书馆（Bod Leian）自习。

老金家供一日四餐——早餐、午餐、午后茶和晚餐。我们住一间双人卧房兼起居室，窗临花园，每日由老金的妻女收拾。我既不是正式学生，就没有功课，全部时间都可自己支配。我从没享受过这等自由。我在苏州上大学时，课余常在图书馆里寻寻觅觅，想走入文学领域而不得其门。考入清华后，又深感自己欠修许多文学课程，来不及补习。这回，在牛津大学图书馆里，满室满架都是文学经典，我正可以从容自在地好好补习。

图书馆临窗有一行单人书桌，我可以占据一个桌子。架上的书，我可以自己取。读不完的书可以留在桌上。在那里读书的学生寥寥无几，环境非常清静。我为自己定下课程表，一本一本书从头到尾细读。能这样读书，还有什么不满意的呢？

学期开始后，钟书领得一件黑布背心，背上有两条黑布飘带。他是我国的庚款公费生，在牛津却是自费生（Commoner），自费的男女学生，都穿这种黑布背心。男学生有一只硬的方顶帽子，但谁都不戴。领奖学金的学生穿长袍。女学生都戴软的方顶帽子。我看到满街都是穿学生装的人，大有失学儿童的自卑感，直羡慕人家有而我无份的那件黑布背心。

牛津大学的大课，课堂在大学楼；钟书所属学院的课，课堂借用学院的饭厅，都有好些旁听生。我上的课，钟书都不上。他有他的必修课。他最吃重的是导师和他一对一的课。我一个人穿着旗袍去上课，经常和两三位修女一起坐在课堂侧面的旁听座上，心上充满了自卑感。

钟书说我得福不知。他叫我看看他必修的课程。我看了，自幸不在学校管辖之下。他也叫我看看前两届的论文题目。这也使我自幸不必费这番工夫。不过，严格的训练，是我欠缺的。他呢，如果他也有我这么多自由阅读的时间，准会有更大的收获。反正我们两个都不怎么称心，而他的失望更大。

牛津有一位富翁名史博定（H.N.Spalding）。据说他将为牛津大学设立一个汉学教授的职位。他弟弟K. J. Spalding是汉学家，专研中国老庄哲学。K. J. 是牛津某学院（Brazenose College）的驻院研究员（Fellow Don）。富翁请我们夫妇到他家吃茶，劝钟书放弃中国的奖学金，改行读哲学，做他弟弟的助手。他口气里，中国的奖学金区区不足道。钟书立即拒绝了他的建议。以后，我们和他仍有来往，他弟弟更是经常请我们到他那学院寓所去吃茶，借此请教许多问题。钟书对于攻读文学学士虽然不甚乐意，但放弃自己国家的奖学金而投靠外国富翁是决计不干的。

牛津大学的学生，多半是刚从贵族中学毕业的阔人家子弟，开学期间住在各个学院里，一到放假便四散旅游去了。牛津学制每年共三个学期，每学期八周，然后放假六周。每三个学期之后是长达三个多月的暑假。考试不在学期末而在毕业之前，也就是在入学二至四年之后。年轻学生多半临时抱佛脚，平时对学业不当一回事。他们晚间爱聚在酒店里喝酒，酒醉后淘气胡闹，犯校规是经常的事。所以钟书所属的学院里，每个学生有两位导师：一是学业导师，一是品行导师（moral tutro）。如学生淘气出格被拘，由品行导师保释。钟书的品行导师不过经常请我们夫妇吃茶而已。

牛津还有一项必须遵守的规矩。学生每周得在所属学院的食堂里吃四五次晚饭。吃饭，无非证明这学生住校。吃饭比上课更重要。据钟书说，获得优等文科学士学位（B.A.Honours）之后，再吃两年饭（即住校二年，不含假期）就是硕士；再吃四年饭，就成博士。

当时在牛津的中国留学生，大多是获得奖学金或领取政府津贴的。他们假期中也离开牛津，别处走走。唯独钟书直到三个学期之后的暑假才离开。

这在钟书并不稀奇。他不爱活动。我在清华借读半年间，游遍了北京名胜。他在清华待了四年，连玉泉山、八大处都没去过。清华校庆日，全校游颐和园。钟书也游过颐和园，他也游过一次香山，别处都没去过。直到一九三四年春，我在清华上学，他北来看我，才由我带着遍游北京名胜。他作过一组《北游诗》，有“今年破例作春游”句，如今删得只剩一首《玉泉山同绛》了。

牛津的假期相当多。钟书把假期的全部时间投入读书。大学图书馆的经典以十八世纪为界，馆内所藏经典作品，限于十八世纪和十八世纪以前。十九、二十世纪的经典和通俗书籍，只可到市图书馆借阅。那里藏书丰富，借阅限两星期内归还。我们往往不到两星期就要跑一趟市图书馆。我们还有家里带出来的中国经典以及诗、词、诗话等书，也有朋友间借阅或寄赠的书，书店也容许站在书架前任意阅读，反正不愁无书。

我们每天都出门走走，我们爱说“探险”去。早饭后，我们得出门散散步，让老金妻女收拾房间。晚饭前，我们的散步是养心散步，走得慢，玩得多。两种散步都带“探险”性质，因为我们总挑不认识的地方走，随处有所发现。

牛津是个安静的小地方，我们在大街、小巷、一个个学院门前以及公园、郊区、教堂、闹市，一处处走，也光顾店铺。我们看到各区不同类型的房子，能猜想住着什么样的人家；看着闹市人流中的各等人，能猜测各人的身份，并配合书上读到的人物。

牛津人情味重。邮差半路上碰到我们，就把我们的家信交给我们。小孩子就在旁等着，很客气地向我们讨中国邮票。高大的警察，带着白手套，傍晚慢吞吞地一路走，一路把一家家的大门推推，看是否关好；确有人家没关好门的，警察会客气地警告。我们回到老金家寓所，就拉上窗帘，相对读书。

开学期间，我们稍多些社交活动。同学间最普通的来往是请吃午后茶。师长总在他们家里请吃午后茶，同学在学院的宿舍里请。他们教钟书和我怎么做茶。先把茶壶温过，每人用满满一茶匙茶叶：你一匙，我一匙，他一匙，也给茶壶一满匙。四人喝茶用五匙茶叶，三人用四匙。开水可一次次加，茶总够浓。

钟书在牛津上学期间，只穿过一次礼服。因为要到圣乔治大饭店赴宴。主人是C. D. Le Gros Clark。他一九三五年曾出版《苏东坡赋》一小册，请钟书写了序文。他得知钱钟书在牛津，特偕夫人从巴黎赶到牛津来相会，请我们夫妇吃晚饭。

我在楼上窗口下望，看见饭店门口停下一辆大黑汽车。有人拉开车门，车上出来一个小小个儿的东方女子。Le Gros Clark夫人告诉我说：她就是万金油大王胡文虎之女。Le Gros Clark曾任婆罗洲总督府高层官员，所以认得。这位胡小姐也在牛津上学。我们只风闻她钻石失窃事。这番有缘望见了一瞥。

当时中国同学有俞大缜、俞大絪姊妹，向达、杨人楩等。我们家的常客是向达。他在伦敦抄敦煌卷子，又来牛津为大学图书馆编中文书目。他因牛津生活费用昂贵，所以寄居休士（E. Hughes）牧师家。同学中还有杨宪益，他年岁小，大家称小杨。

钟书也爱玩，不是游山玩水，而是文字游戏。满嘴胡说打趣，还随口胡诌歪诗。他曾有一首赠向达的打油长诗。头两句形容向达“外貌死的路（still），内心生的门（sentimental）”——全诗都是胡说八道，他俩都笑得捧腹。向达说钟书：“人家口蜜腹剑，你却是口剑腹蜜。”能和钟书对等玩的人不多，不相投的就会嫌钟书刻薄了。我们和不相投的人保持距离，又好像是骄傲了。我们年轻不谙世故，但是最谙世故、最会做人的同样也遭非议。钟书和我就以此自解。

（二）

老金家的伙食开始还可以，渐渐地愈来愈糟。钟书饮食习惯很保守，洋味儿的不大肯尝试，干酪怎么也不吃。我食量小。他能吃的，我省下一半给他。我觉得他吃不饱。这样下去，不能长久。而且两人生活在一间屋里很不方便。我从来不是啃分数的学生，可是我很爱惜时间，也和钟书一样好读书。他来一位客人，我就得牺牲三两个小时的阅读，勉力做贤妻，还得闻烟臭，心里暗暗叫苦。

我就出花样，想租一套备有家具的房间，伙食自理，膳宿都能大大改善，我已经领过市面了。钟书不以为然，劝我别多事。他说我又不会烧饭，老金家的饭至少是现成的。我们的房间还宽敞，将就着得过且过吧。我说，像老金家的茶饭我相信总能学会。

我按照报纸上的广告，一个人去找房子。找了几处，都远在郊外。一次我们散步“探险”时，我偶见高级住宅区有一个招租告白，再去看又不见了。我不死心，一人独自闯去，先准备好一套道歉的话，就大着胆子去敲门。开门的是女房主达蕾女士——一位爱尔兰老姑娘。她不说有没有房子出租，只把我打量了一番，又问了些话，然后就带我上楼去看房子。

房子在二楼。一间卧房，一间起居室，取暖用电炉。两间屋子前面有一个大阳台，是汽车房的房顶，下临大片草坪和花园。厨房很小，用电灶。浴室里有一套古老的盘旋水管，点燃一个小小的火，管内的水几经盘旋就变成热水流入一个小小的澡盆。这套房子是挖空心思从大房子里分隔出来的，由一座室外楼梯下达花园，另有小门出入。我问明租赁的各项条件，第二天就带了钟书同去看房。

那里地段好，离学校和图书馆都近，过街就是大学公园。住老金家，浴室厕所都公用，谁喜欢公用的呢？预计房租、水电费等种种费用，加起来得比老金家的房租贵。这不怕，只要不超出预算就行，我的预算是宽的。钟书看了房子喜出望外，我们和达蕾女士订下租约，随即通知老金家。我们在老金家过了圣诞节，大约新年前后搬入新居。

我们先在食品杂货商店订好每日的鲜奶和面包。牛奶每晨送到门口，放在门外。面包刚出炉就由一个专送面包的男孩送到家里，正是午餐时。鸡蛋、茶叶、黄油以及香肠、火腿等熟食，鸡鸭鱼肉、蔬菜水果，一切日用食品，店里应有尽有。我们只需到店里去挑选。店里有个男孩专司送货上门；货物装在木匣里，送到门口，放在门外，等下一次送货时再取回空木匣。我们也不用当场付款，要了什么东西都由店家记在一个小账本上，每两星期结一次账。我们上图书馆或傍晚出门“探险”，路过商店，就订购日用需要的食品。店家结了账送来账本，我们立即付账，从不拖欠。店主把我们当老主顾看待。我们如订了陈货，他就说：“这是陈货了，过一两天进了新货再给你们送。”有了什么新鲜东西，他也会通知我们。钟书《槐聚诗存》一九五九年为我写的诗里说什么“料量柴米学当家”，无非做了预算，到店里订货而已。

晚年互相扶持的钱钟书夫妇

我已记不起我们是怎么由老金家搬入新居的。只记得新居有一排很讲究的衣橱，我怀疑这间屋子原先是一间大卧室的后房。新居的抽屉也多。我们搬家大概是在午后，晚上两人学会了使用电灶和电壶。一大壶水一会儿就烧开。我们借用达蕾租给我们的日用家具，包括厨房用的锅和刀、叉、杯、盘等，对付着吃了晚饭。搬一个小小的家，我们也忙了一整天，收拾衣物，整理书籍，直到夜深。钟书劳累得放倒头就睡着了，我劳累得睡都睡不着。

我们住入新居的第一个早晨，“拙手笨脚”的钟书大显身手。我入睡晚，早上还不肯醒。他一人做好早餐，用一只床上用餐的小桌（像一只稍大的饭盘，带短脚）把早餐直端到我的床前。我便是在酣睡中也要跳起来享用了。他煮了“五分钟蛋”，烤了面包，热了牛奶，做了又浓又香的红茶；这是他从同学处学来的本领，居然做得很好（老金家哪有这等好茶！而且为我们两人只供一小杯牛奶）；还有黄油、果酱、蜂蜜。我从没吃过这么香的早饭！

我们一同生活的日子——除了在大家庭里，除了家有女佣照管一日三餐的时期，除了钟书有病的时候，这一顿早饭总是钟书做给我吃。每晨一大茶瓯的牛奶红茶也成了他毕生戒不掉的嗜好。后来国内买不到印度“立普登”（Lipton）茶叶了，我们用三种上好的红茶叶掺合在一起作替代：滇红取其香，湖红取其苦，祁红取其色。至今，我家里还留着些没用完的三合红茶叶，我看到还能唤起当年最快乐的日子。

我联想起三十多年后，一九七二年的早春，我们从干校回北京不久，北京开始用煤气罐代替蜂窝煤。我晚上把煤炉熄了。早起，钟书照常端上早饭，还燷了他爱吃的猪油年糕，满面得色。我称赞他能燷年糕，他也不说什么，装作若无其事的样儿。我吃着吃着，忽然诧异说：“谁给你点的火呀？”（因为平时我晚上把煤炉封上，他早上打开火门，炉子就旺了。）钟书等着我问呢，他得意说："我会划火柴了！"这是他生平第一次划火柴，为的是做早饭。

我们搬入达蕾出租的房子，自己有厨房了，钟书就想吃红烧肉。俞大缜、大絪姊妹以及其他男同学对烹调都不内行，却好像比我们懂得一些。他们教我们把肉煮一开，然后把水倒掉，再加生姜、酱油等佐料。生姜、酱油都是中国特产，在牛津是奇货，而且酱油不鲜，又咸又苦。我们的厨房用具确是"很不够的"，买了肉，只好用大剪子剪成一方一方，然后照他们教的办法烧。两人站在电灶旁，使劲儿煮——也就是开足电力，汤煮干了就加水。我记不起那锅顽固的犟肉是怎么消缴的了。事后我忽然想起我妈妈做橙皮果酱是用"文火"熬的。对呀，凭我们粗浅的科学知识，也能知道"文火"的名字虽文，力量却比强火大。下一次我们买了一瓶雪利酒（Sherry），当黄酒用，用文火炖肉，汤也不再倒掉，只撇去沫子。红烧肉居然做得不错，钟书吃得好快活宵。

我们搬家是冒险，自理伙食也是冒险，吃上红烧肉就是冒险成功。从此一法通，万法通，鸡肉、猪肉、羊肉，用"文火"炖，不用红烧，白煮的一样好吃。我把嫩羊肉剪成一股一股细丝，两人站在电灶旁边涮着吃，然后把蔬菜放在汤里煮来吃。我又想起我曾看见过厨房里怎样炒菜，也学着炒。蔬菜炒的比煮的好吃。

一次店里送来扁豆，我们不识货，一面剥，一面嫌壳太厚、豆太小。我忽然省悟，这是专吃壳儿的，是扁豆，我们焖了吃，很成功。店里还有带骨的咸肉，可以和鲜肉同煮，咸肉有火腿味。熟食有洋火腿，不如我国的火腿鲜。猪头肉，我向来认为"不上台盘"的；店里的猪头肉（Bath Chap）是制成的熟食，骨头已去净，压成一寸厚的一个圆饼子，嘴、鼻、耳部都好吃，后颈部嫌肥些。还有活虾。我很内行地说："得剪掉须须和脚"。我刚剪得一刀，活虾在我手里抽搐，我急得扔下剪子，扔下虾，逃出厨房，又走回来。钟书问我怎么了。我说："虾，我一剪，痛得抽抽了，以后咱们不吃了吧！"钟书跟我进道理，说虾不会像我这样痛，他还是要吃的，以后可由他来剪。

我们不断地发明，不断地实验，我们由原始人的烹调渐渐开化，走入文明阶段。

我们玩着学做饭，很开心。钟书吃得饱了，也很开心。他用浓墨给我开花脸，就是在这段时期，也是他开心的表现。

我把做午饭作为我的专职，钟书只当助手。我有时想，假如我们不用吃饭，就更轻松快活了。可是钟书不同意。他说，他是要吃的。神仙煮白石，吃了久远不饿，多没趣呀，他不羡慕。但他做诗却说“忧卿烟火熏颜色，欲觅仙人辟谷方”。电灶并不冒烟，他也不想辟谷。他在另一首诗里说：“鹅求四足鳖双裙”，我们却是从未吃过鹅和鳖。钟书笑我死心眼儿，做诗只是做诗而已。

钟书几次对我说，我教你做诗。我总认真说：“我不是诗人的料。”我做学生时期，课卷上作诗总得好评，但那是真正的“押韵而已”。我爱读诗，中文诗、西文诗都喜欢，也喜欢和他一起谈诗论诗。我们也常常一同背诗。我们发现，我们如果同把某一字忘了，左凑右凑凑不上，那个字准是全诗最欠妥帖的字；妥帖的字有黏性，忘不了。

那段时候我们很快活，好像自己打出了一个天地。

我们搬入新居之后，我记得一个大雪天，从前的房东老金踏雪赶来，惶惶然报告大事：“国王去世了。”英王乔治五世去世是一九三六年早春的事。我们没想到英国老百姓对皇室这么忠心爱戴，老金真的如丧考妣。不久爱德华八世逊位，钟书同院的英国朋友司徒亚（Stuart）忙忙地拿了一份号外，特地赶来报告头条消息。那天也下雪，是当年的冬天。

司徒亚是我家常客，另一位常客是向达。向达嘀咕在休士牧师家天天吃土豆，顿顿吃土豆。我们请他同吃我家不像样的饭。他不安于他所寄居的家，社交最多，常来谈说中国留学生间的是是非非，包括钟书挨的骂。因为我们除了和俞氏姐妹略有来往，很脱离群众。

司徒是同学院同读B. Litt学位的同学，他和钟书最感头痛的功课共两门，一是古文书学（Paleography），一是订书学。课本上教怎样把整张大纸折了又折，课本上画有如何折叠的虚线。但他们俩怎么折也折不对。两人气得告状似的告到我面前，说课本岂有此理。我是女人，对于折纸钉线类事较易理解。我指出他们折反了。课本上面的是镜子里的反映式。两人恍然，果然折对了。他们就拉我一同学古文书学。我找出一支耳挖子，用针尖点着一个个字认。例如“a”字最初是“α”，逐渐变形。他们的考题其实并不难，只要求认字正确，不计速度。考生只需翻译几行字，不求量，但严格要求不得有错，错一字则倒扣若干分。钟书慌慌张张，没看清题目就急急翻译，把整页古文书都翻译了。他把分数赔光，还欠下不知多少分，只好不及格重考。但是他不必担忧，补考准能及格。所以考试完毕，他也如释重负。

我们和达蕾女士约定，假后还要回来，她将给我们另一套稍大的房子，因为另一家租户将要搬走了。我们就把行李寄放她家，轻装出去度假，到伦敦、巴黎“探险”去。

这一学年，该是我生平最轻松快乐的一年，也是我最用功读书的一年，除了想家想得苦，此外可说无忧无虑。钟书不像我那么苦苦地想家。

…………

第三篇

沈从文与张兆和
——穷书生的爱情故事

沈从文（1902～1988年），原名沈岳焕，笔名休芸芸、甲辰、上官碧、璇若等，现代著名作家、历史文物研究家、京派小说代表人物。14岁时，他投身行伍，浪迹湘川黔边境地区。1924年开始文学创作，抗战爆发后到西南联大任教，1931～1933年在山东大学任教。1946年回到北京大学任教，建国后在中国历史博物馆和中国社会科学院历史研究所工作，主要从事中国古代历史的研究。1988年病逝于北京。

沈从文与张兆和

张兆和（1910～2003年），现代女作家。沈从文先生的妻子。1932年毕业于中国公学大学部外语系。毕业后任中学教师，1949年就读于华北大学二部。1941年开始发表作品，著有短篇小说集《湖畔》、《从文家书》等。曾任北京师范大学附中、师大二附中教师和《人民文学》编辑。

沈从文曾说：“我这一辈子走过许多地方的路，行过许多地方的桥，看过许多次数的云，喝过许多种类的酒，却只爱过一个正当年龄的人。”

这个人就是张兆和。

1929年沈从文被胡适先生聘请到上海当了老师。走上讲台的第一节课，他就认识了和自己相伴一生的妻子——张兆和。1929年12月开始，短短的半年时间内，沈从文给张兆和写了几百封情书。1933年，9月9日，有情人终成眷属，沈从文与张兆和在北平的中央公园举行了婚礼。

被人们传为美谈的，不只是沈从文的疯狂追求和两人的师生恋，还有两人婚后的相扶相持，终生相托。一对老人，逝去后被人们视为恩爱典范：从年轻时他向她飞鸿求爱的浪漫到暮年里她为他梳理一生的温馨，其间55年。他为她写下无数美丽的文字和动人的诗，她为他付出无限美好的年华和多彩的梦。他们相敬如宾，一生相伴。

纵然，也会有人怀疑沈从文与张兆和的婚姻是否真的如人们所见到的那样美丽、幸福，但一生的守候与陪伴，给了所有质疑者一个坚定的回答，他们的爱情，值得我们去纪念、传颂。

沈从文说张兆和

新废邮存底

文／沈从文

“我行过许多地方的桥，看过许多次数的云，喝过许多种类的酒，却只爱过一个正当最好年龄的人。”

××：

你们想一定很快要放假了。我要玖到××来看看你，我说，“玖，你去为我看看××，等于我自己见到了她。去时高兴一点，因为哥哥是以见到××为幸福的。”不知道玖来过没有？玖大约秋天要到北平女子大学学音乐，我预备秋天到青岛去。这两个地方都不像上海，你们将来有机会时，很可以到各处去看看。北平地方是非常好的，历史上为保留下一些有意义极美丽的东西，物质生活极低，人极和平，春天各处可放风筝，夏天多花，秋天有云，冬天刮风落雪，气候使人严肃，同时也使人平静。××毕了业若还要读几年书，倒是来北平读书好。

你的戏不知已演过了没有？北平倒好，许多大教授也演戏，还有从女大毕业的，到各处台上去唱昆曲，也不为人笑话。使戏子身分提高，北平是和上海稍稍不同的。

听说××到过你们学校演讲，不知说了些什么话。我是同她顶熟的一个人，我想她也一定同我初次上台差不多，除了红脸不会有再好的印象留给学生。这真是无办法的，我即或写了一百本书，把世界上一切人的言语都能写到文章上去，写得极其生动，也不会作一次体面的讲话。说话一定有什么天才，×××是大家明白的一个人，说话嗓子洪亮，使人倾倒，不管他说的是什么空话废话，天才还是存在的。

我给你那本书，《××》同《丈夫》都是我自己欢喜的，其中《丈夫》更保留到一个最好的记忆，因为那时我正在吴淞，因爱你到要发狂的情形下，一面给你写信，一面却在苦恼中写了这样一篇文章。我照例是这样子做得出很傻的事，也写得出很多的文章，一面糊涂处到使别人生气，一面清明处，却似乎比平时更适宜于作我自己的事。××，这时我来同你说这个，是当一个故事说到的，希望你不要因此感到难受。这是过去的事情，这些过去的事，等于我们那些死亡了最好的朋友，值得保留在记忆里，虽想到这些，使人也仍然十分惆怅，可是那已经成为过去了。这些随了岁月而消失的东西，都不能再在同样情形下再现了的，所以说，现在只有那一篇文章，代替我保留到一些生活的意义。这文章得到许多好评，我反而十分难过，任什么人皆不知道我为了什么原因，写出一篇这样文章，使一些下等人皆以一个完美的人格出现。

我近日来看到过一篇文章，说到似乎下面的话：“每人都有一种奴隶的德性，故世界上才有首领这东西出现，给人尊敬崇拜。因这奴隶的德性，为每一人不可少的东西，所以不崇拜首领的人，也总得选择一种机会低头到另一种事上去。”××，我在你面前，这德性也显然存在的。为了尊敬你，使我看轻了我自己一切事业。我先是不知道我为什么这样无用，所以还只想自己应当有用一点。到后看到那篇文章，才明白，这奴隶的德性，原来是先天的。我们若都相信崇拜首领是一种人类自然行为，便不会再觉得崇拜女子有什么稀奇难懂了。

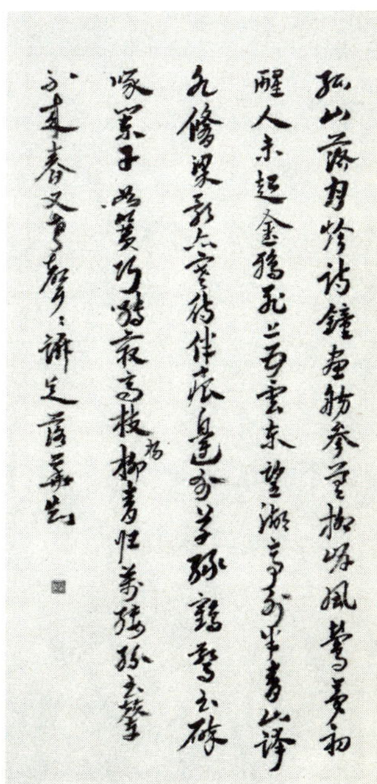

沈从文书法作品

你注意一下，不要让我这个话又伤害到你的心情，因为我不是在窘你做什么你所做不到的事情，我只在告诉你，一个爱你的人，如何不能忘你的理由。我希望说到这些时，我们都能够快乐一点，如同读一本书一样，仿佛与当前的你我都没有多少关系，却同时是一本很好的书。

我还要说，你那个奴隶，为了他自己，为了别人起见，也努力想脱离羁绊过，当然这事作不到，因为不是一件容易事情。为了使你感到窘迫，使你觉得负疚，我以为很不好。我曾

相濡以沫半个多世纪的沈从文、张兆和

做过可笑的努力，极力去同另外一些人要好，到别人崇拜我愿意做我的奴隶时，我才明白，我不是一个首领，用不着别的女人用奴隶的心来服侍我，却愿意自己做奴隶，献上自己的心，给我所爱的人。我说我很顽固的爱你，这种话到现在还不能用别的话来代替，就因为这是我的奴性。

××，我求你，以后许可我做我要做的事，凡是我要向你说什么时，你都能当我是一个比较愚蠢还并不讨厌的人，让我有一种机会，说出一些有奴性的卑屈的话，这点点是你容易办到的。你莫想，每一次我说到“我爱你”时你就觉得受窘，你也不用说“我偏不爱你”，作为抗拒别人对你的倾心。你那打算是小孩子的打算，到事实上却毫无用处的。有些人对天成日成夜说，“我赞美你，上帝！”有些人又成日成夜对人世的皇帝说，“我赞美你，有权力的人！”你听到被称赞的“天”同“皇帝”，以及常常被称赞的日头同月亮，好的花，精致的艺术回答说“我偏不赞美你”的话没有？一切可称赞的，使人倾心的，都像天生就是这个世界的主人，他们管领一切，统治一切，都看得极其自然，毫不勉强。一个好人当然也就有权力使人倾倒，使人移易哀乐，变更性情，而自己却生存到一个高高的王座上，不必作任何声明。凡是能用自己各方面的美攫住别的人灵魂的，他就有无限威权，处置这些东西，他可以永远沉默，日头，云，花，这些例举不胜举。除了一只莺，他被人崇拜处，原是他的歌曲，不应当哑口外，其余被称赞的，大都是沉默的。××，你并不是一只莺。一个皇帝，吃任何阔气东西他都觉得不够，总得臣子恭维，用恭维作为营养，他才适意，因为恭维不甚得体，所以他有时还发气骂人，让人充军流血。××，你不会像帝皇。一个月亮可不是这样的，一个月亮不拘听到任何人赞美，不拘这赞美如何不得体，如何不恰当，它不拒绝这些从心中涌出的呼喊。××，你是我的月亮。你能听一个并不十分聪明的人，用各样声音，各样言语，向你说出各样的感想，而这感想却因为你的存在，如一个光明，照耀到我的生活里而起的，你不觉得这也是生存里一件有趣味的事吗？

“人生”原是一个宽泛的题目，但这上面说到的，也就是人生。

为帝王作颂的人，他用口舌“娱乐”到帝王，同时他也就“希望”到帝王。为月亮写诗的人，他从它照耀到身上的光明里，已就得到他所要的一切东西了。他是在感谢情形中而说话的，他感谢他能在某一时望到蓝天满月的一轮。××，我看你同月亮一样。……是的，我感谢我的幸运，仍常常为忧愁扼着，常常有苦恼（我想到这个时，我不能说我写这个信时还快乐）。因为一年内我们可以看过无数次月亮，而且走到任何地方去，照到我们头上的，还是那个月亮。这个无私的月不单是各处皆照到，并且从我们很小到老还是同样照到的。至于你，“人事”的云翳，却阻拦到我的眼睛，我不能常常看到我的月亮！一个白日带走了一点青春，日子虽不能毁坏我印象里你所给我的光明，却慢慢的使我不同了。“一个女子在诗人的诗中，永远不会老去，但诗人，他自己却老去了。”我想到这些，我十分忧郁了。生命都是太脆薄的一种东西，并不比一株花更经得住年月风雨，用对自然倾心的眼，反观人生，使我不能不觉得热情的可珍，而看重人与人凑巧的藤葛。

在同一人事上，第二次的凑巧是不会有的。我生平只看过一回满月。我也安慰自己过，我说，“我行过许多地方的桥，看过许多次数的云，喝过许多种类的酒，却只爱过一个正当最好年龄的人。我应当为自己庆幸，……”这样安慰到自己也还是毫无用处，为“人生的飘忽”这类感觉，我不能够忍受这件事来强作欢笑了。我的月亮就只在回忆里光明全圆，这悲哀，自然不是你用得着负疚的，因为并不是由于你爱不爱我。

仿佛有些方面是一个透明了人事的我，反而时时为这人生现象所苦，这无办法处，也是使我只想说明却反而窘了你的理由。

××，我希望这个信不是窘你的信。我把你当成我的神，敬重你，同时也要在一些方便上，诉说到即或是真神也很糊涂的心情，你高兴，你注意听一下，不高兴，不要那么注意吧。天下原有许多稀奇事情，我××××十年，都缺少能力解释到它，也不能用任何方法说明，譬如想到所爱的一个人的时候，血就流走得快了许多，全身就发热作寒，听到旁人提到这人的名字，就似乎又十分害怕，又十分快乐。究竟为什么原因，任何书上提到的都说不清楚，然而任何书上也总时常提到。“爱”解作一种病的名称，是一个法国心理学者的发明，那病的现象，大致就是上述所及的。

你是还没有害过这种病的人，所以你不知道它如何厉害。有些人永远不害这种病，正如有些人永远不患麻疹伤寒，所以还不大相信伤寒病使人发狂的事情。××，你能不害这种病，同时不理解别人这种病，也真是一种幸福。因为这病是与童心成为仇敌的，我愿意你是一个小孩子，真不必明白这些事。不过你却可以明白另一个爱你而害着这难受的病的痛苦的人，在任何情形下，却总想不到是要窘你的。我现在，并且也没有什么痛苦了，我很安静，我似乎为爱你而活着的，故只想怎么样好好的来生活。假使当真时间一晃就是十年，你那时或者还是眼前一样，或者已做了某某大学的一个教授，或者自己不再是小孩子，倒已成了许多小孩子的母亲，我们见到时，那真是有意思的事。任何一个作品上，以及任何一个世界名作作者的传记上，最动人的一章，总是那人与人纠纷藤葛的一章。许多诗是专为这点热情的指使而写出的，许多动人的诗，所写的就是这些事，我们能欣赏那些东西，为那些东西而感动，却照例轻视到自己，以及别人因受自己所影响而发生传奇的行为，这个事好像不大公平。因为这个理由，天将不许你长是小孩子。“自然”使苹果由青而黄，也一定使你在适当的时间里，转成一个“大人”。××，到你觉得你已经不是小孩子，愿意做大人时，我倒极希望知道你那时在什么地方做些什么事，有些什么感想。“萑苇”是易折的，“磐石”是难动的，我的生命等于“萑苇”，爱你的心希望它能如“磐石”。

望到北平高空明蓝的天，使人只想下跪，你给我的影响恰如这天空，距离得那么远，我日里望着，晚上做梦，总梦到生着翅膀，向上飞举。向上飞去，便看到许多星子，都成为你的眼睛了。

××，莫生我的气，许我在梦里，用嘴吻你的脚，我的自卑处，是觉得如一个奴隶蹲到地下用嘴接近你的脚，也近于十分亵渎了你的。

我念到我自己所写到“萑苇是易折的，磐石是难动的”时候，我很悲哀。易折的萑苇，一生中，每当一次风吹过时，皆低下头去，然而风过后，便又重新立起了。只有你使它永远折伏，永远不再作立起的希望。

1931年6月

沈从文致张兆和书信（节选）

文／沈从文

（一）

我就这样一面看水一面想你。我快乐，我想应同你快乐。我闷，就想你在我必可以不闷。我同船老板吃饭，我盼望你也在一角吃饭。我至少还得在船上过七个日子，还不把下行的日子计算在内。你说，这七个日子我怎么办？我不能写文章就写信。这只手既然离开了你，也只有这么来折磨它了。为了只想同你说话，我便钻进被盖中去，闭着眼睛。你听，船那么呀呀的响着，它说：“两个人尽管说笑，不必担心那掌舵人。他的职务在看水，他忙着。”船真的呀呀的响着。可是我如今同谁去说？我不高兴！梦里来赶我吧，我的船是黄的。尽管从梦里赶来，沿了我所画的小镇一直向西走。我想和你一同坐在船里，从船口望那一点紫色的小山。我想让一个木筏使你惊讶，因为那木筏上面还种菜！我想要你来使我的手暖和一些。我相信你从这纸上可以听到一种摇橹人歌声的，因为这张纸差不多浸透了好听的歌声！

沈从文全家及友人

（二）

我先以为我是个受得了寂寞的人。现在方明白我们自从在一起后，我就变成一个不能够同你离开的人了。三三，想起你我就忍受不了目前的一切了。我真像从前等你的回信、不得回信时生气。我想打东西，骂粗话，让冷气吹冻自己全身。我明白我同你离开越远反而越相近。但不成，我得同你在一起，这心才能安静，事也才能做好！

（三）

这船已到了柳林岔。我生平还是第一次看到这样好看的地方。千方积雪，高山皆作紫色，疏林绵延三四里，林中皆是人家的白屋顶。我的船便在这种景致中，快快的在水上跑。什么唐人宋人画都赶不上。看一年也不会讨厌。奇怪的是，本省的画家，从来不知向这么好的景物学习。学校中听教员讲还是用个小瓶插一朵花，放个桔子，在那里虐待学生“写生”，其实是在那里“写死”！

（四）

三三，我这时还是想起许多次得罪你的地方，我眼睛是湿的，模糊了。我先前不是说过吗：“你生了我的气时，我便特别知道我如何爱你。”我眼睛湿湿的想着你一切的过去！我回来时，我不会使你生气面壁了。我在船上学会了反省，认清楚了自己种种的错处。只有你，方那么懂我并且原谅我。

（五）

梦里来赶我吧，我的船是黄的。尽管从梦里赶来，沿了我所画的小镇一直向西走。我想和你一同坐在船里，从船口望那一点紫色的小山。我想让一个木筏使你惊讶，因为那木筏上面还种菜！我想要你来使我的手暖和一些。我相信你从这纸上可以听到一种摇橹人歌声的，因为这张纸差不多浸透了好听的歌声！

（六）

一切声音皆像冷的凝固了，只有船底的声音，轻轻的轻轻的流过去。这声音使你感觉到它，几乎不是耳朵而是想象。这时真静。这时心是透明的，想一切皆深入无间。我在温习你的一切。我称量我的幸运，且计算它，但这无法使我弄清一点点。为了这幸福的自觉，我叹息了。倘若你这时见到我，我就会明白我如何温柔！一切过去的种种，它的结局皆在把我推到你身边心边，你的一切过去也皆把我拉近你的身边心边。我还要说的话不想让烛光听到，我将吹熄了这只蜡烛，在暗中向空虚去说。

张兆和说沈从文

张兆和致沈从文书信

文／张兆和

二哥：

接到你七日来信，一礼拜过去，昨天又才收到你十日的信，我也许久不曾给你写信，这期间我曾病了几天，发一天烧，睡了一天，现在已全好了，孩子们都好，你可以放心。

杨家姊弟平安到了，真是谢天谢地！我真为他们捏一把汗。

十日信言月底以后你的住址应有变动，此信到时，你人应已不在山中，这个信不知什么时候才可以得到。我希望不久可以得到你信，告诉我一定行止，也好叫我定心一点。

张家四姐妹，后排右为张兆和

来信说那种废话，什么自由不自由的。我不爱听，以后不许你讲。你又不同得余，脑筋里想那些，完全由于太优裕的缘故，此后再写那样话我不回你信了。

我现在焦灼的是我们以后的生活问题，我们已经负下了债，再下去还要负得更多，你好像有人能够给钱给我们用就很好了，我想起来却非常着急。“假如平时每月可以留下五十元，在这时候不会不无小补吧。”这样的话，你以前听着会嗤之以鼻的，现在也是，将来也还是。本来嘛，谁知道将来是个什么世界，这正是给大家一个反省的机会。我还恨我们的生活不够窘迫，不能身经目击那许多变乱，彻底改造我们的生活，扫除一切虚伪的绅士小姐习性！我们都自己觉得太聪明一点，觉得比人超过一等，因此平时总觉得这件事别人能做，我不能做，不屑做。这以后，不做，看大家怎么办！我希望战事不久可以告一段落，容我有机会用我自己的手来养我自己，养我孩子。我希望有这样训练的机会。你说译书，现在还说译书，完全是梦话。一来我自己无时间无闲情，再说译那东西给谁看？谁还看那个？文学也者，尤其是经过一道翻译的别人家的东里，这时候还是收敛了吧。

1937年12月29日

沈从文家书·后记

文／张兆和

六十多年过去了，面对书桌上这几组文字，校阅后，我不知道是在梦中还是在翻阅别人的故事。经历荒诞离奇，但又极为平常，是我们这一代知识分子多多少少必须经历的生活。有微笑，有痛楚；有恬适，有愤慨；有欢乐，也有撕心裂肺的难言之苦。从文同我相处，这一生，究竟是幸福还是不幸？得不到回答。我不理解他，不完全理解他，后来逐渐有了些理解，但是，真正懂得他的

晚年张允和，张兆和（右）

后排左起：张允和、周有光、沈从文、张兆和

为人，懂得他一生所承受的重压，是在整理编选他遗稿的现在。过去不知道的，现在知道了；过去不明白的，现在明白了。他不是完人，却是个稀有的善良的人。对人无机心，爱祖国，爱人民，助人为乐，为而不有，质实素朴，对万汇百物充满感情。

照我想，作为作家，只要有一本传世之作，就不枉此生了。他的佳作不止一本。越是从烂纸堆里翻到他越多的遗作，哪怕是零散的，有头无尾，有尾无头的，就越觉斯人可贵。太晚了！为什么在他有生之年，不能发掘他，理解他，从各方面去帮助他，反而有那么多的矛盾得不到解决！悔之晚矣。

谨以此书奉献给热爱他的读者，并表明我的一点点心迹。

张兆和

1995年8月23日晨

第四篇

石评梅与高君宇

——陶然亭的合葬碑

石评梅（1902～1928年）是中国近现代女作家中生命最短促的一位。因爱慕梅花自取笔名石评梅；在《语丝》、《晨报副刊》、《文学旬刊》、《文学》，以及她与陆晶清参与编辑的《妇女周刊》、《蔷薇周刊》等报刊上发表散文、诗歌、小说和剧本。1928年9月18日，评梅猝患脑膜炎，医治无效，于9月30日死于当年高君宇病逝的协和医院。她死后，友人们根据其生前曾表示的与高君宇“生前未能相依共处，愿死后得并葬荒丘”的愿望，将其尸骨葬在君宇墓畔。

石评梅

高君宇（1896～1925年），原名高尚德，字锡三，山西静乐人。五四运动时为北京大学学生会负责人。五四当天学生爱国游行时，高君宇是组织和参加的骨干之一，和许德珩等十几个学生冲进赵家楼，痛打签订卖国条约的官员章宗祥，演出了“五四”运动壮丽的一幕。随后，他代表北大学生参加了学联的领导工作。1920年与邓中夏共同组织马克思学说研究会。1921年加入中国共产党。1925年3月，高君宇因猝发急性阑尾炎割治无效不幸逝世，年仅29岁。

高君宇

北京陶然亭公园里立着两座相依的汉白玉石碑，石碑下面埋着一对爱人——石评梅和高君宇。

一个是“民国四大才女”之一，一个是声名显赫的革命家——石评梅只活了二十九岁，高君宇也只活了二十九岁。他们的爱情来的不容易。两人经常书信往来，但见面很少。虽然如此，高君宇却对石评梅情有独钟，坚持不懈地追求着；而石评梅因为初恋受挫，虽然对君宇也有爱意，却不敢轻易接受，直到高君宇操劳过度，病危在床时才以真心相许。他们的爱情之花也谢得太早，两人真心相许不久，高君宇便病危不治而死，葬在陶然亭下，只留石评梅一人抱碑而泣，悔痛万分。然而，正是石评梅的痴守才成就了这一段凄美的爱情佳话。石评梅每个星期天、每个清明节都要来到高君宇的墓前悼念亡人，写下许多感人肺腑的文章，直至三年后她也离开人世。友人遂着石评梅的心愿，也将她葬在陶然亭中，君宇墓旁。正是“生前未能相依共处，愿死后得并葬荒丘”。

我是宝剑 你是火花

“满山秋色关不住，一片红叶寄相思。”

这是高君宇赠予石评梅的红叶上的题诗。

高君宇与石评梅二人相识后，书信往来频繁。在信中，两个青年人畅所欲言，无话不谈，大到国家，小到琐事。高君宇对评梅有猛烈的追逐，但石评梅却迟疑不决，难下决心，一直受着情爱的折磨。后来，石评梅陷入了高君宇为其编织成的情网中，既沉醉又无力排除自己的多种顾虑，用她自己的话说，她是封建礼教的反抗者，又是世俗的“人言可畏”的弱者。收到对方寄来的红叶，惊喜过后，她更多的是忧郁。想了很久，拿起笔，她在红叶的反面写了几个字：

“枯萎的花篮不敢承受这鲜红的叶儿。”

高君宇致石评梅的信

文／高君宇

（一）

评梅先生：

十五号的信接着了，送上的小册子也接了吗？

来书嘱以后行踪随告，俾相研究，当如命；惟先生谦以“自弃”自居，视我能责如救济，恐我没有这大力量罢？我们常通信就是了！

“说不出的悲哀”，这恐是很普遍的重压在烦闷之青年的□下一句话罢！我曾告你我是没有过烦闷的，也常拿这话来告一切朋友，然而实际何尝是这样？只是我想着：世界而使人有悲哀，这世界是要换过了；所以我就决心来担我应负改造世界的责任了。这诚然是很大而烦难的工作，然而不这样，悲哀是何时终了的呢？我决心走我的路了，所以，对于过去的悲哀，只当着是他人的历史，没有什么迫切的感受了，有时忆起些烦闷的经过，随即努力将他们勉强忘去了。我很信换一个制度，青年们在现社会享受的悲哀是会免去的——虽然不能完全，所以我要我的意念和努力完全贯注在我要做的“改造”上去了。我不知你为何而起了悲哀，我们的交情还不至允许我来追问你这样，但我可断定你是现在世界桎梏下的呻吟呵！谁是要我们青年走他们烦闷之路的？——虚伪的社会罢！虚伪成了使我们悲哀的原因了，我们挨受的是他结下的苦果！我们忍着让着这样唉声叹（气）了去一生吗？还是积极的起来，粉碎这些桎梏呢？都是悲哀者，因悲哀而失望，便走了消极不抗拒的路了；被悲哀而激起，来担当破灭悲哀原因的事业，就成了奋斗的人了。——千里程途，就分判在这一点！评梅，你还是受制□运命之神吗？还是诉诸你自己的“力”呢？

二人墓碑毗邻

愿你自信：你是很有力的，一切的不满意将由你自己的力量破碎了！过渡的我们，很容易傍徨了，象失业者踯躅在道旁的无所归依了。但我们只是往前抢着走罢，我们抢上前去迎未来的文化罢！

好了，祝你抢前去迎未来的文化罢！

君宇

静庐

一六，四，一九二三

（二）

评梅：

昨天的信我接读了。

我之所以提及副刊引文，并它招来的追问，原不过当一件消息报告，并不含丝毫怨怼你的意思，你为何跟从了俗尚的解释，要说那抱歉性质的话呢？我有好些事未尝亲口告人，但这些常有人代我公布了，我从未因这些生了不快；我所以微不释念的，只是他们常□甚其辞，使真象与传言不免起了分别；就如我们的交情，说是不认识，固然不是事实，然若说成很熟识的朋友，则亦未免是勉强之言；若有人因知我们书信频繁，便当我们是有深了解的朋友，这种被揣度必然是女士不愿意的，那岂不是很不妥当的事；我不释念的就在此点。如你果是"一点也不染这些尘埃"，那我自然释念，我自己是不怕什么的。至于他们的追问，我都是笑的回答了的；原亦不过些演绎的揣度，我已将实情告诉，只说我们不过泛泛的朋友，仅通信罢了。这样答法是否适当？至于他们问了些什么，很琐碎的，无须乎告你了。

我当时的感兴，或者是暂时的，原亦无告你的必要，不过我觉青年应是爽直的，忠实的话出之口头，要比粉饰的意思装在心里强得多。你坚壁深堑的声明，这是很需要的，——尤其是在一个女性的本身；然而从此看出你太回避了一个心，误认它的声音是请求的，是希冀一种回应的了！如因这样一句话而使你起了慌恐的不安，那倒是一罪过，希望你告我，我当依你的意思，避开了一切。至于你问什么是新奇的感想，因你同时又说勿再讲及，这样，我亦觉得这过去刹那的火花，是否还留热种在否人间实一大疑问，亦求不提好了。

二十一号的信，我答应你详复的，现在已过数日，我想不需要了，可否许我不复它了？

祝你安健！

尚德

9月27日

这信请阅毕付火。

（三）

评梅：

由仲一信中函来之书，我接读数日了。当了你正是忙的时候，我频频以书信搅扰，且提出一些极不相干的问题要你回答，想来应当是歉疚至于无地的。

你所以至今不答我问，理由是在"忙"以外的，我自信很可这样断定。我们可不避讳的说，我是很了解我自己，也相当的了解你，我们中间是有一种愿望(旁注：什么话？你或者是这样——)。它的开始，是很平庸而不惹注意的，是起自很小的一个关纽，但它像怪魔的一般徘徊着已有三年了。这或者已是离开你记忆之领域的一事，就是同乡会后吧，□□[你给]我的一信，那信具着的仅不过是通常□□[的询]问，但我感觉到的却是从来不曾发现的安怡。自是之后，我极不由己的便发生了一种要了解你的心。然而我却是常常担悬着，我是父亲系于铁锁下的，我是被诅咒为“女性之诱惑”的，要了解你或者就是一大不忠实。三年直到最近，我终于是这样提悬着！故于你几次悲观的信，只好压下了同情的安慰，徒索然无味的为理智的解劝；这种镇压在我心上是极勉强的，但我总觉不如此便是个罪恶。我所以仅通信而不来看你，也是畏惧这种愿望之显露。然而竟有极不检点的一次，这次竟将真心之幕的一角揭起了！在我们平凡的交情，那次信表现的仅可解释为一时心的罗曼，我亦随即言明已经消失，谁知那是久已在一个灵魂中孕育的产儿呢？我何以有这样弥久的愿望，像我们这样互知的浅鲜，连我自己亦百思不得其解。若说为了曾得过安慰，则那又是何等自私自利的动念？

理智是替我解释不了这样的缘故，但要了解的需求却相反的行事，像要剥夺了我一切自由般强横的压迫我。在这种烦闷而又躲闪的心情之下，我有时自不免神志纷纭，写(给)你的信有些古怪的地方；这又是不免使你厌烦或畏惧的。你所以不答那些，能不是为了这样吗？

但是，

朋友！请放心勿为了这些存心！不享受的供品，是世人不献之于神的；了解更是双方的，是一件了解则绝对，否则便整个无的事。相信我，我是可移一切心与力专注于我所企望之事业的，假使世界断定现下的心是可无回应的。

我所以如是赤裸的大胆的写此信，同时也在为了一种被现在观念鄙视的辩护，愿你不生一些惊讶，不当它是故示一种希求，只当它是历史的一个真心之自承。不论它含蓄的是何种性质，我们要求宇宙承认它之存在与公表是应当的，是不当讪笑的，虽然它同时对于一个特别的心甚至于可鄙弃的程度。

祝你好罢，评梅！

君宇

10月15日

勿烦琐的讲这些了，谈一件正事罢。想他们已通知你，平民已定廿号复活了。第一期请你做稿，你可有工夫吗？

（四）

评梅先生：

今晚赴一会，经过了四小时很起劲的长辩之后，大家终于无决议的散了；归来一路不禁暗笑，觉众生理智大类聚蛆。及读君信，才使我心境得着了一些平静。

这平静是带着一种失散的茫然的回忆的，同时似乎比我鄙视的那种聚蛆的理智更可讪笑。

这是终究不当隐讳的，世上确有一个心祭献在宝座之前，但经神再三表示这种祭献是一种失敬之后，人间的虔诚早已收葬在冰雪之窟了。彼从来不知失悔为何物之心，为招致在对方心中之不安而失悔了；而且决定努力消除此种不安了。前信绿波之及，全然是如此驱使，君书谓“因人之误会而误会”，我今日尚误会何为者？——愿君勿犹以为真有“使我恐怖者在”。请放心，我早不误会了！

我觉从前之平凡的情境，似较现在之隔膜为有生气的；我也觉人心的隔膜是应当打破的。但当了人世安于隔膜的时候，又何一定要回复那种平凡而有生气的情境？诅咒一切付于了解的努力好了！

我来与否原不必问君之“挡驾”与否，惟扰君清静则大可畏。关于诗的答信，尚须迟之异日。惟愿君清静，惟愿我过失一切话未在君心发生影响。

我近来性情也大变，易怒，喜独步；孤寂之言，不免开罪大雅，笑之可矣。

君宇

12日早二时

（五）

可敬爱的朋友：

你的承受落空了！

你承受的是什么？是讪笑么？——是的，我讪笑了，而且很鄙视的讪笑了；但这是对于先生信的么，更是对于先生本身么？

这是很容易辨别的，我讪笑的只是我当时的心境，只是读了先生信后所得着的平静。我当时似风波统治了的心海，被来信转换成几于死寂的沉静，这种不武的清境太落伍了，还仅止是可讪笑么？——仅止是个讪笑，已经是太自鉴谅了。

天外飞来的慌恐，想不到这种自责竟被先生误会了！——不但视我对来信不尊重，且对先生本身不尊重了。

再让我诚恳的说，可敬爱的朋友，你误会我的句意了。

但我们不必坚持一定要将此点判明罢！误会原与我们没有害处，像我们无须要了解的人们，误会了实在不成干系；而且就在这样误会之下，先生犹深谅我，“仍二十四分尊重你高尚人格”，我只该无语的感谢好了！

我的心不但人“不知”，我自己也不全了解；人不解海涛为何忽起忽灭，我更不解自然何故要这样多事。或者我们可以想：只是因那里有个心罢，只是因那里有个海罢！

或者因为海太深而宽了，故当了陆上风起的时候，巨波乃如山之起伏。朋友，海涛之起伏是神秘而不［可］了解的么——了解那里有一个海是了。

因为有心，而且这心中有罗曼舞蹈着，所以这心就不可了解了吗？

因为有海，而且这海中有巨涛起伏着，所以这海就不可测了吗？

可敬爱的朋友！

我主观的要求不是——

请你不误会我，而且了解我吗？

然而，这又是于己为罗曼，对人太失礼了。假使世上又出现了这样突峰，不是更可讪笑了吗？

朋友，假使我过去的话有使你不快的，或曾生了什么影响的，你只努力将它们忘了吧！——我绝不有什么痛苦。

忘了好了，评梅，评梅！

君宇

12月14日午后

——接来(信)后之一小时内

（六）

纪念会忙了两天，把我疲极了。这种结束似于我极有补益，因为身被忙碌占去，神思再不得去专注一些绞思，陷入空洞无可依托的烦闷。已是好的一个经验，我们或者可以进一步说：烦闷的避免，就在人们不停的工作中呀！

原谅我未早通知你，我已移居四日了；移居后还未到过静庐一次，不知你有信寄到那边否？我新居是腊库十六号，此虽不是二年前之故窝，但梅园时代之生活又不禁追忆起来，我们那时平凡又疏淡的通信，实具了一种天真而忠实的可爱。我很痛心，此种情境现被了隔膜了！

我们还可以回复到那种时代么？——我愿！

12月18日

（此信原件无信前称呼与末尾署名）

（七）

评梅：

蒙你竭诚劝说，我当深深地为伊感谢。惟爱情胡可勉强者？——无爱情而勉强结合，是轻爱情而重伦道，且必增益伊之痛苦；我心今日固空洞无依，然觉此痛苦犹小于与一不爱之人相处；若设身处地，伊又何能不感如此？君亦何不为我设想者？

若谓此为残忍不人道，诚为人间一种极可抱憾之事。惟此当罪制度，问彼何为要干预人间结合；若责我，则我亦啮残下之牺牲者，又当向何处诉说？自然我也极对不起伊，惟其感觉如此，故常思解伊出我们之束缚；数月来更决念：“若我心得回应者，伊我桎梏必须破除”。在我则觉如是方对得起伊，在君不将以之为更不人道耶？

吾们处此过渡时代，哪能不有痛苦？不使痛苦增加扩大，我们的能力恐怕就够做了；哪能使痛苦免除净尽呢！在今日“说不觉悟却又似明了，说觉悟却又不彻底”的思想进程之下，究还有几多人能安心于纯制度的生活，而不感觉性的关系之外还有爱情之需要？究能有几多人能放弃制度地位于不顾，而只以得到爱情生活为满足？评梅，陷入此两种痛苦者多矣，吾人虽欲救之，又胡能救之？

若君之劝说，在恐我将来又不免纠缠，故急切为自己摆脱，此则大可不必。

我心中如何是一事，我要求与否又是一事；我前已讲的很明白，请放心好了！

我当为己计者少，为君计者多，近日精神虽不振如极倦，知君已恢复平静无恐怖之情景，则不禁雀跃喜欣为君祝贺。

人生悲欢，梦里云烟耳，心衣血痕何妨洗却？吾心已为Venus之利箭穿贯了，然我决不伏泣于此利箭，将努力去开辟一新生命。惟我两人所希望之新生命是否相同？我愿君告我君信所指之“新生命”之计划，许否？

我现在心中无烦念，更无痛苦，望勿以为念；但愿你无痛苦！

我们隔膜完全去了，世界平静了，人间公正之心应当笑了。

K.J.

12月23日夜

温家夫妇南行，我亦或去送行。

写完信忽忆起一事，在我历史上乃有三个“梅”字，不妨写来博君一笑，即：梅——梅园——评梅

（八）

我泣而却礼衣，父怒极而昏，我此时忽甚怜谅瘦父，念我胡不可牺牲，此念一萌，此后一切事殆都在梦境，任听他们摆布矣。婚后我大病，病渐痊，母谓我曰：“儿何为不满意者？汝妇殊美好也。”我至是始端视吾妇，觉母言甚确；越日伊侍我病，乘间谓我无心与伊，伊故作不解；再言之，始曰：“然则我将累君一生矣！”我曰：“一生耶？——汝更苦耳！”伊至是泣曰：“我命定耳，尤谁？”我彼时忽觉其人何以懦弱至于如是，乃不免顿生鄙视意，至此我两人间之了解乃完全隔绝矣。病痊，我托词移地静养，家人亦知我家居心情甚恶，许我外出，又谁知我从此一去不复归耶！我到省数函求父亲释放此可怜之女子，父答则谓我法适杀伊耳。我此后数次甚病，常觉如有桎梏附身，十九岁一年病咯血几死，决念我虽不认伊为余妻，然此生此心不与人矣。余抱此信心者数年，中经“五四”罗曼花盛开之时代，女友至好多人，且经二次结同心之邀，而徒以宿志在心，虽感激饮恨至于无地，亦皆不得不勉强示以铁面；不意此铁志至今日竟如粉之碎于君前也！

吾人虽通信三年，事极平淡，相晤谈者仅止一面，而乃令我生如是热求，诚非天地间之奇事耶？在我发觉有是要求之初，每作烦想，觉种种烦恼常萦脑

际，常自问伊亦如我心否？果伊亦如我心者，我将何以待伊？同时又念：我不将父母的桎梏除下，将宫廷打扫干净，又将何以迎伊？每每焦念，辄至心臆如焚。有时想得不可开交，又悔我不当有示君以心之信。有时感情制胜，却又觉甘心之祭献为何要埋葬不呈于座前？如此极端焦念，两相战斗：理智胜，则觉以我之身求君之相爱，实为一种莫大之罪戾；情感胜，则任罗曼之驰骋于花原草间，直至视到踏践自然而始悟。故有如君所谓“或远或近，若即若离”也。吁嗟夫，此岂得已耶？苟无如是束缚，我将只有两途，爱与死耳。

君信谓“从未一改昔日态度”，又谓“愿我自珍自爱的朋友，也绝不肯出此下策溺我于不义”，我虽罗曼至于何等天地，亦绝不至过不懂事理，使君不安，使君对于君所痛惜之历史有所辜负。望君相信，我遵从君之指示，不再以君所不愿者相强矣！

至于我心如何，我将作何处置，君可置之勿问。“将心寄托于其他”之他字……(下缺)

（原信缺首尾）

阴阳两隔 寤寐思之

高君宇去世以后，在陶然亭常有一缕芳魂哭倒于君宇的墓碑前。即使在大雪纷飞的寒天冻地，石评梅也要在君宇的墓碑前留下“我来了”三字……对于高君宇的死，石评梅扪心自问：君宇那“柔情似水，为什么不能温暖了我心如铁？”又满腔自责地怨艾死者：“站在你尸前哀悼痛哭你的，不是全国的民众，却是一个别有怀抱，负你深爱的人。”她的内心充满了悔恨、怨艾。她的一颗孤寂的心始终深深挂念着君宇。对于君宇的呼唤哀号，成就了她一系列的悲怆深沉的回忆性文字。

天辛

文／石评梅

到如今我没有什么话可说，宇宙中本没有留恋的痕迹，我祈求都像惊鸿的疾掠，浮云的转逝；只希望记忆帮助我见了高山想到流水，见了流水想到高山。但这何尝不是一样的吐丝自缚呢！

有时我常向遥远的理智塔下忏悔，不敢抬头；因为瞻望着遥远的生命，总令我寒噤战栗！最令我难忘的就是你那天在河滨将别时，你握着我的手说：

“朋友！过去的确是过去了，我们在疲倦的路上，努力去创造未来吧！”

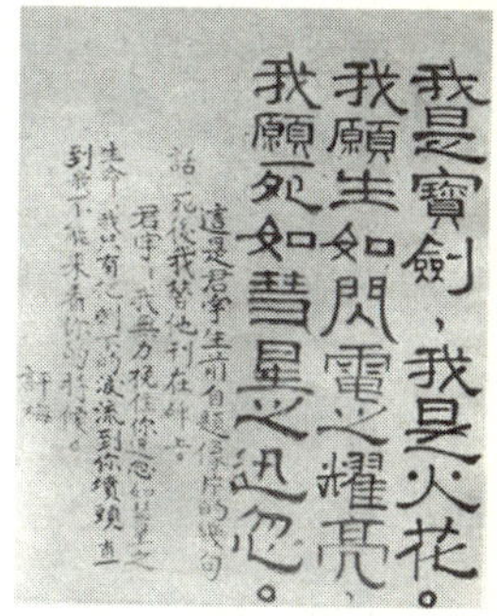

石评梅在君宇墓碑题词

而今当我想到极无聊时，这句话便隐隐由我灵魂深处溢出，助我不少勇气。但是终日终年战兢兢的转着这生之轮，难免有时又感到生命的空虚，像一只疲于飞翔的孤鸿，对着苍茫的天海，云雾的前途，何处是新径？何处是归路地怀疑着，徘徊着。

我心中常有一个幻想的新的境界，愿我自己单独地离开群众，任着脚步，走进了有虎狼豺豹的深夜森林中，跨攀过削岩峭壁的高冈，渡过了苍茫扁舟的汪洋，穿过荆棘丛生的狭径……任我一个人高呼，任我一个人低唱，即有危险，也只好一个人量力扎挣与抵抗。求救人类，荒林空谷何来佳侣？祈福上帝，上帝是沉默无语。我愿一生便消失在这里，死也埋在这里，虽然孤寂，我也宁愿享孤苦的。不过这怕终于是一个意念的幻想，事实上我又如何能这样，除了蔓草黄土堙埋在我身上的时候。

如今，我并不恳求任何人的怜悯和抚慰，自己能安慰娱乐自己时，就便去追求着哄骗自己。相信人类深藏在心底的，大半是罪恶的种子，陈列在眼前的又都是些幻变万象的尸骸；猜疑嫉妒既狂张起翅儿向人间乱飞，手中既无弓箭，又无弹丸的我们，又能奈何他们呢？辛！我们又如何能不受伤负创被人们讥笑。

过去的梦神，她常伸长玉臂要我到她的怀里，因之，一切的凄怆失望像万骑踏过沙场一样蹂躏着我。使我不敢看花，看花想到业已埋葬的青春；不敢临河，怕水中映出我憔悴的瘦影；更不敢到昔日栖息之地，怕过去的陈尸捉住我的惊魂。更何忍压着凄酸的心情，在晚霞鲜明、鸟声清幽时，向沙土上小溪畔重认旧日的足痕！

从前赞美朝阳，红云捧着旭日东升，我欢跃着说：“这是我的希望。”从前爱慕晚霞，望着西方绚烂的彩虹，我心告诉我：“这是我的归宿。”天辛呵！纵然今天我立在伟大庄严的天坛上，彩凤似的云霞依然飘停在我的头上；但是从前我是沉醉在阳光下的蔷薇花，现在呢，仅不过是古荒凄凉的神龛下，蜷伏着呻吟的病人。

这些话也许又会令你伤心的，然而我不知为什么似乎一些幸福愉快的言语也要躲避我。今天推窗见落叶满阶，从前碧翠的浓幕，让东风撕成了粉碎；因之，我又想到落花，想到春去的悠忽，想到生命的虚幻，想到一切……想到月明星烂的海，灯光辉煌的船，广庭中婀娜的舞女，琴台上悠扬的歌声；外边是沉静的海充满了神秘，船里是充满了醉梦的催眠。汹涌的风波起时，舵工先感恐惧，只恨我的地位在生命海上，不是沉醉娇贵的少女，偏是操持危急的舵工。

说到我们的生命，更渺小了，一波一浪，在海上留下些什么痕迹！

诞日，你寄来的象牙戒指收到了。诚然，我也愿用象牙的洁白和坚实，来纪念我们自己静寂像枯骨似的生命。

夜航

文／石评梅

一九二五年元旦那天，我到医院去看天辛，那时残雪未消，轻踏着积雪去叩弹他的病室，诚然具着别种兴趣，在这连续探病的心情经验中，才产生出现在我这忏悔的惆怅！不过我常觉由崎岖蜿蜒的山径到达到峰头，由翠荫森森的树林到达到峰头；归宿虽然一样，而方式已有复杂简略之分，因之我对于过去及现在，又觉心头轻泛着一种神妙的傲意。

那天下午我去探病，推开门时，他是睡在床上头向着窗瞧书，我放轻了足步进去，他一点都莫有觉的我来了，依然一页一页翻着书。我脱了皮袍，笑着蹲在他床前，手攀着床栏说：

"辛，我特来给你拜年，祝你一年的健康和安怡。"

他似乎吃了一惊，见我蹲着时不禁笑了！我说：

"辛！不准你笑！从今天这时起，你做个永久的祈祷，你须得诚心诚意的祈祷！"

"好！你告诉我祈祷什么？这空寂的世界我还有希冀吗？我既无希望，何必乞怜上帝，祷告他赐我福惠呢？朋友！你原谅我吧！我无力而且不愿作这幻境中自骗的祈求了。"

仅仅这几句话，如冷水一样浇在我热血搏跃的心上时，他奄奄的死寂了，在我满挟着欢意的希望中，现露出这样一个严涩枯冷的阻物。他正在诅咒着这世界，这世界是不预备给他什么，使他虔诚的心变成厌弃了，我还有什么话可以安慰他呢！

这样沉默了有二十分钟，辛摇摇我的肩说：

“你起来，蹲着不累吗？你起来我告诉你个好听的梦。快！快起来！这一瞥飞逝的时间，我能说话时你还是同我谈谈吧！你回去时再沉默不好吗！起来，坐在这椅上，我说昨夜我梦的梦。”

我起来坐在靠着床的椅上，静静地听着他那抑扬如音乐般声音，似夜莺悲啼，燕子私语，一声声打击在我心弦上回旋。他说：

“昨夜十二点钟看护给我打了一针之后，我才可勉强睡着。波微！从此之后我愿永远这样睡着，永远有这美妙的幻境环抱着我。

“我梦见青翠如一幅绿缎横披的流水，微风吹起的雪白浪花，似绿缎上纤织的小花；可惜我身旁没带着剪子，那时我真想裁割半幅给你做一件衣裳。

“似乎是个月夜，清澈如明镜的皎月，高悬在蔚蓝的天宇，照映着这翠玉碧澄的流水；那边一带垂柳，柳丝一条条低吻着水面像个女孩子的头发，轻柔而蔓长。柳林下系着一只小船，船上没有人，风吹着水面时，船独自在摆动。

“这景是沉静，是庄严，宛如一个有病的女郎，在深夜月光下，仰卧在碧茵草毡，静待着最后的接引，怆凄而冷静。又像一个受伤的骑士，倒卧在树林里，听着这渺无人声的野外，有流水呜咽的声音！他望着洒满的银光，想到祖国，想到家乡，想到深闺未眠的妻子。我不能比拟是那么和平，那么神寂，那么幽深。

“我是踟蹰在这柳林里的旅客，不知道这是什么地方？我走到系船的那棵树下，把船解开，正要踏下船板时，忽然听见柳林里有唤我的声音！我怔怔的听了半天，依旧把船系好，转过了柳林，缘着声音去寻。愈走近了，那唤我的声音愈低微愈哀惨，我的心搏跳的更加厉害。郁森的浓荫里，露透着几丝月光，照映着真觉冷森惨淡！我停止在一棵树下，那细微的声音几乎要听不见。后来我振作起勇气，又向前走了几步，那声音似乎就在这棵树上。”

他说到这里，面色变的更苍白，声浪也有点颤抖，我把椅子向床移了一下，紧握着他的手说：

“辛！那是什么声音？”

“你猜那唤我的是谁？波微！你一定想不到，那树上发出可怜的声音叫我的，就是你！不知谁把你缚在树上，当我听出是你的声音时，我像个猛兽一般扑过去，由树上把你解下来，你睁着满含泪的眼望着我，我不知为什么忽然觉的难过，我的泪不自禁的滴在你腮上了！

“这时候，我看见你惨白的脸被月儿照着像个雕刻的石像，你伏在我怀里，低低的问我：

‘辛！我们到那里去呢？’

“我莫有说什么，扶着你回到系船的那棵树下，不知怎样，刹那间我们泛着这叶似的船儿，飘游在这万顷茫然的碧波之上，月光照的如白昼。你站在船头仰望着那广漠的天宇，夜风吹送着你的散发，飘到我脸上时我替你轻轻一掠。后来我让你坐在船板上，这只无人把舵的船儿，驾凌着像箭一样在水面上飘过，渐渐看不见那一片柳林，看不见四周的缘岸。远远地似乎有一个塔，走近时原来不是灯塔，那个翠碧如琉璃的宝塔，月光照着发出璀璨的火光，你那时惊呼着指那塔说：

“辛！你看什么！那是什么？”

“在这时候，我还莫有答应你；忽然狂风卷来，水面上涌来如山立的波涛，浪花涌进船来，一翻身我们已到了船底，波涛卷着我们浮沉在那琉璃宝塔旁去了！

“我醒来时心还跳着，月光正射在我身上，弟弟在他床上似乎正在梦呓。我觉着冷，遂把椅子上一条绒毡加在身上。我想着这个梦，我不能睡了。”

我不能写出我听完这个梦以后的感想，我只觉心头似乎被千斤重闸压着。停了一会我忽然伏在他床上哭了！天辛大概也知道不能劝慰我，他叹了口气重新倒在床上。

一片红叶

文／石评梅

这是一个凄风苦雨的深夜。

一切都寂静了，只有雨点落在蕉叶上，淅淅沥沥令人听着心碎。这大概是宇宙的心音吧，它在这人静夜深时候哀哀地泣诉！

窗外缓一阵紧一阵的雨声，听着像战场上金鼓般雄壮，错错落落似鼓桴敲着的迅速，又如风儿吹乱了柳丝般的细雨，只洒湿了几朵含苞未放的黄菊。这时我握着破笔，对着灯光默想，往事的影儿轻轻在我心幕上颤动，我忽然放下破笔，开开抽屉拿出一本红色书皮的日记来，一页一页翻出一片红叶。这是一片鲜艳如玫瑰的红叶，它夹在我这日记本里已经两个月了。往日我为了一种躲避从来不敢看它，因为它是一个灵魂孕育的产儿，同时它又是悲惨命运的纽结。谁能想到薄薄的一片红叶，里面纤织着不可解决的生谜和死谜呢！我已经是泣伏在红叶下的俘虏，但我绝不怨及它，可怜在万千飘落的枫叶里，它衔带了这样不幸的命运。我告诉你们它是怎样来的：

陶然亭里的二人雕像

一九二三年十月廿六的夜里，我翻读着一本《莫愁湖志》，有些倦意，遂躺在沙发上假睡；这时白菊正在案头开着，窗纱透进的清风把花香一阵阵吹在我脸上，我微嗅着这花香不知是沉睡，还是微醉！懒松松的似乎有许多回忆的燕儿，飞掠过心海激动着神思的颤动。我正沉恋着逝去的童年之梦，这梦曾产生了金坚玉洁的友情，不可掠夺的铁志；我想到那轻渺渺像云天飞鸿般的前途时，不自禁的微笑了！睁开眼见菊花都低了头，我忽然担心它们的命运，似乎它们已一步一步走近了坟墓，死神已悄悄张着黑翼在那里接引，我的心充满了莫名的悲绪！

大概已是夜里十点钟，小丫头进来递给我一封信，拆开时是一张白纸，拿到手里从里面飘落下一片红叶。“呵！一片红叶！”我不自禁的喊出来。怔愣了半天，用抖颤的手捡起来一看，上边写着两行字：

满山秋色关不住
一片红叶寄相思

天辛采自西山碧云寺十月二十四日

平静的心湖，悄悄被夜风吹皱了，一波一浪汹涌着像狂风统治了的大海。我伏在案上静静地想，马上许多的忧愁集在我的眉峰。我真未料到一个平常的相识，竟对我有这样一番不能抑制的热情。只是我对不住他，我不能受他的红叶。为了我的素志我不能承受它，承受了我怎样安慰他；为了我没有一颗心给他，承受了如何忍欺骗他。我即使不为自己设想，但是我怎能不为他设想。因之我陷入如焚的烦闷里。

在这黑暗阴森的夜幕下，窗下蝙蝠飞掠过的声音，更令我觉着战栗！我揭起窗纱见月华满地，斑驳的树影，死卧在地下不动，特别现出宇宙的清冷和幽静。我遂添了一件夹衣，推开门走到院里，迎面一股清风已将我心胸中一切的烦念吹净。无目的走了几圈后，遂坐在茅亭里看月亮，那凄清皎洁的银辉，令我对世界感到了空寂。坐了一会，我回到房里蘸饱了笔，在红叶的反面写了几个字是：

枯萎的花篮不敢承受这鲜红的叶儿。

仍用原来包着的那张白纸包好，写了个信封寄还他。这一朵初开的花蕾，马上让我用手给揉碎了。为了这事他曾感到极度的伤心，但是他并未因我的拒绝而中止。他死之后，我去兰辛那里整理他箱子内的信件，那封信忽然又发现在我眼前！拆开红叶依然，他和我的墨泽都依然在上边，只是中间裂了一道缝，红叶已枯干了。我看见它心中如刀割，虽然我在他生前拒绝了不承受的，在他死后我觉着这一片红叶，就是他生命的象征。上帝允许我的祈求罢！我生前拒绝了他的我在他死后依然承受他，红叶纵然能去了又来，但是他呢！是永远不能回来了，只剩了这一片志恨千古的红叶，依然无恙的伴着我，当我抖颤的用手捡起它寄给我时的心情，愿永远留在这鲜红的叶里。

墓畔哀歌

文／石评梅

（一）

我由冬的残梦里惊醒，春正吻着我的睡靥低吟！晨曦照上了窗纱，望见往日令我醺醉的朝霞，我想让丹彩的云流，再认认我当年的颜色。

披上那件绣着蛱蝶的衣裳，姗姗地走到尘网封锁的妆台旁。呵！明镜里照见我憔悴的枯颜，像一朵颤动在风雨中苍白凋零的梨花。

我爱，我原想追回那美丽的皎容，祭献在你碧草如茵的墓旁，谁知道青春的残蕾已和你一同殉葬。

（二）

假如我的眼泪真凝成一粒一粒珍珠，到如今我已替你缀织成绕你玉颈的围巾。

假如我的相思真化作一颗一颗的红豆，到如今我已替你堆集永久勿忘的爱心。

哀愁深埋在我心头。

我愿燃烧我的肉身化成灰烬，我愿放浪我的热情怒涛汹涌，天呵！这蛇似的蜿蜒，蚕似的缠绵，就这样悄悄地偷去了我生命的青焰。

我爱，我吻遍了你墓头青草在日落黄昏；我祷告，就是空幻的梦吧，也让我再见见你的英魂。

（三）

明知道人生的尽头便是死的故乡，我将来也是一座孤冢，衰草斜阳。有一天呵！我离开繁华的人寰，悄悄入葬，这悲艳的爱情一样是烟消云散，昙花一现，梦醒后飞落在心头的都是些残泪点点。

然而我不能把记忆毁灭，把埋我心墟上的残骸抛却，只求我能永久徘徊在这垒垒荒冢之间，为了看守你的墓茔，祭献那茉莉花环。

我爱，你知否我无言的忧衷，怀想着往日轻盈之梦。梦中我低低唤着你小名，醒来只是深夜长空有孤雁哀鸣！

（四）

黯淡的天幕下，没有明月也无星光，这宇宙像数千年的古墓；皑皑白骨上，飞动闪映着惨绿的磷花。我匍匐哀泣于此残锈的铁栏之旁，愿烘我愤怒的心火，烧毁这黑暗丑恶的地狱之网。

命运的魔鬼有意捉弄我弱小的灵魂，罚我在冰雪寒天中，寻觅那雕零了的碎梦。求上帝饶恕我，不要再惨害我这仅有的生命，剩得此残躯在，容我杀死那狞恶的敌人！

我爱，纵然宇宙变成烬余的战场，野烟都腥：在你给我的甜梦里，我心长系驻于虹桥之中，赞美永生！

（五）

我镇天踯躅于垒垒荒冢，看遍了春花秋月不同的风景，抛弃了一切名利虚荣，来到此无人烟的旷野，哀吟缓行。我登了高岭，向云天苍茫的西方招魂，在绚烂的彩霞里，望见了我沉落的希望之陨星。

远处是烟雾冲天的古城，火星似金箭向四方飞游！隐约的听见刀枪搏击之声，那狂热的欢呼令人震惊！在碧草萋萋的墓头，我举起了胜利的金觥，饮吧我爱，我奠祭你静寂无言的孤冢！

星月满天时，我把你遗我的宝剑纤手轻擎，宣誓向长空：愿此生永埋了英雄儿女的热情。

（六）

假如人生只是虚幻的梦影，那我这些可爱的映影，便是你赠与我的全生命。我常觉你在我身后的树林里，骑着马轻轻地走过去。常觉你停息在我的窗前，徘徊着等我的影消灯熄。常觉你随着我唤你的声音悄悄走近了我，又含泪退到了墙角。常觉你站在我低垂的雪帐外，哀哀地对月光而叹息！

在人海尘途中，偶然逢见个像你的人，我停步凝视后，这颗心呵！便如秋风横扫落叶般冷森凄零！我默思我已经得到爱的之心，如今只是荒草夕阳下，一座静寂无语的孤冢。

我的心是深夜梦里，寒光闪灼的残月，我的情是青碧冷静，永不再流的湖水。残月照着你的墓碑，湖水环绕着你的坟，我爱，这是我的梦，也是你的梦，安息吧，敬爱的灵魂！

（七）

我自从混迹到尘世间，便忘却了我自己；在你的灵魂我才知是谁？

记得也是这样夜里。我们在河堤的柳丝中走过来，走过去。我们无语，心海的波浪也只有月儿能领会。你倚在树上望明月沉思，我枕在你胸前听你的呼吸。抬头看见黑翼飞来掩遮住月儿的清光，你抖颤着问我：假如这苍黑的翼是我们的命运时，应该怎样？

我认识了欢乐，也随来了悲哀，接受了你的热情，同时也随来了冷酷的秋风。往日，我怕恶魔的眼睛凶，白牙如利刃；我总是藏伏在你的腋下趑趄不敢进，你一手执宝剑，一手扶着我践踏着荆棘的途径，投奔那如花的前程！

如今，这道上还留着你斑斑血痕，恶魔的眼睛和牙齿再是那样凶狠。但是我爱，你不要怕我孤零，我愿用这一纤细的弱玉腕，建设那如意的梦境。

（八）

春来了，催开桃蕾又飘到柳梢，这般温柔慵懒的天气真使人恼！她似乎躲在我眼底有意缭绕，一阵阵风翼，吹起了我灵海深处的波涛。

这世界已换上了装束，如少女般那样娇娆，她披拖着浅绿的轻纱，蹁跹在她那（姹）紫嫣红中舞蹈。伫立于白杨下，我心如捣，强睁开模糊的泪眼，细认你墓头，萋萋芳草。

独坐君宇墓碑前的石评梅

满腔辛酸与谁道！愿此恨吐向青空将天地包。它纠结围绕着我的心，像一堆枯黄的蔓草，我爱，我待你用宝剑来挥扫，我待你用火花来焚烧。

（九）

垒垒荒冢上，火光熊熊，纸灰缭绕，清明到了。这是碧草绿水的春郊。墓畔有白发老翁，有红颜年少，向这一杯黄土致不尽的怀忆和哀悼，云天苍茫处我将魂招；白杨萧条，暮鸦声声，怕孤魂归路迢迢。

逝去了，欢乐的好梦，不能随墓草而复生，明朝此日，谁知天涯何处寄此身？叹漂泊我已如落花浮萍，且高歌，且痛饮，拼一醉烧熄此心头余情。

我爱，这一杯苦酒细细斟，邀残月与孤星和泪共饮，不管黄昏，不论夜深，醉卧在你墓碑傍，任霜露侵凌吧！我再不醒。

第五篇

丁玲与胡也频

——漂泊的爱情

丁玲（1904~1986年），原名蒋伟，字冰之，笔名彬芷、从喧等。湖南临澧人。中国当代著名的作家、社会活动家。《莎菲女士的日记》、《太阳照在桑干河》是丁玲代表作品之一，曾获斯大林文艺奖金。新中国建立后，丁玲致力于社会主义文学事业，先后任《文艺报》主编、中央文学研究所所长、中共中央宣传部文艺处长、中国作协党组书记、副主席和《人民文学》主编等职。繁忙工作之余，她写出了大量散文和小说，并扶植了许多文学新人。晚年的丁玲，不顾体弱多病，勤奋写出了《魍魉世界》、《风雪人间》等100万字的作品，创办并主编《中国》文学杂志，热情培养青年作家。

丁玲与胡也频

胡也频（1903~1931年），原名胡崇轩，1903年出生于福建省福州市，祖籍江西新建。早年读过私塾，当过学徒，后去天津大沽口海军学校学习机器制造。1924年与女作家丁玲结婚，1928年到上海主编《红与黑》杂志，次年与沈从文合编《红黑》月刊和《人间》月刊。1930年加入“左联”，被选为执行委员。1931年1月17日被国民党逮捕，2月8日在上海龙华被杀害，是“左联五烈士”之一。

多情女子形容丁玲，是很恰当的形容。胡也频作为她的第一任丈夫，也是她“最纪念的也频”。在她坎坷的一生中留下无法抹去的印记。1924年，丁玲来到了北平。在一个社交场合结识了青年编辑胡也频。此时的丁玲正在为亲弟弟的夭折和命途艰辛而痛苦，对比她还小一岁的胡也频毫不动心。她感到自己无法在北平继续生活下去，于是选择了离开，返回到湖南老家。不料穷编辑胡也频居然借了钱追到湖南，他蓬头垢面出现在丁玲母女面前，犹如一个爱情的乞丐，丁玲紧闭的爱情大门终于被打开。他们在山上住着，有时候要到城里去买东西，胡也频一个人下山，丁玲不放心，就追下山跟着胡也频一块去。一次他们回来的时候，经过一个淤泥地，走进淤泥地就出不来了。于是他们就站在淤泥地上看天上的星星，说说悄悄话。他们住在亭子间里几乎没有什么经济来源，生活简单而又纯真，就像小孩子们过家家，虽然贫寒却过得十分温馨。

1931年2月7日，年仅28岁的胡也频被枪决于上海。凄厉的枪声震撼了中国革命的天空，也击碎了丁玲最初的爱情。这突如其来的变故打破了她幸福的生活，而那个“年轻的爸爸”——胡也频，也就只能永远留在记忆当中，成了她最美的纪念。

丁玲说胡也频

1930年5月，胡也频与丁玲在上海加入刚刚于两个月前成立的“左翼作家联盟”。1930年11月，胡也频加入中国共产党。1931年1月17日上午，胡也频在上海租界内的“东方旅社”出席第一次全国工农兵代表大会预备会议。下午一时四十分，因叛徒告密而在旅社的31号房间被公共租界巡捕房逮捕。今天位于上海市昆山路昆山花园七号——一幢三层带部分四层的连接式红砖洋房，在四层最西侧的那套房间就是当年胡也频与丁玲的寓所。这一天的晚上，丁玲就是在这个住处，苦等着丈夫胡也频的归来。

“在双龙路附近的一家三层楼的正房里，只剩我一个人，孤独地冥想着流逝了的过去，茫茫地望着天边的未来。天是灰沉沉的，四周是棺木一般的墙壁，世界怎么这样寂静，只有自己叹息的回声振颤着我的脆弱的灵魂。”这就是胡也频牺牲后丁玲的内心独白。

胡也频（节选）

文／丁玲

一九二五年暑假，我住在常德我母亲学校的时候，有一天，听见大门光光的响，我与母亲同去开门。我们都不得不诧异地注视着站在门外的那个穿着月白长衫的少年。我母亲诧异这是从哪里来的访问者；我也诧异这个我在北京刚刚只见过两三次面、萍水相逢、印象不深的人，为什么远道来访。但使我们更诧异的是这个少年竟是孑然一身，除一套换洗裤褂外便什么也没有，而且连他坐来的人力车钱也是我们代付的。

晚年丁玲

在这所作为校舍的空寂的庙宇里，原来只响着我母亲的读书声，她每天按时读古书、写字，孜孜不倦地啃着几本刚买来的唯物辩证法的书籍；还有我的单调的、不熟练的琵琶声。当时五卅运动所激起的爱国情绪还笼罩着我母亲的整个身心，她高谈阔论，叹古伤今，向我们讲述着她几十年的生活经历，痛斥帝国主义、封建主义的毒害。我呢，好像一个战败的勇士，归林的倦鸟，我用极复杂的心情反刍着近几年来自己所遇到的人和事，以及我曾有的向旧社会的出击，与颓丧的感怀。在母亲面前，我是惭愧的，只觉得辜负了她对我的希望和信任。我极想重鼓双翅，飞越万水千山。可是，哪里是我向往之处？哪里是我安身立命之所？哪里将成为我一生的归宿？我身虽然回到家了，回到母亲的身边了，但一颗心呵，仍徬徨于高山峡谷之间，奔腾在汹涌的大海与温柔的湖水之间。古琴一曲，《梅花三弄》、《十面埋伏》都诉不出我的抑郁忧伤。而也频却像一只漂流的小船停靠在风和日丽的小港。他一天到晚，似乎充满了幸福的感觉，无所要求，心满意足，象占有了整个世界一样那末快乐。过去，他很少知道我母亲所经历的身世，对我们家庭所处的社会也是陌生的，对我过去在上海的朋友们更是没有接触过。他津津有味地听着，后来曾摄取其中的某些片断写过小说。但他最熟悉的是一个漂泊者的生活，饥饿寒冷，孤单寂寞，冷淡的人生，和求生的奋斗。但他很少喋喋饶舌，他常常痴痴呆坐，咬着手指，然后写下几首悲愤的、惆怅的诗篇。只有从他的诗里面才能理解他为人世困苦、冷酷和缺少天伦之乐、缺少友谊而感到刺痛，并从而铸成一颗坚强的心。他虽然在我们这里，在这所空廓的庙堂里，日子过得无忧无虑，但他的心仍然沉沦在长久的漂泊生活中，不过，他似乎又并不以为意。

这年秋天，我们住在北京西山碧云寺下一个村子里的时候，他对我说，多少年没有穿过新棉衣了，在这寒冷的北方，如果有一件新棉衣该是多么暖和呵！我们计算了一下手里的钱，买了两段布、两斤棉花。我自己动手，替他缝了一件棉袍，他实在喜欢。可是，棉袍缝好后一穿，小了，穿是可以勉强穿，只是有点像女人的旗袍。怎么办呢？再另缝一件，是不可能了。我的懊丧不用说了。可是，他想出主意来了，把这件新的送到当铺当了，换几个钱买点新棉花，塞到他身上穿着的、一件刚从当铺里取出来的旧夹袍中就可以了，还算一件新棉衣。至于夹袍，到了明年春天再说吧。于是我们便只得又花车钱进城，把花七元制的新布新棉花和我的缝工一共当了四元钱，买了一元钱棉花，再花车钱回到城外碧云寺，仍由我拆洗缝补。他很满意地穿上了，还说只要棉花是新的，就很暖和了。

1942年出席延安文艺座谈会，前排右二为丁玲

他没有几个朋友，因为我对他的朋友们要求太高，常在他面前吐露我的偏激，因此他们来往逐渐少了。可是他从来也没有说朋友们的一句坏话或讽刺话。我现在搜寻记忆，也想不出他说过任何朋友、或作过朋友或当作朋友来往过的人的一句不好听的话。又一次来了一个法政学院的他过去在大沽口海军学校的同学。这个人穿着华丝葛面子的皮袍，里边是一副雪白的几道弯羊皮统子，是一个阔少爷。他冒着北风光临我们的茅庐，实在该是蓬荜生辉。可是我们无法招待，因为只剩一元钱，准备第二天进城找曹孟君、左恭或是别的人借钱用的。但也频却欢天喜地，很慷慨的把这一元钱全部为他的朋友准备了一顿丰盛的晚餐。客人舒服地睡了一夜，早起还吃了莲子粥（是他点名要吃的），然后高高兴兴地坐车走了。我们在他走后，蹒跚步行进城。也频兴致冲冲，好像走了这四十里路是应该的，是十分快乐的事。

他的确喜欢进当铺，说他喜欢，或许是委屈了他。他没有钱，但花钱却很大方。把我母亲替我缝的一件绸棉袍也拿去当了。我母亲再三对我说过：“从你父亲死后，几乎没有给你做件好衣服，就这一件，也很不容易，你爱惜着穿吧。”但我只穿了几次，就给送进了当铺。我母亲的一个好朋友，特别买了两套银质的餐具送我，也频高兴地接受了。他不是为了摆设，也不是为了享受，而是因为它值钱，是当铺老板欢喜的物件。果然没有几天，它们就存放在当铺里了。一个穷人是很少能从当铺里赎回衣物的。过半年（半年就死当）不取，就完全归当铺老板了。不过平时只要有了稿费，也频总是舍得为我买最好的衣料、果品、稿纸和笔的。

也频虽然不喜欢谈他得家事，但从他的诗、小说里都能感到他是非常留恋他的童年生活的。他对他的母亲和那个当兵的弟弟是非常怀念的。他的一个弟弟为生活所迫，很年轻就当兵了，在陈炯明的部队，为军阀内战而当了炮灰。

一九二八年我们住在杭州西湖，一天，在岳坟附近看见一个十一二岁的小男孩，长得很俊秀。也频就同我谈到他的小弟弟，想把他带在身边，我们自己把生活开支更紧缩一些，负担他的生活和教育。我也是失去过弟弟的人，自然赞同。也频便写信回家了。不久，他的第四个弟弟，十五六岁的样子，突然来到杭州我们的住处。原来也频的母亲已经带着她的两个小儿子到了上海，他们对也频抱着太大的希望。说也频在大地方出了书（是出版了一册薄薄的剧本），每月收入二百元钱，他们不再回老家了，要跟着当老太太和小少爷了。他这个赶到杭州的弟弟，也向也频开口，希望给他买一辆自行车上学。那时自行车很少，我们自己思想上从来没有过这些物件的影子，我们不得不放弃在杭州写作的计划，要马上赶回上海，安顿他母亲和弟弟。从传统的家庭关系来说，也频在家是长子，应该赡养她的母亲和弟弟们。可是当时两个穷作家，自己每月最低的生活费都不能稳定的时候，怎么能承担这突如其来的重负？幸好，《阿毛姑娘》六、七十元的稿费刚刚寄到，我们便连夜退了房租，赶回上海。他母亲看到我们经济上实在拮据，又舍不得小儿子同我们一道过飘零的苦日子，便要也频每月寄给她三十元，后来商量减到二十元，她便带儿子回老家。这样我们张罗开销了旅馆费，买了船票等等，母子三人才掉头走了。她们走后，我们找到一件八元钱一个月的亭子间，安下身来。每月二十元的诺言，三个月以后，再无法继续，就停止了。也频从此也就不敢再发善心抚养他的小弟弟了。三七年抗战开始后不久，我给在福州的也频的父亲写了一封信，让她的小儿子拿我的信到南京找八路军办事处，介绍到陕北来。我是向周恩来同志请示过，而且被批准了的。那个时候，敌寇入侵，抗日军兴，局势动荡，陕北更加艰苦。如果没有抗日、革命的要求是很难骤下决心的。我自然又是枉自热心了一场。

也频一生中都在贫困中度过，一九三一年他被捕时，穿的是朋友借给他的一件袍子。他牺牲以后，我在家清检遗物，只有两纸当票，两套换洗的衬衣裤都早送到龙华监狱去了。我同他共同生活的几年中。我没见过他为钱、为缺衣少食、为个人前途而皱过眉，担过心，或郁郁不乐。他总是不倦的读书，作诗，写文。

……

一个真实人的一生——记胡也频（选录）

文／丁玲

记得是一九二七年的冬天，那时我们住在北京的汉花园，一所与北大红楼隔河、并排、极不相称的小楼上。我们坐在火炉旁，偶然谈起他的童年生活来了。从这时起我才知道他的出身。这以前，也曾知道一点，却实在少，现在想起来觉得很奇怪，不知为什么他很少同我谈，也不知为什么，我简直没有问过他。但从这次谈话以后，我是比较多了解他一些，也更尊敬他一些，或者更恰当的说，我更同情他了。

他祖父是做什么的，到现在我还不清楚，总之，不是做官的，不是种地的，也不是经商的，收入却还不错。也频在幼小时，因为身体不好，曾经长年的吃过白木耳之类的补品，并且还附读在别人的私塾里，可见那时生活还不差。祖父死了后，家里过得不宽裕，他父亲曾经以包戏为生。也频说："我一直到现在都还要特别关心到下雨。"他描写给我听，说一家人都最怕下雨，一早醒来，赶忙去看天，如果天晴，一家大小都笑了；如果下雨，或阴天，就都发愁起来了。因为下雨就不会有很多人去看戏，他们就要赔钱了。他父亲为什么不做别的事，要去做这一行事，我猜想也许同他的祖父有关系，但这猜想是靠不住的。也频一讲到这里，他就更告诉我他有一个时期，每天晚上都要去看戏，我还笑着说他："怪不得你对于旧小说那样熟悉。"

……

北京这个古都是一个学习的城，文化的城，那时北京有《晨报》副刊，后来又有了《京报》副刊，常常登载着一些名人的文章。公寓里住的大学生们，都是一些歌德的崇拜者，海涅、拜伦、济慈的崇拜者，鲁迅的崇拜者，这里常常谈起莫泊桑、契珂夫、易卜生、莎士比亚、高尔基、托尔斯泰……而且这些大学生们似乎对学校的功课并不十分注意，他们爱上旧书摊，上小酒馆，游览名胜，爱互相过从，寻找朋友，谈论天下古今，尤其爱提笔写诗、写文，四处投稿。也频在北京住着，既然太闲，于是也就跑旧书摊(他无钱买书，就站在那里把书看个大半)，也就读起外国作品来了。房子里还把《小说月报》上一些套色画片剪了下来，贴在墙上。还有准备做诗人的一些年青人，也稍稍给他一些眼光，和几句应酬话。要做技术专家的梦，已经完全破灭，在每天都可以饿肚子的情况下，一些新的世界、古典文学、浪漫主义的生活情调与艺术气质，一天一天就侵蚀着这个孤单的流浪青年，把他极简单的脑子引向美丽的、英雄的、神奇的幻想，而且与他的现实生活并不配衬。

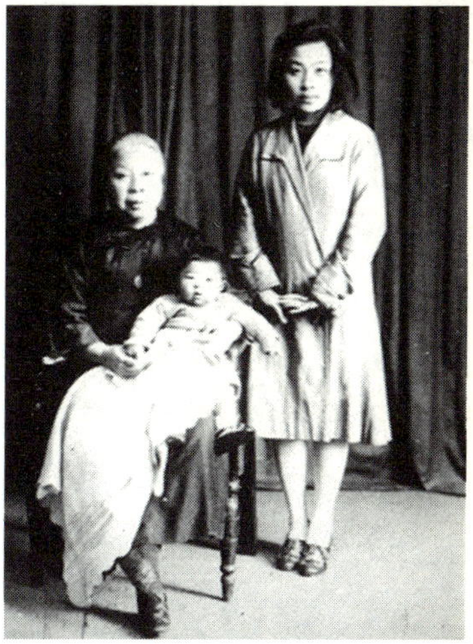

1931年2月底，丁玲与母亲余曼贞、儿子蒋祖林摄于常德。

一九二四年，他与另外两位熟人在《京报》编辑了一个一星期一张的附刊，名为《民众文艺周刊》。他在这上边用胡崇轩的名字发表过一两篇短篇小说和短文。他那时是倾向于《京报》副刊、鲁迅先生的，但他却因为稿件的关系，一下就和休芸芸(沈从文)成了文章的知己。我们也是在这年夏天认识的。由于我的出身、教育、生活经历，看得出我们的思想、性格、感情都不一样，但他的勇猛、热烈、执扭、乐观和穷困都惊异了我，虽说我还觉得他有些简单，有些蒙昧，有些稚嫩，但却是少有的"人"，有着最完美的品质的人。他还是一块毫未经过雕琢的璞玉，比起那些光滑的烧料玻璃珠子，不知高到什么地方去了。因此我们一下也就有了很深的友谊。

我那时候的思想正是非常混乱的时候，有着极端反叛的情绪，盲目地曾倾向于社会革命，但因为小资产阶级的幻想，又疏远了革命的队伍，走入孤独的愤懑、挣扎和痛苦。所以我的狂狷和孤傲，给也频的影响是不好的。他沾染上了伤感与虚无。那一个时期他的诗，的确充满了这种可悲的感情。我们曾经很孤独的生活了一个时期。在这一个时期中，中国轰轰烈烈的大革命运动在南方如火如荼，而我们却蛰居北京，无所事事，也频日夜钻进了他的诗，我呢，只拿烦闷打发每一个日子。现在想来，该是多么可惋惜的呵！这一时期如果应该受到责备的话，那是应该由我来负责的。因为当我们认识的时候，我已经老早就进过共产党办的由陈独秀、李达领导的平民女子学校和后来的上海大学。在革命的队伍中是有着我的老师、同学和挚友。我那时也曾经想南下过，却因循下去了。一直没有什么行动。

直到一九二七年，大革命失败，四一二、马日事变等等才打醒了我。我每天听到一些革命的消息，听到一些熟人的消息，许多我敬重的人牺牲了，也有朋友正在艰苦中坚持，也有朋友动摇了，我这时极想到南方去，可是迟了，我找不到什么人了。不容易找人了。我恨北京！我恨死的北京！我恨北京的文人！诗人！形式上我很平安，不大讲话，或者只象一个热情诗人的爱人或妻子，但我精神上苦痛极了！除了小说我找不到一个朋友，于是我写小说了，我的小说就不得不充满了对社会的卑视和个人的孤独的灵魂的倔强。我的苦痛，和非常想冲破旧的狭小圈子的心情，也影响了也频。

一九二八年春天，我们都带着一种朦胧的希望到上海去了。开始的时候，我们还只能个人摸索着前进，还不得不把许多希望放在文章上。我们两人加上沈从文，就从事于杂志编辑和出版工作。把杂志和出版处都定名为红黑，就是带着横竖也要搞下去，怎么样也要搞下去的意思。后来还是因为种种原因不能坚持下去．但到上海后，在我们的生活前途和写作前途都慢慢走上了一个新的方向。

也频有一点基本上与沈从文和我是不同的。就是他不象我是一个爱幻想的人，他是一个喜欢实际行动的人；不象沈从文是一个常处于动摇的人，又反对统治者(沈从文在年青时代的确也有过一些这种情绪)，又希望自己也能在上流社会有些地位，也频却是一个坚定的人。他还不了解革命的时候，他就诅咒人生，讴歌爱情，但当他一接触革命思想的时候，他就毫不怀疑，勤勤恳恳去了解那些他从来也没听到过的理论。他先是读那些马克思主义的文艺理论。后来也涉及到一些社会科学书籍。他也毫不隐藏他的思想，他写了中篇小说：《到莫斯科去》！那时我们三人思想情况是不同的。沈从文因为一贯与新月社、现代评论派有些友谊，所以他始终有些羡慕绅士阶级，他已经不甘于一个清苦的作家的生活，也不大满足于一个作家的地位，他很想能当一个教授。他到吴淞中国公学去教书了。奇怪的是他下意识地对左翼的文学运动者们不知为什么总有些害怕。我呢，我自以为我比他们懂得些革命，靠近革命，我始终规避着从文的绅士朋友，我看出我们本质上有所分歧，但不愿有所争执，破坏旧谊，他和也频曾象亲兄弟过。但我也不喜欢也频转变后的小说，我常说也

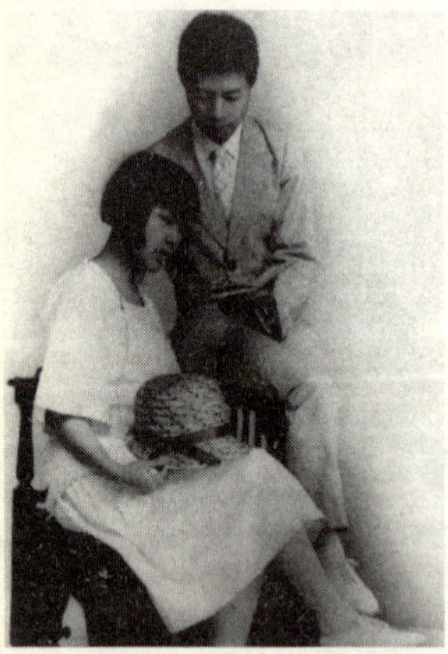
青年时代的丁玲、胡也频夫妇

频，他是左倾幼稚病。我想，要末找我那些老朋友去，完全做地下工作，要末写文章。我那时把革命与文学还不能有很好联系的去看，同时英雄主义也使我以为不搞文学专搞工作才是革命（我的确对从实际斗争上退到文学阵营里来的革命者也有过一些意见），否则，就在文学上先搞出一个名堂来。我那时对于我个人的写作才能多少有些过分的估计，这样就不能有什么新的决定了。只有也频不是这种想法。他原来对我是无所批判的，这时却自有主张了，也常常感叹他与沈从文的逐渐不坚固的精神上有距离的友谊。他怎样也不愿失去一个困苦时期结识的知友，不得不常常无言的对坐，或话不由衷，这种心情他只能告诉我，也只有我懂得他。

1938年春陕西西安丁玲与林伯渠等人合影

…………

也频死去已经快满二十年，尸骨成灰，据说今年上海已将他们二十四个人的骸体发现刨出，安葬，我曾去信询问，直到现在还没结果。但我相信会有结果的。

文化部决定要出也频遗作选集。最能代表他后期思想的作品是《到莫斯科去》与《光明在我们的前面》，从这两书中看得出他的生活的实感还不够多，但热情澎湃，尤其是《光明在我们的前面》的后几段，我以二十年后的对生活、对革命、对文艺的水平来读它，仍觉得心怦怦然，惊叹他在写作时的气魄与情感。他的诗的确是写得好的，他的气质是更接近于诗的，我现在还不敢多读它，在那诗里面，他对于社会与人生是那样的诅咒，我曾想，我们那时代真是太艰难了呵，现在我还不打算选它，等到将来比较空闲时，我将重新整理，少数的、哀而不伤的、较深刻的诗篇，是可以选出一本来的。他的短篇，我以为大半都不太好，有几篇比较完整些，也比较有思想些，如放在这集里，从体裁、从作用看都不大适合，所以我没有选用。经过再三思考，决定先出这一本，包括两篇就够了，并附了一篇张秀中同志的批评文章，可以看出当时对也频作品的一般看法。

时间虽说过了二十年，但当我写他生平时，感情仍不免有所激动，因为我不易平伏这种感情，所以不免罗苏，不切要点，但总算完成了一件工作，即使是完成得不够好，愿我更努力工作来填满许多不易填满的遗憾。

1950年11月15日北京

由于胡也频早逝，而且大多关于丁玲的记述都未留存。所以此处缺失相关资料。

第六篇

丁玲与瞿秋白

——是媒人还是恋人

瞿秋白

瞿秋白（1899～1935年），江苏常州人，散文作家、文学评论家。他曾两度担任中国共产党最高领导人，是中国共产党早期主要领导人之一，马克思主义者，无产阶级革命家、理论家和宣传家，中国革命文学事业的重要奠基者之一。上海大学原教务长兼社会学系主任，在国共合作的背景下，把上大建设为南方的新文化运动中心，为中国人民的解放事业和民族振兴输送了一大批栋梁之才。1935年2月在福建长汀县被国民党军逮捕，6月18日晨，瞿秋白写完绝笔诗，神态自若缓步走出囚室，到中山公园凉亭前拍照，留下最后的风采。用毕酒菜，从容走向刑场，沿途唱俄文《国际歌》《红军歌》，高呼“中国共产党万岁”“共产主义万岁”等口号。到达罗汉岭，选一草坡坐下，回头对刽子手微笑点头说：“此地甚好！”遂饮弹洒血，从容就义。时年36岁。

丁玲在遇见胡也频之前就已经认识了瞿秋白。瞿秋白一表人才，很难不吸引这个情窦初开的少女。但丁玲是否真的暗恋秋白，我们无从得知。不过，丁玲一手促成了瞿秋白与她的好朋友王剑虹的爱情。丁玲对瞿秋白，多少有一些对师长的崇拜；然而瞿秋白呢，却有一些把丁玲当做知心朋友的意思。王剑虹和瞿秋白结婚七个月后就死去了，不久瞿秋白便和杨之华走到了一起。其间，瞿秋白的痛苦、矛盾和愧疚，都化作一封封“神秘的信”向丁玲倾诉去了，丁玲对此有些无所适从。但是两人的交情也并没有像丁玲文中所说的随着剑虹的死去而一并割断了。男女情感多少有些变化无常，但是丁玲与瞿秋白却始终是交心的朋友。

知我者，谓我心忧；不知我者，谓我何求。

1942年4月丁玲在散文《风雨中忆萧红》中曾经写下这样一段文字：

“昨天我又苦苦地想起秋白，在政治生活中过了那么久，却还不能彻底地变更自己，他那种二重的生活使他在临死还不能免于有所申诉。我常常责怪他申诉的‘多余’，然而当我去体味他内心的战斗历史时，却不能不感动，哪怕那在整体中，是很渺小的。”

当时丁玲由于在延安根据地写下了小说《在医院中》、《我在霞村的时候》及杂文《“三八节”有感》等而受到指责、批评，内心极为苦闷压抑。因此，这篇散文的情绪也就显得阴郁、哀痛。在这篇怀念萧红的文章中，作者还以真挚的情感提到了两个男性，即冯雪峰和瞿秋白。众所周知，丁玲和冯雪峰曾有一段炽热的恋情，能和冯雪峰相提并论，可见瞿秋白在丁玲的内心世界中亦占据非同寻常的位置。1946年7月，丁玲又写了《纪念瞿秋白同志被难十一周年》的悼念文章。“文革”结束后，丁玲刚复出就写了一篇怀念瞿秋白的长文《我所认识的瞿秋白同志》，在国内文坛影响很大。丁玲在这篇文章中详细回忆了她和瞿秋白的交往，肯定了瞿秋白备受责难的长文《多余的话》并非伪作，确系瞿秋白所写，在这篇文章中仍可感觉到丁玲对瞿秋白的无比敬重与留恋。

我所认识的瞿秋白同志（节选）

文／丁玲

……

可是，最好的教员却是瞿秋白。他几乎每天下课后都来我们这里。于是，我们的小亭子间热闹了。他谈话的面很宽，他讲希腊、罗马，讲文艺复兴，也讲唐宋元明。他不但讲死人，而且也讲活人。他不是对小孩讲故事，对学生讲书，而是把我们当作同游者，一同游历上下古今，东南西北。我常怀疑他为什么不在文学系教书而在社会科学系教书，他在那里讲哲学。哲学是什么呢？是很深奥的吧？他一定精通哲学！但他不同我们讲哲学，只讲文学，讲社会生活，讲社会生活中的形形色色。后来，他为了帮助我们能很快懂得普希金的语言的美丽，他教我们读俄文的普希金的诗。他的教法很特别，稍学字母拼音后，就直接读原文的诗，在诗句中讲文法，讲变格，讲俄文用语的特点，讲普希金用词的美丽。为了读一首诗，我们得读二百多个生字，得记熟许多文法。但这二百多个生字、文法，由于诗，就好像完全吃进去了。当我们读了三四首诗后，我们自己简直以为已经掌握俄文了。

瞿秋白、杨之华及女儿瞿独伊

…………

他弟弟不知什么时候走开了。我无声地、轻轻地把剑虹的诗慎重地交给了他。他退到一边去读诗，读了许久，才又走过来，用颤抖的声音问道："这是剑虹写的？"我答道："自然是剑虹。你要知道，剑虹是世界上最珍贵的人。你走吧，到我们宿舍去，她在那里。我将留在你这里，过两个钟头再回去。秋白！剑虹是我最好的朋友，我不忍心她回老家，她是没有母亲的，你不也是没有母亲的吗？"秋白曾经详细地同我们讲过他的家庭，特别是他母亲吞火柴头自尽的事，我们听时都很难过。"你们将是一对最好的爱人，我愿意你们幸福。"

他握了一下我的手，说道："我谢谢你。"

等我回到宿舍的时候，——切都如我想象的，气氛非常温柔和谐，满桌子散乱着他们写的字，看来他们是用笔谈话的。他要走了，我从桌子前的墙上取下剑虹的一张全身像，送给了秋白。他把像揣在怀里，望了我们两人一眼，就迈出我们的小门，下楼走了。

…………

秋白用了一块白绸巾包着剑虹的一张照片，就是他们定情之后，我从墙上取下来送给秋白的那张。他在照片背后题了一首诗，开头写着："你的魂儿我的心。"这是因为我平常叫剑虹常常只叫"虹"，秋白曾笑说应该是"魂"，而秋白叫剑虹总是叫"梦可"。"梦可"是法文"我的心"的译音。诗的意思是说我送给了他我的"魂儿"，而他的心现在却死去了，他难过，他对不起剑虹，对不起他的心，也对不起我……

我看了这张照片和这首诗，心情复杂极了，我有一种近乎小孩的简单感情。我找他们的诗稿，一本也没有了；云白什么也不知道，是剑虹焚烧了呢，还是秋白秘藏了呢？为什么不把剑虹病死的经过，不把剑虹临终时的感情告诉我？就用那么一首短诗作为你们半年多来的爱情的总结吗？慕尔鸣路我是不能再待下去了！我把如泉的泪水，洒在四川会馆，把沉痛的心留在那凄凉的棺柩上。我像一个受了伤的人，同剑虹的堂妹们一同坐海船到北京去了。我一个字也没有写给秋白，尽管他留了一个通信地址，还说希望我写信给他。我心想：不管你有多高明，多么了不起，我们的关系将因为剑虹的死而割断，虽然她是死于肺病，但她的肺病从哪儿来，不正是从你那里传染来的吗？……

…………

一九三〇年，胡也频参加党在上海召开的一个会议，在会上碰到了秋白。秋白托他带一封信给我。字仍是写得那样工工整整秀秀气气，对我关切很深。信末署名赫然两个字“韦护”。可惜他一句也没有谈到对书的意见。他很可能不满意《韦护》，不认为《韦护》写得好，但他却用了“韦护”这个名字。难道他对这本书还寄有深情吗？尽管书中人物写得不好、不像，但却留有他同剑虹一段生活的遗迹。尽管他们的这段生活是短暂的，但过去这一段火一样的热情，海一样的深情，光辉、温柔、诗意浓厚的恋爱，却是他毕生也难忘的。他在他们两个最醉心的文学之中的酬唱，怎么能从他脑子中划出去？他是酷爱文学的，在这里他曾经任情滋长，尽兴发挥，只要他仍眷恋文学，他就会想起剑虹，剑虹在他的心中是天上的人儿，是仙女(都是他信中的话)；而他对他后来毕生从事的政治生活，却认为是凡间人世，是见义勇为，是牺牲自己为人民，因为他是韦护，是韦陀菩萨。

…………

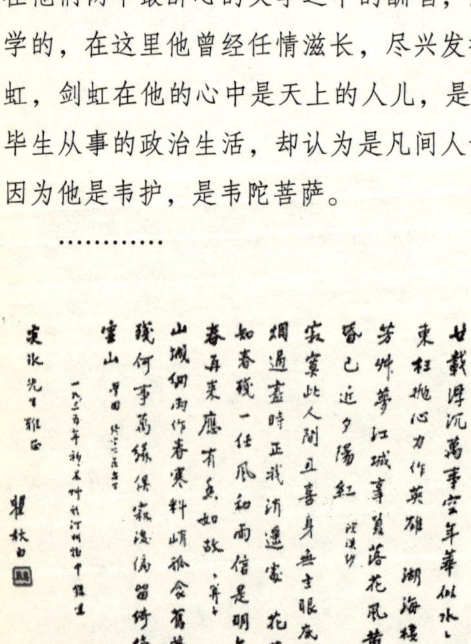

瞿秋白狱中诗三首 手迹

秋白还阐述了马克思、恩格斯的现实主义文学理论。他论述的范围很广，世界的，苏联的，中国的。他的脑子如同一个行进着的车轴，日复一日地在文学问题上不停地旋转，而常常发出新论、创见。为了普及革命文化，秋白还用了很多时间研究我国文字拉丁化问题。

以前，我读过《海上述林》，

最近我又翻阅了《瞿秋白文集》。他是一个多么勤奋的作家啊！他早在苏联的时候，一直是那么不倦地写呀，译呀。而三十年代初，他寄住在谢澹如家，躲在北四川路的小室里，虽肺病缠身，但仍是日以继夜地埋头于纸笔之中，他既不忘情于社会主义的苏联，又要应付当时党内外发生的许多严重复杂的问题，他写的比一个专业作家还多得多啊！

他同鲁迅的友谊是光辉的、战斗的、崇高的、永远不可磨灭的友谊。他们互相启发，互相砥励。他们在文学上是知己，在政治斗争上也是知己。他为鲁迅的杂文集作序，对鲁迅的杂文，对鲁迅几十年的斗争，最早作了全面的、崇高的评价。他赞誉鲁迅"是封建宗法社会的逆子，是绅士阶级的贰臣，而同时也是一些浪漫蒂克的革命家的诤友！"他是鲁迅的好友，但他在与世诀别的时候，还说自己"一生中没有什么朋友"，以维护鲁迅的安全。鲁迅也在自己病危之际，为他整理旧稿，出版《海上述林》。这都是我们文坛上可歌可泣的、少有的动人佳话。秋白这一时期的工作成绩是惊人的，他矢志文学的宿愿在这时实现了。我想，这大概是他一生中最称心的时代，是黄金时代。

…………

我第一次读到《多余的话》是在延安。洛甫同志同我谈到，有些同志认为这篇文章可能是伪造的。我便从中宣部的图书室借来一本杂志，上面除这篇文章外，还有一篇描述他就义的情景。我读着文章仿佛看见了秋白本人，我完全相信这篇文章是他自己写的(自然不能完全排除敌人有篡改过的可能)。那些语言，那种心情，我是多么地熟悉啊！我一下就联想到他过去写给我的那一束谜似的信。在那些信里他也倾吐过他这种矛盾的心情，自然比这篇文章要轻微得多，也婉转得多。因为那时他工作经历还不多．那时的感触也只是他矛盾的开始，他无非是心有所感而无处倾吐，就暂时把我这个无害于他的天真的、据他说是拥有赤子之心的年幼朋友，作为一个可以听听他的感慨的对象而忘情地剖析自己，尽管是迂回婉转，还是说了不少的过头话，但还不像后来的《多余的话》那样无情地剖析自己，那样大胆地急切地向人民、向后代毫无保留地谴责自己。我读着这篇文章非常难过，非常同情他，非常理解他，尊重他那时的坦荡胸怀。我也自问过：何必写这些《多余的话》呢？我认为其中有些话是一般人不易理解的，而且会被某些思想简单的人，浅薄的人据为话柄，发生误解或曲解。但我决不会想到后来"四人帮"竟因此对他大肆诬蔑，斥他为叛徒，以至挖坟掘墓、暴骨扬灰。他生前死后的这种悲惨遭遇，实在令人愤慨、痛心！

…………

古语说："慷慨成仁易，从容就义难"。这句话是有缺点的。"慷慨成仁"也不易，也需要勇敢，无所惧怕，而"从容就义"更难。秋白同志的《多余的话》的情绪是低沉的，但后来他的牺牲是壮烈的。秋白明明知道自己的死期已经临近．不是以年，月计算了，但仍然心怀坦白，举起小刀自我解剖，他自己既是原告。又是被告，又当法官，严格地审判自己。他为的是什么？他不过是把自己当做一个完全的布尔塞维克来要求自己，并以此来品评自己的一生。这正是一个真正的布尔塞维克的品质，怎么能诬之为叛徒呢？革命者本来不是神，不可能没有缺点，不可能不犯错误，倘能正视自己，挖掘自己，不是比那些装腔作势欺骗人民，给自己搽脂抹粉的人的品格更高尚得多么？

秋白在他有生之年，在短短的时间里，写了许多重要文章，他却说自己是"半吊子文人"，也是一种夸大，是不真实的。但秋白一时的心情还是带有一些灰暗，矛盾是每个革命者都会遇到的，每个人都应该随时随地警惕自己，改造自己，战胜一切消极因素。特别是在极端困苦之下，对人生，对革命，要保持旺盛的朝气。

秋白的一生是战斗的，而且战斗得很艰苦，在我们这个不够健全的世界上，他熏染着还来不及完全蜕去的一丝淡淡的、孤独的、苍茫的心情是极可同情的。他说了一些同时代有同感的人们的话，他是比较突出、比较典型的，他的《多余的话》是可以令人深思的。但也有些遗憾，它不是很鼓舞人的。大约我跟着党走的时间较长，在下边生活较久，尝到的滋味较多，更重要的是我后来所处的时代、环境与他大不相同，所以，我总还是愿意鼓舞人，使人前进，使人向上，即使有伤，也要使人感到热烘，感到人世的可爱，而对这可爱的美好的人世要投身进去，但不是惜别。我以为秋白的一生不是"历史的误会"，而是他没有能跳出一个时代的悲剧。

…………

我正是这样的，如秋白所说，"飞蛾扑火，非死不止"。我还要以我的余生，振翅翱翔，继续在火中追求真理，为讴歌真理之火而死。秋白同志，我的整个生涯是否能安慰死去的你和曾是你的心，在你临就义前还郑重留了一笔的剑虹呢？

纪念瞿秋白同志被难十一周年

文／丁玲

时间过得很快，距秋白同志牺牲的时候已经十一周年了。距秋白同志在上海写文章时就更远了。秋白同志因为身体不大好，在三一年、三二年、三三年之中，担任工作较少，本来是应该休养的，可是他却在一边工作一边休养之中写了不少文章，揭露中国资产阶级文化，论述中国文艺的前途，尤其是对大众化及口语问题，反复阐述和辩论，并对"第三种入"、"自由人"进行了透辟的论争。我因限于篇幅和材料，不能对这些文献作很好的介绍，但愿意谈谈大众化问题，以做为我的学习和我对于秋白同志的纪念。

一九四二年我在延安参加文艺座谈会的时候，曾经着实回忆了一下在上海时我们的文艺大众化运动。后来我重复读毛主席的讲话，想到在上海的那一段生活时，都不能不想到秋白同志。秋白同志那时给了我很多教育，首先是：立场上。秋白同志曾经在很多文章中指出文艺应该为大众服务，应该揭露洗清一切旧的封建的，帝国主义的思想文化，洗清他们向劳苦群众散布的毒菌，文艺应该写大众的战斗的英雄，应该深入大众生活，了解大众战斗的意义，解决战斗中的问题。他也告诉我们要搞通思想，肃清小资产阶级残余意识，就是说要把旧的感情连根拔去。他说："大众化问题不是笼统的文艺大众化，而是创造革命的大众文艺"。他也曾说"革命的先锋队不应当离开群众的队伍，而自己单独去成就什么'英雄的高尚的事业'。笼统的说什么新的内容必须用新的形式，什么只应当提高群众的程度来鉴赏艺术，而不应当降低艺术的程度去迁就群众——这一类的话是'大文学家'的妄自尊大！革命的大众文艺必须开始利用旧的形式的优点，——群众读惯的看惯的那种小说诗歌戏剧，——逐渐的加入新的成份，养成群众的新的习惯，同着群众一块儿去提高艺术的程度。"从秋白同志下面一段话中，我更体味到群众观点："这就必需去研究大众现在读着的是些什么，大众现在对于生活和社会的认识是什么样的，大众现在读得懂的并且读得惯的是什么东西，大众在社会斗争之中需要什么样的文艺作品。总之，是要用劳动群众自己的语言，针对着劳动群众实际生活

丁玲和王剑虹

瞿秋白、杨之华夫妇

里所需要答复的一切问题”。在那个时期，秋白同志的文章，我大半都读过。我在他的影响和鼓励之下，曾努力去创作，努力从各方面去尝试，但距在延安读毛主席文艺座谈会讲话时是十年了。十年之后我才认识我那时并没有真正了解秋白同志的文章。我才明白我还须要“挖心”。我很难受我“脱胎换骨”之难，我曾经想过，假如秋白同志不死：我也许会羞于见他的啊！可是现在又四年过去了，我有什么成绩呢？而我今天还在这里纪念着秋白同志。

整风以后，我在工厂、农村都稍稍跑了一时，时间虽不多，却也搜到了一些素材，当我想执笔写它的时候，我忽然想到一个问题。用什么形式？我一直到这个时候才真正地对秋白同志所反对过的欧化形式起了根本的怀疑。而且对脚踏两只船的文艺觉得很可笑了。谁不会说呢，“今天的文艺必须吸收中国民间文艺的精华和接受外国文艺遗产”。但是请问，谁者为主呢？是站在中国民族形式这只船上而接受外国遗产呢，还是站在外国遗产的船上来吸收中国民间精华？我肯定地答复，应该站在中国的这只船上。因为这是老百姓喜闻乐见，谈惯听惯的。然而这个道理容易说明白，但要大家去做实在不容易。因为写的人都有一个“写惯”啊！写惯了颠颠倒倒，无头无脑的小说的人忽然要从头述说，写惯了“有着两个儿子和一个女儿的寡妇”却忽然只要他写成“有一个寡妇，她有两个儿子和一个女儿”，却不是件容易的事啊！而且中国小说的好处，常常是能集合许多小故事，就是用事情来形容人。这样写时常常会更感觉得生活的贫乏，从生活中积累的事是太少了。其次就是语言，假使采取中国形式，而又不愿用旧小说上的宋人语言或陈词烂调，则不能不采取真正的老百姓语言，这语言不是硬凑或者全搬来一些歇后语，语言要有身份个性，这又必须要有长期的深入的生活，还不止是一种生活，而是所欲表现的各种人的各种生活。因此急切要产生的确继承了中国民间形式的优美，而又有创造，完全使用新的语言，从老百姓那里提炼了出来的语言的作品便实在不是一件容易事了。虽然这还有着许多困难，但方向却须要清楚，主要是从中国民间形式上去吸收外国的革命的进步的文艺，要如同秋白同志所说的：“应当运用说书、滩簧等类的形式。……利用流行的小调，夹杂着说白，编成功记事的小说，利用纯粹的白话，创造有节奏的大众朗诵诗，利用演义的体裁创造短篇小说的新形式。……至于戏剧，那就新的办法更多了。这在实际工作开始之后，经验还会告诉我们许多新的方法，群众自己会创造许多新的形式。”而对于欧化语言、格式的白话文，秋白同志也骂得很透骨，说“中国文学革命所产生的‘新文学’是一匹骡子”，“因为他是‘非驴非马’——既然不是对于旧文学宣战，又已经不敢对于旧文学讲和；既然不是完全讲‘人话’，又已经不会真正讲‘鬼话’，既然创造不出现代普通话的‘新中国文’，又已经不能够运用汉字的‘旧中国文’。这叫做‘不战不和，不人不鬼，不今不古——非驴非马’的骡子文学。”

虽然当我今天想到秋白同志而生许多感慨的时候，却不免也有一些慰藉，就是象秋白同志所希望的文艺，在毛主席在延安文艺座谈会讲话以后渐渐萌芽了，象秋白同志所提倡的报告文学很普遍地开展了，跟着这条路已经又走到了小说，中国味的小说。诗也努力做到能朗诵，由墙头诗到民歌，并且也的确有更多人努力于说书、大鼓等等能唱能读的东西。戏剧更不消说，正如秋白同志所说，群众自己创造了更多的形式。内容上也日益走向群众，走向群众的斗争生活，答复在斗争中产生的问题。十一年过去了，可是多么艰苦的十一年啊！我们在秋白同志牺牲之后又不知牺牲了多少同志，然而我们今天还不是完全如秋白同志所希望一样。过去秋白同志痛骂过的那些人，现在还依然存在，而且更狰狞更卑污，更显出临死前的疯狂的挣扎。我们还须更努力，更坚决，虽然人民势力已经一天天壮大起来，但更其艰苦的日子仍然存在。不过我们团结在毛主席的旗帜下，我们望得见我们前面的胜利。我以我个人失去了一个最可怀念的导师的心情，同时对革命却又怀着坚定的乐观来纪念秋白同志。

1946年

瞿秋白谈丁玲

王剑虹病逝后，丁玲怀着十分悲痛的心情去了北京，随后认识了胡也频。这段时间瞿秋白正忙于紧张的革命工作，和丁玲直接接触不多。却仍然经常给她写信，大约有十多封。据丁玲回忆说，这些信像谜一样，她一直搞不清什么意思，似懂非懂，丁玲认为这些信并没有直接地讲出秋白心里的话，他只把她当作可以倾诉的对象。瞿秋白在失去王剑虹后，感情也是十分低沉、悲恸的，他频频给丁玲写信倾诉自己内心世界的伤感，足以见出丁玲在他心中的份量，他完全把她视为一个知己。这些信直到多年后丁玲在延安看到瞿秋白的《多余的话》，那里面隐晦、曲折的含义她才一下子明白过来。“那种语言，那种心情，我是多么地熟悉啊！我一下就联想到他过去写给我的那一束谜似的信。”

（实无文献可考，据丁玲在文中回忆，瞿秋白曾经多次给丁玲写信但未曾公开发表）

第七篇

丁玲与冯雪峰

——半生情缘

冯雪峰(1903～1976年)，1921年考入浙江省立第一师范，1925年到北京大学旁听日语，1926年开始翻译文学作品及文艺理论专著。1927年加入共产党。1929年参加筹备中国左翼作家联盟，后任“左联”党团书记。1933年底到瑞金任中共中央党校副校长。1950年任上海市文联副主席。后调北京，先后任人民文学出版社社长兼总编、《文艺报》主编、中国作协副主席、党组书记。1954年因《红楼梦》研究问题和“胡风事件”受批判，1976年患肺癌去世。

冯雪峰

胡也频、冯雪峰、冯达、陈明，分别要走了丁玲不同阶段的爱情——胡也频抱着她的青春饮弹而去，冯达则给她带来了一场噩梦，陈明最终牵着她的手和她走完了一生，然而冯雪峰却始终占据着丁玲心中很大一块地方。丁玲晚年回忆其感情经历时便说过“我最纪念的是也频，最怀念的是雪峰”，纪念是留在记忆里的，怀念是放在心里的，孰轻孰重，再明显不过了。当年，丁玲与冯雪峰初见时，正和胡也频同居着，不久便爱上了这个“从乡下来的男人”。三个人感情纠缠不清，几番离合，甚至尝试过三人共同生活，但最终冯雪峰选择了退出。此后，冯雪峰与丁玲相见，颇有些形同陌路的感觉，然而冯雪峰一直在生活和文学方面关注着丁玲。丁玲相思难抑，给冯雪峰写了一封名叫“不算情书”的“情书”，这情书后来也由雪峰送到《文学》里发表了。这封信寄出去的时候，丁玲已经和冯达同居了，而且冯雪峰也在加入左联期间结了婚。此后，人生又有太多曲折，似乎是造化弄人，这两个暗生情愫的人始终没有走到一起。

丁玲说冯雪峰

1928年，丁玲和冯雪峰离开北京，来到文化中心南移后的上海。在与胡也频柏拉图式的恋爱中，却热烈地爱上了冯雪峰。她把冯雪峰看作是第一次真正爱上的人。丁玲没有能从冯雪峰那里取回她的爱情，然而内心的爱似急风骤雨驱使她不能自主地写下了著名散文《不算情书》。

对于自己和冯雪峰的感情，丁玲也从未掩饰过。1937年在与斯诺夫人的谈话中，她坦率地说：接着，我有了一次伟大的罗曼史：我从未同胡也频结婚，虽然我们住在一起，一个朋友的朋友开始来到我们家，他也是一个诗人。他长的很丑，甚至比胡也频还穷。他是一个笨拙的农村型的人，但在我们的许多朋友当中，我认为这个人在文学方面特别有才能。我们在一起谈了很多。在我的整个一生中，这是我第一次爱过男人。他很高兴，并感到惊奇地发现一个“摩登女子”会爱上这样一个乡巴佬。我停止了写作，满脑子只有一个思想：要听到这个男子说一声“我爱你”。

不算情书

文／丁玲

我这两天都心不离开你，都想着你。我以为你今天会来，又以为会接到你的信，但是到现在五点半钟了。这证明了我的失望。

我近来的确是换了一个人，这个我应该告诉你，我还是喜欢什么都告诉你，把你当一个我最靠得住的朋友，你自然高兴我这样，我知道你“永远”不会离弃我的，因为我们是太好，我们的相互的理解和默契，是超过了我们的说话，超过了一般人所能理解的地位，其实我不告诉你，你也知道，你已经感觉到，你当然高兴我能变，能够变得好一点，不过也许你觉得我是在对你冷淡了，你或者会有点不是你愿意承认的些微的难过，就是这个使得你不敢在我面前任意说话，使你常常想从我这里逃掉。你是希望能同我痛痛快快谈一次天的，我也希望我们把什么都说出，你当然是更愿意听我的意见的，所以我无妨在这里多说一点我自己，和你。但是我希望得听你详细的回答。

好些人都说我，我知道有许多人背地里把我作谈话的资料的时候是这样批评，他们不会有好的批评的，他们一定总以为丁玲是一个浪漫（这完全是骂人的意思）的人，是以为是好用感情（与热情不同）的人，是一个把男女关系看做有趣和随便（是撇烂污的意思）的人；然而我自己知道，从我的心上，在过去的历史中，我真真的只追过一个男人，只有这个男人燃烧过我的心，使我起过一些狂炽的(注意：并不是那末机械的可怕的说法)欲念，我曾把许多大的生活的幻想放在这里过，我也把极小的极平凡的俗念放在这里过，我痛苦了好几年，我总是压制我。我用梦幻做过安慰，梦幻也使我的血沸腾，使我只想跳，只想捶打什么，我不扯谎，我应该告诉你，我现在可以告诉你了(可怜我在过去几年中，我是多么只想告诉你而不能)，这个男人是你，是叫着“××”的男人。也许你不会十分相信我这些话，觉得说过了火，不过我可以向你再加解释：易加说我的那句话有一部分理由，别人爱我，我不会怎样的，蓬子说我冷酷，也是对的。我真的从不尊视别人的感情，所以我们过去的有许多事我们不必说它，我们只说我和也频的关系，我不否认，我是爱他的，不过我们开始，那时我们真太小，我们像一切小孩般好像用爱情做游戏，我们造作出一些苦恼，我们非常高兴的就玩在一起了。我们什么也不怕，也不想，我们日里牵着手一块玩，夜里抱着一块睡。我们常常在笑里，我们另外有一个天地。我们不想到一切俗事，我们真像是神话中的孩子们过了一阵。到后来，大半年过去了，我们才慢慢地落到实际上来，才看出我们是一个男人和一个女人，是被一般人认为夫妻关系的，当然我们好笑这些，不过我们却更相爱了，一直到后来看到你，使我不能离开他的，也是因为我们过去纯洁无疵的天真，一直到后来，使我同你断绝，宁肯让我只有我一个人知道，我是把苦痛秘密在心头，也是因为我们过去纯洁无疵的天真，和也频逐渐对于我的热爱——可怕的男性的热爱。总之，后来不必多说他，虽说我自己也是一天一天对他好起来，总之，我和他相爱得太自然太容易了，我没有不安过，我没有幻想过，我没有苦痛过。然而对于你，真真是追求，真有过宁肯失去一切而只要听到你一句话，就是说“我爱你”！你不难想着我的过去，我曾有过的疯狂，你想，我的眼睛，我不肯失去一个时间不望你，我的手，我一得机会我就要放在你的掌握中，我的接吻……我想过，我想过（我到现在才不愿骗自己说出老实话）同你到上海去，我想过同你到日本去，我做过那样的幻想。假使不是也频我一定走了。假使你是另外

1981年丁玲在美国耶鲁大学演讲

的一副性格，像也频那样的人，你能够更鼓动我一点，说不定我也许走了。你为什么在那时不更爱我一点，为什么不想获得我？你走了，我们在上海又遇着，我知道我的幻想只能成为一种幻想，我感到我不能离开也频，我感到你没有勇气，不过我对你一点也没有变，一直到你离开杭州，你可以回想，我都是一种态度，一种愿意属于你的态度，一种把你看得最愿信托的人看，我对你几多坦白，几多顺从，我从来没有对人那样过，你又走了，我没有因为隔离便冷淡下我对你的情感，我觉得每天在一早醒来，那些伴着鸟声来到我心中的你的影子，是使我几多觉得幸福的事，每每当我不得不因为也频而将你的信烧去时，我心中填满的也还是满足，我只要想着这世界上有那末一个人，我爱着他，而他爱着我，虽说不见面，我也觉得是快乐，是有生活的勇气，是有生下去的必要的。而且我也痛苦过，这里面而不缺少矛盾，我常常想你，我常常感到不够，在和也频的许多接吻中，我常常想着要有一个是你的就好了。我常常想能再睡在你怀里一次，你的手放在我心上。我尤其当有着月亮的夜晚，我在那些大树的林中走着，我睡在石栏上从叶子中去望着星星。我的心跑到很远很远，一种完全空的境界，那里只有你的幻影，“唉，怎么得再来个会晤呢？我要见他，只要一分钟就够了。”这种念头常常抓住我，唉，××！为什么你不来一趟！你是爱我的，你不必赖，你没有从我这里跑开过一次，然而你，你没有勇气和热情，你没来，没有在我要你的时候来，你来迟了一点，你来在我愿意不见你了的时候。所以只给了你一个不愉快的陈迹。从这时起，我们形式上一天一天的远了，你难过我，你又愿意忘记我，你同另外的女人好了。我呢，我仍旧不变，我对你取着绝对的相信，我还是想你，忍着一切，多少次只想再给你一封信，多少次只想我们再相见，可是忍耐过去了。我总以为你还是爱我的，我永远是爱着你，依靠着你，我想着你爱我，不断的，你一定关心我得利害。我就更高兴，更想向上，更感觉得不孤单，更感觉充实而愿意好好做人下去，这些话我同你说过，同昭说过，同乃超也说过，你不十分注意，他们也不理解，可是我是真的这样生活了几年，只有蓬子知道我不扯谎，我过去同他说到这上面，讲到我的几年的隐忍在心头的痛苦。讲到你给我的永生的不可磨灭的难堪。后来我们又遇着了，自然，我们终会碰在一块儿，我们的确永远都要在一块儿的，你没有理我，每次我们的遇见，你都在我的

晚年丁玲

心上投下了一块巨石，使我有几天不安，而且不仅是遇见，每次当也频出去，预知了他又要见着你时，我仿佛也就不安的又站在你的面前了。我不愿扰乱你，我也不愿扰乱也频，我不愿因为我是女人，我来用爱情扰乱别人的工作，我还是愿意我一人吃苦，所以在这一期间是没有人可以看到我的心境的。一直到最近的前一些日子，在北四川路看到你，看到你昂然的从我身后大踏步的跑到我的前面去，你不理我，你把我当一个不相识者，你把我当一个不足道者的那样子，使我的心为你的后影剧烈的跳着，又为你的态度伤心着，我恨你，我常常气愤的想："哼，你以为我还在爱你吗？"但是我永远不介意你所给我的不尊敬，我最会原谅你，我只想在马路上再一次看见你，看你怎么样，而且我常在你住的那一带跑起来。你总是那末不睬我的，实际上，假如我不愿离开你们，我又得常常和你见面，这事非常使我不如意，我只好好好的向你做一次解释，希望你把我当一个男人，不要以为我还会和你麻烦(就是说爱你)，我们现在纯粹是同志，过去的一切不讲它，我们像一般的同志们那样亲热和自然，不要不理我，使我们不方便。我当然解释得很好，实际上是须要这样解释，而且我也已经习惯了忍耐的，所以结果是很好。然而我始终是爱着你，每次和你谈后，我就更快乐，更有着要生的需要，只想怎么好好做人。每次到恨自己的时候，到觉得一切都无希望的时候，只要你一来，我又觉得那些想象太好笑了，我又要做人，到现在我有这样的稳定，我的无聊的那些空想头，几至完全没有了，实在是因为有你给我的勇气，××！只有你，只有你的对我的希望，和对于我的个人的计划，一种向正确路上去的计划。是在我有最大的帮助的。这都是些不可否认的历史，我说我的最近吧。

我已经是比较有理性有克制的人，然而我对你还是有欲望，我还是做梦，梦想到我们的生活怎么能联系在一起。想着我们在一张桌上写文章，在一张椅上读书，在一块做事，我们可以随便谈什么，比同其他的人更不拘束些，更真实些，我们因为我们的相爱而更有精神起来，更努力起来，我们对人生更不放松了。我连最小的地方也想到了：当想到你的头发一定可以洗干净(因为有好几次都看到你的头脏)，想到你的脾气一定可以好起来，而你对同志间的感情也更可以好起来，我觉得你有些地方是难于使人了解的态度，当然我能了解你那些。而我呢，我一定勤快，因为你喜欢我那样，我一定要有理性，因为你喜欢我那样，我一定要做一个最好的人，一点小事都不放松，都向着你最喜欢我的那样做去，当然我不是说我是要因为一个男人才肯好好的活，然而事实一定是那样，因为有了你，我能更好好的做人，我确是可以更好点是无疑的。而且这绝不是坏的事，不过，这好像还是些梦想。我觉得不知为什么我们总不能联系起来，总不能像一般人平凡的生活下去，这平凡就是你所说的健全。所以我总是常常要对你说，希望你能更爱我一点就好。所以我常常有点难过，我不知应该怎样来对你说出我新有的梦幻。这是，我最近的过去是这样的，一直到写信以前都这样。

而我现在呢，我稍稍有点变更，因为我看见你那末无主意，我愿意……——我不想苦恼人，我愿意我们都平平静静的生活，都做事，不再做清谈了……

这封信本来预备写得很长的，可是今天在见你之后，心绪又乱了起来，我不能续下去了。有许多话觉得不愿说下去了，觉得这信也不必给你，我真是一个不中用的人，希望你能干，你强，这样我可以惭愧，可以痛苦，可以一切都不管，可以只知好好做人了。勉励我，像我所期望于你的那样，帮助我，因为我的心总是向上的。这时心乱得很。好，祝你好，我永远的朋友！

1931年8月21日

压了两天，终于想还是寄给你的好。这没有说完的一半话，就是说，我改变了，你既是喜欢的，你就不要以为我对你冷淡而心里难过，又对我疏远起来。那是要几多使我灰心的！帮助我，使我好好的做人。

希望你今天会来。

十三日上午

一夜来，人总不能睡好；时时从梦中醒来，醒来也还是像在梦中，充满了的甜蜜，不知说多少东西在心中汹涌，只想能够告诉人一些什么，只想能够大声地笑，只想做一点什么天真、愚蠢的动作，然而又都不愿意，只愿意永远停留在沉思中，因为这样是满占据着你的影子，你的声音和一切形态，还有你和爱，我们的爱情，这只有我们两人能够深深体会的好的，没有俗气的爱情！我望着墙，白的，我望着天空，蓝的，我望着冥冥中，浮动着尘埃，然而这些东西都因为你，因为我们的爱而变得多么亲切于我了呵！今天是一个好天气，比昨天还好，像三月里的天气一样。我想到，我只想能够再挨在你身边，不倦的走去，不倦的谈话，像我们曾有过的一样，或者比那个更好，然而，不能够，你为事绊着，你一定有事，我呢，我不敢再扰你，用大的力将自己压住在这椅上，想好好的写一点文章，因为我想我能好好写文章，你会更快乐些，可是文章写不下去，心远远飞走了，飞到那些有亮光的白云上，和你紧紧抱在一起，身子也为幸福浮着……

本来我有许多话要讲给你听，要告诉你许多关于我们的话，可是，我又不愿意写下去，等着那一天到来，到我可以又长长地躺在你身边，你抱着我的时候，我们再尽情地说我们的，深埋在心中，永世也无从消灭的我们的爱情吧……

我要告诉你的而且我要你爱我的！

你的“德娃利斯”

1932年1月5日这不算情书原载1933年9月1日《文学》第3卷第1号

悼雪峰

文／丁玲

当一九七六年冬天我在山西乡下，收到一封友人来信，说你已经逝世时，我堕入了深深的迷惘，感到无限的悲怆。今年我到北京以后，打听到你逝世前后的点滴情况，更加追怀你的一生。你对革命一贯忠诚，对人民极端热情，勤奋治学，严肃办事，艰苦备尝，在老年久病之后，弥留之际，念念诉说回到党内的夙愿，我的心头象压着一座沉重的大山，我感到无限的悲痛。现在党中央为你彻底平反，推倒一切不实之词，还你清白坚贞的一生，召开追悼大会，恢复政治声誉。消息传来，激动万分。虽然死者已矣，但对千百万读者，对亿万人民，却是和风拂面，春暖人心。党的实事求是的精神，毛主席的有错必纠的指示，终于又得到了光辉体现，这有利于安定团结，有利于发挥人力，促进四个现代化的进程。我在悼念亡友的时候，不能不首先为我们党而感到欣慰。

我认识雪峰是在一九二七年冬天，王三辛介绍他来教我的日文。那时，留在北京的左倾知识分子较少。我们都因种种关系，限于条件，未能到火热的革命的南方去，既感到寂寞，又十分向往。特别是在国民党反共的“四一二”政变以后，经常听到一些使人沉痛的消息时，我们象飘零在孤岛上的人，四望多难的祖国，心情无限愤慨，惆怅。因此我们相遇，并没有学习日语，而是畅谈国事，文学，和那时我们都容易感受到的一些寂寞情怀。不久，一九二八年春天，雪峰到南方去了，我和胡也频也随即到了南方，我们是各自奔忙。

一九三〇年夏天，他参加主办上海暑期讲习班时，来找胡也频教课，我们才开始恢复联系。一九三一年也频被国民党杀害后，我参加左联工作，主编《北斗》，我们接触较多。一九三三年他调到江苏省委宣传部，由于秘密工作的限制，我们就几乎没有见面了。

一九三六年在上海，我同雪峰只见到可数的几面。一九三七年他到延安汇报工作，我们见到了两次。全国解放以后，我们同在北京，并先后主编《文艺报》。现在回忆起来，我们除工作、会议以外，相见仍然很少。一九五八年我去东北以后，根本就连消息也无法听到了。

我同雪峰相识近五十年。五十年来，我们的来往可数。但人之相知，贵在知心，雪峰的为人，总是长期刻在我的脑中。我对他的言行从来都是深信不疑的。在延安曾有人问我：你最怀念什么人？我回答：我最纪念的是也频，而最怀念的是雪峰。那时我以为他还在浙江，消息隔绝，后来才知道他正被国民党关在上饶集中营。一九五八年我到北大荒后，我同陈明谈到朋友的时候谈到雪峰也较多。一九六一年从报纸上知道他摘掉了右派帽子，但一个长时期没有在报章杂志上见到过他的文章。后来知道有的座谈会上，有一点他的发言记录，但我那时正在狱中，无法读到；最后，连他的死讯，我也一点不知道。在一个世纪的差不多四分之一的时间里，我们实际是隔绝在两个世界，而现在我却只能在明媚的春天的阳光之下，缅怀他几十年为党所作的贡献，想到他几十年的坎坷生涯，我不能不挥洒老泪，仰天长叹：雪峰同志，你过早地离开了文坛，离开了祖国，离开了战友啊！

雪峰留给我的最深的印象、并永远使我怀念的是他的兴致盎然的一些谈话，在我们短暂相聚时的那些谈话。在一九三一年、一九三二年的时候，他最乐于谈的便是鲁迅先生以及他和鲁迅先生的往来。每次他都带着十分热爱和欣赏的神情向我描述着鲁迅先生。我从他这里得到的印象是，鲁迅先生是一位极其天真纯朴、幽默而极富情趣的斗士。他告诉我他们如何商谈欢迎肖伯纳等等的事，这些给我一个强烈深刻的印象，那就是党寄厚望于鲁迅先生，而雪峰非常尊崇鲁迅，理解鲁迅，善于把党的希望变成鲁迅的行动。这些谈话使我更加热爱鲁迅先生，同时觉得雪峰是一个完全为党工作而毫无私心的人。一九三六年的短暂谈话中，我也感到了他是如何忠心地卫护和尊崇鲁迅先生。鲁迅在雪峰的精神世界里是一尊庄严的生之向往的塑像。他们的关系远远超过了一般同志、师生的关系。

在雪峰精神上的另一尊塑像便是毛主席。我在湖南念中学的时候，就听人说毛润之是一个奇人。我的同学杨开慧、许文煊等都同我谈到过他。后来我在上海大学，又从一些共产党人如瞿秋白、施存统等口中听到过他。但我真正听到关于毛主席的英明伟大的业绩是在一九三六年我到上海时从雪峰口中听到的。那时我们离别了好几年，各自经历了不同的遭遇，但他最迫不及待，津津乐道的便是同我谈毛主席，谈毛主席如何正确伟大，如何同王明路线、张国焘路线作斗争，挽救了革命，胜利地完成了二万五千里长征。他谈毛主席的思想、为人，谈他的风格，他的诗文。他在我本来就坚定不移要求去陕北的决心中增添了许多幻想的美丽的花朵。雪峰呵！你是那么热爱这两位巨人，你是那么兢兢业业，一生为这两位巨人而勤奋工作。从我认识你那一天起，你心中只放着一个党，很少顾及个人生活，你是一个最忠诚的战士。现在党给你撤销了关于你的错误结论，恢复你的党籍，庄重宣告，你这一生是为共产主义事业而奋斗的光荣的一生，你在地下是可以得到安慰了。我们将在你忠贞的一生和你留下的诗文的感召下，继承你的事业，为人民服务，鞠躬尽瘁，死而后已。

雪峰从开始认识我，便对我的文学创作，寄予最大的关注。一九二八年他从上海写信给我，告诉我上海的编辑家、著作界如何四处探问我这个刚刚在报刊杂志上露面的新人以鼓励我；讲到他读《莎菲》时的心情说他哭了，他为这一代的苦闷的女性而流泪。但他同时直率地告诉我，莎菲太消沉了，太虚无了，作为文学的倾向是不好的。在一片赞赏声中，在不少的完全同情的来信当中，读到一个真正友人的忠告，我感到特别亲切。当《水》发表后，他非常高兴，写了《一个新的小说的诞生》。当我们离别许久，他在重庆，我在延安的时候，他来信又谈到我的另外一些小说，说他永远在注视着我的创作。全国解放以后，他对长篇小说《太阳照在桑乾河上》是赞许的，他用一种惊喜的态度同我谈起这本书。《桑乾河上》得到斯大林奖金后他应约写了一篇评论。作家的一生，最可贵的是有人对他的创作表示关心和热情，特别是在经受着冷淡、排斥、压制的命运时。雪峰是最了解我的朋友之一，是我文章最好的读者和老师，他是永远支持我创作的，我们的友谊是难得的，是永远难忘的。现在，感谢党的英明正确，我也熬过了我艰苦的一生，但来日可数。为着死者，为着千千万万的烈士，为着我们的幸福的后代，我一定要竭尽精力，在党中央的领导下，继续奋斗，为实现共产主义的神圣理想，为加快祖国四个现代化的进程而贡献余生。

安息吧，雪峰同志。

1979年4月末于北京

我与雪峰的交往（节选）

文／丁玲

…………

他先到上海，读到我的《莎菲女士日记》后，给我写了一封长信，我那个时候写《莎菲》也有点像现在一些青年女作家一样，很出风头，很有读者。我收到很多很多来信，把我恭维到天上去了。当然高兴罗！冯雪峰也来了一封信，他说他是不大容易哭的，看了这篇小说他哭了。他不是为“莎菲”而哭，也不是为我而哭。他为这个时代而哭！他鼓励我再写小说。他对我的估价也是高的。但有一点是我当时接受不了的，他说：“你这个小说，是要不得的！”虽说小说感动了他，但他说这篇小说是要不得的，因为是带着虚无主义倾向的。他以一个共产党员，满怀着对世界的光明的希望，他觉得“莎菲”不是他理想中的人物。对这封信。我很不高兴。因为人家都说好，他却说不好；尽管他哭了，他还说不好！这一点我印象很深，而且牢牢的。

…………

这样，我就只好回南京等候信息，我回南京只过了几天，果然张天翼便来看我，给了我一张字条，是冯雪峰写的。冯雪峰说：听说你想出来，非常好，你跟张天翼商量怎么走。以后张天翼就帮助我化装，他爱人陪着我，我们两个人到了上海。第二天或第三天，雪峰来看我。他看到我，第一句问：“这几年怎么过的？”我想把什么话都跟他谈，然后大哭一场，痛痛快快地哭一场。我刚一哭，他马上把脸板起来了：“你为什么老想着自己呢？世界上不是只你一个人孤独地在那里，还有很多人跟你一样的。”他这一句话，把我所有的眼泪都弄回去了。我是满腔的痛苦，他呢？就没有想到我的痛苦，而只想到别人去了。那我还有什么哭的呢？我当然不哭了。接着他就慢慢地对我讲，讲长征，讲毛主席。后来，他请示了中央作了安排，把我送到延安，我们又没有联系了。以后我当然听到他的一些情况，他可能也知道我的一些情况，我知道他当时不痛快，他也知道我的艰难。但是，我们没有什么再说的了，也没有来往。

一九四六年时，他在国统区给我出版了一本《丁玲文集》。他在前面写了一篇文章，把我在延安时写的小说，加以评论。还是说好话，说我成熟了。

日本投降后，我到了张家门，他给我写了一封信，把他的书寄给我。我把他的书转给了毛主席。

…………

不久，天翻地覆。我每天看着他挨批，人家批他，他在那里检讨。他听着人家批我，我在那里检讨。我们大约成了完全不相知道的人了。我实在不知道他有那么多的“罪恶”，他也不知道我有那么多的“罪恶”，我们成了陌生人。从此我们没有再见面。

这是我们来往的始末。

冯雪峰说丁玲

胡也频牺牲后，丁玲把不满周岁的婴儿送回家乡，自己义无反顾地参加共产党，主编《北斗》。而与冯雪峰，则是同志。冯雪峰在左联期间结了婚，可他始终不渝地关注着丁玲。为营救被捕的丁玲制造舆论，雪峰把《不算情书》交给《文学》杂志发表，后又为赵家璧编纂丁玲《意外集》。他始终关注丁玲一生的创作，频频著文评论丁玲的作品，饶有兴趣地品评着丁玲的文学道路。

从《梦珂》到《夜》——《丁玲文集》后记

文／冯雪峰

因为作者不在上海，出版者就请托我来编这个文集了，我自然应该承受的，但我现在仍不能好好地负起这个责任来，原因之一是我一时找不到作者的全部作品，过去的大半都在绝版中，最近几年的更不易弄到手。因此，这里的七篇，一半还是书商偷印的材料，一半则都选自《我在霞村的时候》一集子

丁玲和她的最后一任丈夫陈明

中，这一集子是现在读者可以买得到，而且也只收到一九四一年的作品为止的。这样，应当先声明一句，这并不是可以代表作者全部作品的所谓选集。

不过，这七篇(《梦珂》、《莎菲女士的日记》、《水》、《新的信念》、《入伍》、《我在霞村的时候》、《夜》)，照年代先后的程序读起来，读者也可以得到关于作者的一个大致的轮廓，明白作者所经过来的奋斗与创作的路程的。例如《梦珂》，是作者开笔第一篇小说，作于一九二七年，闪耀着作者的不平凡的文艺才分，惹起广泛读者的注意，却也更透明地反射着那时代的新的知识少女的苦闷及其向前追求的力量，逼迫着读者的。第二篇问世的《莎菲女士的日记》，是《梦珂》的一个发展，艺术手段也高得很远了；但这发展，同时也就是一个不能再前进的顶点，面临着一个危机了。那就是从《梦珂》开始，现在达到了一个伤感主义了，而这伤感主义又是由绝望与空虚所构成的。作者把莎菲这少女(她的前身就是梦珂)的矛盾和伤感，的确写得可谓入微尽致，而且也的确联带着非常深刻的时代性和社会性，并非一般的所谓“少女伤春”式的那种伤感主义，那是不用说的。即托庇“五四”运动的力量，从封建家庭冲出来的地主等阶级的知识男女青年及一般所谓小资产阶级知识青年，把恋爱自由、恋爱的热情，以至所谓恋爱至上主义，看作所谓“人生追求”的神圣的或唯一的目的，正是他们的阶级的性质的一种，同时也是当时时代的一种特征，并且这还被看作他们的时代觉醒的一种主要的表现的。尤其在这一类的青年女子，往往要通过女性的觉醒，去体验着她们之“人”的社会的觉醒，这是当时的实际情形。可是，这所谓恋爱自由、热情，以至恋爱至上主义，又是什么呢？它只能是资产阶级的东西，同时也应该有新的资产阶级的东西去填满他们的要求。但在我们的时代，它却只是一个空虚。因为这恋爱的自由、热情、至上主义等等，在资产阶级最初革命期，即所谓“人”的觉醒期所产生，由资产阶级的革命的社会力所充实，赋予了强烈的生命和光辉的，例如莎士比亚剧本中那种强烈的热情典型所表示；但在资产阶级没落期，所谓恋爱至上主义却只是资产阶级和小资产阶级中某些所谓厌倦于生活者的“逃避所”了，这些“厌世”者在这里寻求所谓刺激、麻醉、自杀，或玩世、颓废，——一句话，从资产阶级的社会的空虚和堕落逃到所谓醇酒妇人的空虚和堕落。而其他的人们，则过着另一种的堕落生活，满足于他们的庸俗不堪的家庭，以及欺骗与遗弃，买卖婚姻和公娼制度，等等，等等。在我们，可并没有像欧洲文艺复兴后的那种革命的资产阶级，然而有资本主义在殖民地和半殖民地所传布的那种最庸俗和最堕落的资产阶级的“恋爱文化”。所以，由“五四”运动所叫醒的青年们的恋爱的自由与热情，就只有被当时开始大发展的人民大众的革命斗争的社会力所充实，才能具有强烈的生命。否则，就只有空虚而不得不绝望；或者满足于庸俗和自私，不得不无声无色地立即枯萎下去；此外，则所谓才子式的颓废，表面上是资本主义式的，实质上则依然是封建士大夫的嫖妓与娶妾的那一套。

梦珂与莎菲所追求的热情，虽然都很朦胧，但实质上可说她们都是恋爱至上主义者。假如她们把她们的解放与前进的要求和当时人民大众的解放要求联在一起，把她们的热情向着当时另一些青年的革命热情的方向发展，那么她们将更明了她们自己，她们的热情和恋爱力也将更明确和更强大罢。但她们在主观上是和当时的革命的社会力隔离的，因此，一则她们自身虽都十分善良和纯洁，而她们所意想的恋爱至上主义却已经是带着颓废和空虚性质的东西，这是她们从当时跟没落期的资本主义输入进来的资产阶级颓废期的文化上接受来的；二则，那时留在她们周围来充当她们追求的对象或材料的人们，由她们看来也就不能不或者十分的平凡，或者十分的卑浊不堪了。这样，梦珂就不能不苦闷、彷徨，莎菲不能不十分伤感而绝望了。莎菲的绝望，是对于平凡卑浊的周围的绝望，同时就连带而对于她自己所抱的恋爱至上主义的绝望。她的空虚，是恋爱至上主义本身的空虚，同时也就是她因而自觉到她这个人生活上本身的空虚。所以，莎菲的空虚和绝望，恰好在客观上证明她的恋爱理想固然也是时代的产物，却并没有拥有时代的前进的力量，而她更不能依靠这样的一种热力当作一种桥梁，跑到前进的社会中去，使自己得到生活的光和力。

这是我们可以从这篇作品得到的一个观感。

因此，和莎菲十分同感而且非常浓重地把自己的影子投入其中去的作者，在这上面建立自己的艺术的基础的作者，我们就觉得碰着一个危机了。这危机可以有三种出路，一是照旧发展下去，依然和社会的前进革命的力量隔离着，写些在恋爱圈子内的充满着伤感、空虚、绝望的种种所谓灰色的游戏的作品；但这些作品将越写越无力，再也无法写出第二篇和《莎菲女士的日记》同样有力的东西来，那也是一定的，在她以前或同时就有类似的例子了。二是，不能再写了，就是说搁笔了。三是，和青年的革命力量去接近，并从而追求真正的时代前进的热情和力量(人民大众的革命力量)。这第三种是真的出路，并且也和已往的恋爱热情的追求联接得起来的，因为恋爱热情的追求是被“五四”所解放的青年们的时代要求，它本身就有革命的意义，而从这要求跨到革命上去是十分自然，更十分正当的事。所以，这应当是一个转机。

从反映这一种时代意义上说，把《莎菲女士的日记》和鲁迅的《伤逝》加以一番比较，也很有意思。《莎菲女士的日记》，可以说是从一个恋爱追求者的少女所感到的恋爱本身的空虚，来说出“五四”后那种脱离现实的恋爱自由的空虚，而莎菲的绝望也简直是对这类恋爱追求者自己的一种讽刺。《伤逝》则深广得好多倍，作者掘出很深很广的社会的根源，从依然存留着的封建势力与现实的经济压力来宣告了纯洁的理想的恋爱自由的死刑，使读者沉痛和悲愤，却明白只有击毁现社会的压力和有这样的大勇的战斗者，才能实现恋爱自由的理想的。

在一九二七年以后，新文艺界也就有过所谓“革命与恋爱”的流行的主题，实质上就是从这一种时代的矛盾所产生的。自然，那些流行的作品，大致上不出所谓“革命就不能恋爱，恋爱就不能革命”，或“革命不忘恋爱，恋爱不忘革命”之类的公式，仅仅千篇一律地在所谓小资产阶级分子的一些意识的纠纷上兜圈子，并没有深掘到这些小资产阶级的意识上的冲突实在反映着时代的矛盾根源和阶级的关系，只把革命与恋爱对立或调和起来，却不追究恋爱本身在那时代中有它深刻的矛盾，青年们对于革命的态度上各有着阶级意义上的差异。但在客观上，所谓“革命与恋爱”的主题却可说是在鲁迅的《伤逝》所开示出来的那一个根本的矛盾的上面的，即反映当时时代所指出来的一条历史的道路：青年们的恋爱理想非加入摧毁现社会的斗争是不能实现的；而恋爱自由，惟恋爱主义等等，也非被现实所批判不可。

作者在《莎菲女士的日记》之后，也有过《韦护》(类似的“革命与恋爱”的主题)那样的作品。

于是，由于作者本身是不能不向前发展的，更由于社会和时代的剧变，人民革命的大踏步的进展，以及在这剧变和进展的大动荡中的作者的种种遭遇与种种苦斗和前进，这就写了像《水》似的与前不同的作品了。

《水》，以艺术对现实对象的深度和艺术的精湛而论，反而大不及以前的《莎菲女土的日记》，当然更不及后来的她的一些更坚实的作品。它的不满人意的地方，照我看来，是在于以概念的向往代替了对人民大众的苦难与斗争生活的真实的肉搏及带血带肉的塑像，以站在岸上似的兴奋的热情和赞颂代替了那真正在水深火热的生死斗争中的痛苦和愤怒的感觉与感情；这样就使我们只能感到作者自己的信念和热情，而不能借这一幅巨大的群众斗争的油画心惊肉跳地被人民的力量所感动。这作品是有些公式化的，同时也显见作者的生活和斗争经验都还远远地不深不广。

但我们可以当作作者创作发展上的一个过渡来看，把它当作她的一个新的起点。她的那种向人民的向往，当作作家的一种前进的倾向看是正确的，她的热情也是诚恳的。从这起点出发，《水》里面所表现的缺口和不足，就由她后来的实践上和创作上坚实的成就来填补了。那却是一段相当长的非常艰苦的斗争历程，并且一步不离地和人民的艰苦的长期斗争在一起才能达到的，决不像我们在《水》里面所感到的那般容易。但这个容易，作者是以后来的克服艰难的战斗来克服了，所以《水》依然是作者发展上的一个标志，同时也是我们新文艺发展上的一个小小的标志。

因此，我以为如果把《莎菲女士的日记》和《新的信念》、《我在霞村的时候》、《夜》等篇加以比较的研究，尤其把《水》和这些后来的作品加以比较的研究，则有很大很深刻的意义。那意义是在于这之间标明着一个更大的距离。这距离，首先自然是中国人民在这之间经过着空前地艰苦的和克服无数困难的胜利的斗争，终于成就了决定中国历史的伟大巩固的基础，以及人民的意识形态领域上有真正新的东西在广泛地生长。其次是，作者跟着人民革命的发展，不仅作为一个参与实际工作的实践者，并且作为一个艺术家，在长期艰苦而曲折的斗争中，改造和生长，而带来前后这么大的距离。一个进步的小资产阶级的作家，成为真正人民的无产阶级的革命作家，需要在艺术上有他的标志，作者和别的一些这样的作家一样，她的意识的改造、思想的发展、艺术的成长，都要和革命的斗争历史、革命人民的意识成长史放在一起去研究的。

后来的这些作品，可以作为作者对于人民大众的斗争和意识改造及成长的记录，也可以作为作者自己的意识改造及成长的记录，这样就作为人民的战斗的艺术创作而有了真实的成绩。

从意识或思想上说，一个革命者必须见诸实践，才能证明他的世界观上的改造和到达。从实践上说，一个革命者必须有思想意识的真实的改造和成长，才能证明他的实践的真实。从艺术创作上说，一个革命作家必须有艺术的实践成绩，才能证明他的改造和成长是真实的。

深入现实人物的意识领域，作者原是开始就赋有这种诗的天才的，这是社会解剖和艺术塑像所首先需要的条件，但这决非所谓技术问题。所以，从莎菲到《新的信念》中的陈老太婆和《霞村》中的贞贞，这两种对象的不同，是两个世界的不同，并非作者用同一个主观可以同样去打入的；作者必须在新的对象的世界中生活很久，并用这新的世界的意识和所谓心灵，才能走得进去。作者并且必须拥有这个世界及其意识和心灵，才能够把这世界和人物，塑成使人心惊肉跳的形象，用感动力而不是用概念或公式的说教，去感服读者，使他们也走进新世界。在《水》里，作者还未能够走入《水》中人民的世界里去，所以也未能送出使人心惊肉跳的塑像来。但《新的信念》、《我在霞村的时候》、《夜》等篇，是已经走进去，而且也已经送出来了。我以为这就是所谓艺术到达上的主要的一点。

《新的信念》，不免使读者感到有革命浪漫主义的色彩。但姑不论革命浪漫主义是否需要的问题(当然需要的)，我们如果不忘记敌人的残暴所引起的仇恨心的深浩，人民战斗热情的疯狂般的沸腾，则所有战斗的人民包括我们自己在内，就都是在那样浪漫谛克的战斗气氛中的浪漫谛克的人物。这革命浪漫主义恰正就是最真实不过的战斗的现实。倘不是生在这样的战斗的世界中，我想就很难把握住这浪漫谛克的战斗的现实罢，而现在作者把握住了，我以为这也正是革命现实主义的一个胜利。

《我在霞村的时候》，作者所探究的一个“灵魂”，原是一个并不深奥的，平常而不过有少许特征的灵魂罢了；但在非常的革命的展开和非常事件的遭遇下，这在落后的穷乡僻壤中的小女子的灵魂，却展开出了她的丰富和有光芒的伟大。这灵魂遭受着破坏和极大的损伤，但就在被破坏和损伤中层开她的像反射于沙漠上面似的那种光，清水似的清，刚刚被暴风刮过了以后的沙地似的那般广；而从她身内又不断地在生长出新的东西来，那可是更非庸庸俗俗和温温暾暾的人们所再能挨近去的新的力量和新的生命。贞贞自然还只在向远大发展的开始中，但她过去和现在的一切都是真实的，她的新的巨大的成长也是可以确定的，作者也以她的把握力使我们这样相信贞贞和革命。

《夜》，我觉得是最成功的一篇，仅仅四五千字的一个短篇，把在过渡期中的一个意识世界，完满地表现出来了。体贴而透视，深细而简洁，朴素而优美。新的人民的世界和人民的新的生活意识，是切切实实地在从变换旧的中间生长着的。

以上，是我把七篇照原来程序排列了以后，顺手写了下来的一个轮廓，算是把它们联贯起来的一点线索，也许可供读者做一个参考。但这只是到一九四一年为止的，此后有她的新的更大的发展，这里不谈了，且请读者和作者原谅我越分地写了这许多字，对作者也表示我的怀念罢。

1947年10月2日上海

《太阳照在桑干河上》在我们文学发展上的意义（节选）

文／冯雪峰

丁玲的这一本为广大读者所重视的作品，是我们一个重要的收获。我现在想来谈一谈的，也就是关于这一个收获在我们文学发展上的意义。

这本小说，大家都明白，是写土地改革的，它的内容，读者都熟悉，这里不必再叙述。但我们现在要来谈论它，就不能不回想起它的情节和内容来。因此，我也得先讲一讲我的印象。

…………

我认为这一部艺术上具有创造性的作品，是一部相当辉煌地反映了土地改革的、带来了一定高度的真实性的、史诗似的作品。同时，这是我们社会主义现实主义的在现时的比较显著的一个胜利，这就是它在我们文学发展上的意义！

这部作品的这个现实主义的成就，主要地表现在这几点上：第一，从对于人民的生活与斗争的深入的观察、体验与研究出发，对于社会能够在复杂和深广的基础上进行具体的和比较全面的分析，而排斥那从概念(不管那一类概念)出发以及概念化的道路。第二，从写真实的生活和社会的要求出发，对社会的内在的矛盾斗争的复杂关系进行具体的分析，同时也这样地分析人的思想与行动及相互关系，以写真实的人，从而奠定了现实主义的写人和写典型的基础。第三，艺术的表现能力已达到相当优秀的程度。

因此，这个现实主义的成就，对于我们文学发展的意义，可从两方面看：

一方面，这本作品的成就只是更为显著的，而决不是孤立的。我们现在的一些优秀的和一些更年轻的有前途的作家们，各人无产阶级现实主义文学上有或多或少的建树。我在这里也不必一一列举作者和作品的名字，有成绩的这些同志们一定每一个都知道自己是在这里面的。因此，这有代表或标记无产阶级现实主义文学的初步的成长的意义。

这些作家都是毛泽东同志亲自教育、改造、培植出来的。因为我们这里说的（无产阶级现实主义）作品，只能从1942年延安文艺座谈会以后算起，而不能从鲁迅算起。鲁迅后期的杂文，作为艺术的创作看，当然是无产阶级现实主义的作品；但以小说和剧本等为代表的文学创作，则在延安文艺座谈会以前，并没有有创造性的可称为无产阶级现实主义的作品。因此，这方面的意义是更为重要的，这是说，在工农兵的方向之下，在创作路线上也有了初步的成就。

又一方面，我们目前文学创作界依然有脱离生活和脱离群众的现象，同时也存在着反现实主义的、主要是概念化的创作路线。不少空洞说教的理论和不少简单化的批评，也在赞助和“开辟”反现实主义的、主要是概念化的创作路线。这是一条有害的、我们应该反对的创作路线。因此，把《太阳照在桑干河上》以及别的一些比较成功地反映了现实的作品的现实主义的创作方法与路线，加以明确化，则在我们纠正目前创作与理论批评中的反现实主义的错误倾向的工作上，也是有作用的。

1952年5月14日，北京

第八篇

鲁迅与许广平

——携手共艰危

鲁迅（1881～1936年）原名周樟寿，在南京求学时改名为“周树人”，字豫山、豫亭、豫才。鲁迅1902年考取留日官费生，赴日本进东京的弘文学院学习。1904年初，入仙台医科专门学医，后弃医从文。期间曾奉母命回国同朱安结婚。辛亥革命后，鲁迅曾任南京临时政府和北京政府教育部部员、佥事等职，兼在北京大学、女子师范大学等校授课。1918年5月，首次用“鲁迅”作笔名，发表中国现代文学史上第一篇白话文小说《狂人日记》，奠定了新文学运动的基石。五四运动前后，参加《新青年》杂志工作，成为“五四”新文化运动的主将。1927年10月8日，和许广平在上海横滨路幸福地结为伉俪。1936年10月19日鲁迅因肺结核病逝于上海，上海上万名民众自发举行公祭、送葬，葬于虹桥万国公墓。1956年，鲁迅遗体移葬虹口公园，毛泽东为重建的鲁迅墓题字。

鲁迅

许广平（1898～1968年），祖籍福建。1917年就读天津直隶第一女子师范学校预科，担任天津爱国同志会会刊《醒世周刊》主编，并在周恩来领导下参加了“五四”运动。1923年考入北京女子高等师范学校国文系，成为鲁迅的学生。1927年1月，鲁迅到中山大学任教，许任助教和广州话翻译，与鲁迅在白云路租房同居；1927年10月3日与鲁迅同行到上海，不久与大她17岁的鲁迅结婚，时年29岁。1929年，生子周海婴。1932年12月，通信集《两地书》出版。许广平是鲁迅先生的第二任妻子，1926年北京女子师范大学毕业，在校期间与鲁迅一起发起揭批驱逐北师大校长杨荫榆的运动。许在毕业前一年在报上公开表达对她的老师鲁迅的

许广平

感情。1968年3月许广平在北京病逝，终年70岁。

在鲁迅先生的生命中，有许多重要的女性，对其生活、思想、创作和战斗产生了不可忽视的影响。而妻子许广平无疑是鲁迅先生最离不开的人，她见证并参与了鲁迅爱与战斗的一生。1923年10月，鲁迅应女师大之邀前往任教。许广平尤喜鲁迅上课，总是坐在前排，率先举手答问。鲁迅对这身材高大、言辞激烈的女生便有了较多关注。1925 年发生了“女师大风潮”，鲁迅与进步教师联名的《关于北京女子师范大学风潮宣言》保住了许广平等六名学生，这一举动促使许广平对鲁迅的崇敬转化为了爱情。1925 年4月， 许广平第一次来到鲁迅家中， 其后经常书信往来， 关系逐渐密切。年轻、勇敢的许广平给了鲁迅战胜内心犹豫与外界压力的力量，最后二人终于建立了温馨的家庭。二人结婚之后，许广平始终陪伴在鲁迅身边，照顾他的饮食起居。许广平对鲁迅的影响不仅限于爱情和家庭方面，鲁迅从二人的交往中了解到了新知识女性对知识、自由、民主、爱情的追求。同时，许广平对鲁迅的信任和亲近，对于在铁屋子里孤独呐喊的鲁迅是极大的宽慰与鼓励。不管世事如何艰难，她始终在背后给了鲁迅忠诚的支持和战斗的力量。

鲁迅说许广平

1925年3月到7月之间，鲁迅与许广平通信四十余封，他们共同的理想和信念，渐渐升腾为爱情的火焰。但是，他们信中没有镜花水月的辞藻，没有悱恻和缠绵的柔情，而是对社会人生问题严肃的探讨。许广平说：“没有灿烂的花，没有热恋的情，我们的心换着心，为人类工作，携手偕行……”

在他们通信当中，两人的称呼、署名都很有意思。开始的时候，许广平称鲁迅老师后来称迅师，署名开始是小学生，后来是学生。后来鲁迅叫许广平为广平兄，后来发展成害马。最后成了my dear teacher，你的害马。由此可见他们两人关系已经很密切了。

1926年8月，许广平、鲁迅离开了见证他们爱情的北京，离开了西三条胡同。

1927年10月，许广平与鲁迅定居上海，正式公开了两人的爱情，宣布同居。

1929年10月1日，两人爱子出世，取名海婴。

1933年5月，两人将此前的书信编辑成《两地书》出版，作为他们爱情的见证。

鲁迅墓前的许广平

鲁迅致许广平书信（选录）

文／鲁迅

（一）

广平：

不知应当如何称呼你的，在常规来讲，我多吃了几年饭，也是你的老师，好像比你长一点，可是，如果那样叫你，我总有一些感受，沾了你的小便宜，似为不妥，在这个提倡平等的年月，还是叫你的名字，让我更舒适些，愿你听到这样的称呼，与我有同样的舒适，下次，如果有下次，也请你叫我的名字，我会感到更舒慰。

给你写这信的时候，我窗外的两棵枣树正在开花，那些细细的、小小的花还是发出幽微的香，一如你走过我的身边，弥留下来的香味。

我的心，经常处于一种胀痛之中，不仅仅是由于这个动乱的社会，粉乱哄扰，各家各派都互相不服，于是，就有了这些争斗，就有了这些比竞，以及由此而衍生出来的色色谣传，种种诽问，样样污谤，让人难以存活，我是深陷于中，难以自脱，这些，你是看在眼睛里的，更是由于家中细细碎碎的事，如同尘埃，在阳光明媚的柱里，缤纷地飞，令我没有喘息地空隙，人多的大家庭，在一起总是会有快活，温馨。但彼此摩擦与碰撞，也会产生让人心畏的火花，而这样的火花则有烧灼心灵的能量，可怕可惧可叹也可哀。于此，你是没有经视过的，所以，我在此的倾诉，你不懂，也不想让你弄懂，初开的花，没有见过风与霜，如果有人去强迫她，那这人，是太惨忍了，我不想作那人，想作园丁。只是，园丁手上的伤触，也要有花明知，在他辛勤劳作之余，于是我告诉你，希望你作一次好听众，倾听我的絮叨。

你的师母，于我，是一个局外的人，早几年，思想解放的春风，还在遥远不可知的世界里游荡时，我的家乡，你没有去过的那个小小的江南，是仍旧在一片浓黑之中，一片陈旧之中，一如现在。在那时的思想之下，我的母亲，和那些大人们，他们寻访所得，彼时，我还是个小小的人，没有参其中的资格，只能静听安排，他们是为我，也是为了大家庭的未来繁衍，将她，硬推给我，写信令我回来，谨听母亲之令，我像个木偶一样，从大海的彼岸回到家里，听从他们的指挥，一步步，走到现在，不知你可否看过皮影戏，为了获得台下稀少地掌声与唱彩，那些各种各样的木偶，在匠人的手中，上下飞翔左右翩翩，不能走，不能看，连动也不得其一动，演绎着件件虚无的精彩，我就是其中的一只最小，也是最可怜的小木人，而他们则是熟练地匠人，将我玩弄于手股，以精彩和负责的名义，这些，你不懂，上面我说过，你只要倾听，就足够了。

其实，这次给你的信，还是有事要谈的，否则，我难免变成絮语的老太，在太阳底下，暖洋洋地自说自语，说一会睡一会，昏睡与言谈交织进行，而社会和家庭，都不许我作那样的老太，相信，你，也不许。从外国的回来，与在国外的流浪，也让我不许自己作如此的老太，于是，还要说说正经的事情，虽然，在中国的现在，正经的事情那样少，且都披着不那么正经的外衣，而正经的外衣下面，往往全都掩藏着不正经的勾当。造物的伟大与神秘，就在于此，它总让我们这些凡人捉摸不定，时时给我们以惊喜与诧异，只是近些年，惊喜渐渐少而又少，甚至于不见其踪迹，而诧异却日渐增多，让人虽胳有百手，手有百指，不能示其一处。

那正事就是，学校里的争斗，已经趋于白热化，进步的好学生，与上进的好校长之间，仿佛一山不能容留二虎，但二虎相斗定有一伤，而这伤或者会至于亡，相斗的纷乱与激烈，不是我所愿见，但已然发生，我却只能相随，坐山观虎斗，固然悠闲，但因为你参与了其中，成为那较弱的一分子，我便生了担心，不想见你落于不忍视之地步，伸出一支瘦弱的手，扶住你，搀住你，挽住你，希望能给你增加一份勇气，前行，或者说，给你一条后退的路，让你在争斗地路上不有后顾之忧，而更增斗志。

另，春寒料峭之时，请你多加些衣装，为争斗地进行，储备必要地力量。

此祝

春好

迅于灯下之微光里

（二）

广平兄：

今天收到来信，有些问题恐怕我答不出，姑且写下去看。

学风如何，我以为和政治状态及社会情形相关的，倘在山林中，该可以比城市好一点，伊只要办事人员好。但若政治昏暗，好的人也不能做办事人员，学生在学校中，只是少听到一些可厌的新闻，待到出校和社会接触，仍然要苦痛，仍然要堕落，无非略有迟早之分。所以我的意思，倒不如在都市中，要堕落的从速堕落罢，要苦痛的速速苦痛罢，否则从较为宁静的地方突到闹处，也须意外地吃惊受苦，其苦痛之总量，与本在都市者略同。

鲁迅与许广平、蒋经三的合影

学校的情形，向来如此，但一二十年前，看去仿佛较好者，因为足够办学资格的人们不很多，因而竞争也不猛烈的缘故。现在可多了，竞争也猛烈了，于是坏脾气也就彻底显出。教育界的清高，本是粉饰之谈，其实和别的什么界都一样，人的气质不大容易改变，进几年大学是无甚效力的，况且又有这样的环境，正如人身的血液一坏，体中的一部分决不能独保健康一样，教育界也不会在这样的民国里特别清高的。

所以，学校之不甚高明，其实由来已久，加以金钱的魔力，本是非常之大，而中国又是向来善于运用金钱诱惑法术的地方，于是自然就成了这现象。听说现在是中学校也有这样的了，间有例外者，大概即因年龄太小，还未感到经济困难或花费的必要之故罢。至于传入女校，当是近来的事，大概其起因，当在女性已经自觉到经济独立的必要，所以获得这独立的方法，不外两途，一是力争，一是巧取，前一法很费力，于是就堕入后一手段去，就是略一清醒，又复昏睡了。可是这不独女界，男人也都如此，所不同者巧取之外，还有豪夺而已。

我其实那〔哪〕里会“立地成佛”，许多烟卷，不过是麻醉药，烟雾中也没有见过极乐世界。假使我真有指导青年的本领——无论指导得错不错——我决不藏匿起来，但可惜我连自己也没有指南针，到现在还是乱闯，倘若闯入深坑，自己有自己负责，领着别人又怎么好呢，我之怕上讲台讲空话者就为此。记得有一种小说里攻击牧师，说有一个乡下女人，向牧师沥〔历〕诉困苦的半生，请他救助，牧师听毕答道，“忍着罢，上帝使你在生前受苦，死后定当赐福的。”其实古今的圣贤以及哲人学者所说，何尝能比这高明些，他们之所谓“将来”，不就是牧师之所谓“死后”么？我所知道的话就是这样，我不相信，但自己也并无更好解释。章锡琛的答话是一定要胡涂的，听说他自己在书铺子里做伙计，就时常叫苦连天。

我想，苦痛是总与人生联带的，但也有离开的时候，就是当睡熟之际。醒的时候要免去若干苦痛，中国的老法子是“骄傲”与“玩世不恭”，我自己觉得我就有这毛病，不大好。苦茶加“糖”，其苦之量如故，只是聊胜于无“糖”，但这糖就不容易找到，我不知道在那〔哪〕里，只好交白卷了。

以上许多话，仍等于章锡琛，我再说我自己如何在世上混过去的方法，以供参考罢——

一、走“人生”的长途，最易遇到的有两大难关。其一是“岐〔歧〕路”，倘若墨翟先生，相传是恸哭而返的。但我不哭也不返，先在岐〔歧〕路头坐下，歇一会，或者睡一觉，于是选一条似乎可走的路再走，倘遇见老实人，也许夺他食物充饥，但是不问路，因为我知道他并不知道的。如果遇见老虎，我就爬上树去，等它饿得走去了再下来，倘它竟不走，我就自己饿死在树上，而且先用带子缚住，连死尸也决不给它吃。但倘若没有树呢？那么，没有法子，只好请它吃了，但也不妨也咬它一口。其二便是“穷途”了，听说阮籍先生也大哭而回，我却也像岐〔歧〕路上的办法一样，还是跨进去，在刺丛里姑且走走，但我也并未遇到全是荆棘毫无可走的地方过，不知道是否世上本无所谓穷途，还是我幸而没有遇着。

二、对于社会的战斗，我是并不挺身而出的，我不劝别人牺牲什么之类者就为此。欧战的时候，最重“壕堑战”，战士伏在壕中，有时吸烟，也唱歌，打纸牌，喝酒，也在壕内开美术展览会，但有时忽向敌人开他几枪。中国多暗箭，挺身而出的勇士容易丧命，这种战法是必要的罢。但恐怕也有时会迫到非短兵相接不可的，这时候，没有法子，就短兵相接。

总结起来，我自己对于苦闷的办法，是专与苦痛捣乱，将无赖手段当作胜利，硬唱凯歌，算是乐趣，这或者就是糖罢。但临末也还是归结到“没有法子”，这真是没有法子！

以上，我自己的办去〔法〕说完了，就是不过如此，而且近于游戏，不像步步走在人生的正轨上(人生或者有正轨罢，但我不知道)，我相信写了出来，未必于你有用，但我也只能写出这些罢了。

鲁迅

三月十一日

（三）

平兄：

给你写这封信的时候，外面阳光明媚，而我的心里，却是一片阴霾，只有想到你的样子时，我才能感受到窗外的阳光，不见你，已经二天又五个小时另十七个小时了，不知道你现在是不是还在笑着，抑或哭着。

希望你是在笑着，你笑的时候，脸上有小小的酒窝，很可爱，像我在东京看过的洋娃娃一样，不同的是，那时，我只是在明亮的玻璃外面，急急走过，弯腰缩背，如匆匆而去的小鼠，看着洋娃娃的笑脸在我的视线里，一晃而过，而今，我可以在桌前，回想你如她一样的笑靥，不，比她还要好看，生动而温暖，如你在眼前一般，我很知足了，他们说，知足常乐，可是我却乐不起来，那些碎碎细细的不悦，总在心城里潜伏着，还好，有你的笑脸，将它们压下去，让我得以片时的欣愉。

想我所经历过的，走过的路，总觉得荆棘坎坷为多，你那次笑我，能在我的眼里，看出浓厚如云一样的忧愁，说我是忧国忧民的沉思者，此言如箭，正中靶心，我也觉得自己欢愉太少，而忧思太过，或者在你们看来很值得欢呼雀跃地事情，在我，却总是担心那藏匿在背后的阴谋，于是，忧虑就像爬山虎细小却坚韧地触须，狠狠地擒住了我的心，有时，也很累，知道不必这样过于地担忧，劝自己想开一点，看到事情阳光地一面，想要摆摆头，把那些思虑像抖落灰尘一样倾覆于地，并踏上一万只脚掌，让它们万世不得返身，却总是作不到，一次也没有达到过想要的目的，这让我无奈而又尴尬。

人说，生活就是一场梦，同样是身在梦中，为何那些人可以作甜蜜酣畅的睡眠，而我却偏偏总是被这样的恶梦惊醒，大汗淋漓，却又不得解脱，我常常呼唤耶稣上帝如来佛菩萨诸神，企求借用于他们的神力，让我远离撒旦地迫害，可是，他们总是说我平时烧香太少，临时抱佛脚，心不诚，又猜疑我用完他们之后，会弃之如臭鞋，不给以帮助，天见可怜，我是诚心诚意地向他们道出我内心的惶恐与不安，你来评理，如果我的要求，他们不能满足，他们还配接受爱我的香火吗，如果他们只是为了哄骗我的祭祀，享用了牲畜之后，却不施以援手，任凭那些黑

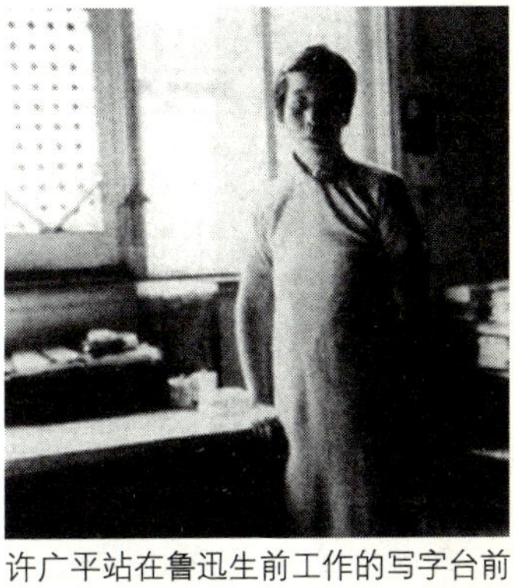

许广平站在鲁迅生前工作的写字台前

1943年12月许广平在外滩

暗如往日一样对我如影随形，甚至于变本加厉，那我岂不是吃亏又上当了，当他们一次次地拒绝我的诚心之后，我时有怀疑，诸神和魔鬼是搭档，一个吓唬凡人，一个收刮凡人的祭祀，就像有的警察跟窃贼的关系一样，只有在分赃不均的时候，只有在他们打成一团的时候，我们凡人，才能拾得一点点怜悯，不是诸神的爱心，而是他们不小心洒落于地的可怜，所谓鹬蚌相争，渔翁得利，说得正是这个道理。

但愿他们快点打起来吧，让我这可怜地凡人，得一点点余利，享用一点点轻松的时光。

而最近，我却真正地感觉到，你是诸神派到人间的天使，你是来帮助我地，让我能够从地狱中解放出来，远离那些忧郁，抛弃那无边的黑暗，那些厚重地压缚，重新获得新生，重新享受到人活于世的温暖，如春天一样地温情，你的笑脸，如花般绽放于眼前，我能感受到自己充满了力量，像下山的猛虎，敢于正面这人间的一切，虽然，我是个老猛虎了，但毕竟还是虎吗，虎威虎牙虎皮虎胆，我都还是有的，可能老了一点，功能还是完善地，将就着还能用，无论怎样很老地虎，也比那些不知天高地厚地嫩芽们好，他们不懂你的美，不知你的善，真正知你懂你，会疼你帮你的，还是我这只老一点的老虎哟，你就像是法兰西国的香水，他们不懂你是怎样地香，只会把你浪费轻掷，只有我，才能把你的芬芳，弥撒在整个人间，希望你不要受惑于他们，远离他们。

学校里的事，已经告一段落了，你可以放心地回来，正大光明地继续你未竟的学业，因为，我们是最终地胜利者，胜王败贼吗。

我说过，天下没有解决不了的问题，只要我们积极地行动起来，借助于各方地力量，在诸派系地博弈中，施展太极地推手，大事总会化为小事，而小事却定能化为无事。

中国的情况就是这样，那些呼喊的人，一定不会干成事，而想要干成事，想要达到自己的目地，一定不要呼喊，想办法让别人实现自己的目标，摇旗呐喊是一定要的，冲锋陷阵则一定不要的，特别是像我这样的年纪，再跟那些年轻人一样，也是有损于我身份地，是不成熟地表现，真正的猛士，敢于正视惨淡地人生，敢于直面淋漓地鲜血，而也只有真正地傻瓜，才会迫不及待地，去斗争去革命去流血。

我愿意作中国当今的旗手，而不会作中国当今的棋子，像孔子一样，述而不作，不为人先，不落人后。用我那些莫名的忧愁，指明他们的方向，用我那些无谓的阴郁，唤醒他们苦难地人生，用我那些旁逸斜出地观点，激励他们奋不及身前赴后继地献身。

明天更美好，是的，我的明天更美好，平兄，听了我上面这些心语，你是不是觉得，我们的明天也会更美好啊。

另，急盼早日见到你温暖地笑。

此致

革命地敬礼

迅于初夏朝阳里

（四）

广平兄：

今天早上寄了一封信。现在虽是星期日，邮政代办所也开半天了。我今天也起得早，因为平民学校成立大会要我演说，我说了五分钟，又恭听校长辈之胡说至十一时，溜出会场，再到代办所去一看，果然已有三封信在：两封是七日发的，一封是八日发的。

此地冷了几天，但夹袍亦已够，大约穿背心而无棉袍，足可过冬了。背心我现穿在小衫外，较之穿在夹袄之外暖得多，或者也许还有别种原因。我之失败，我现在细想，是只能承认的。不过何至于“没出息”？天下英雄，不失败者有几人？恐怕人们以为“没出息”者，在他自己正以为大有“出息”，失败即胜利，胜利即失败，总而言之，就是这样，莫名其妙。置首于一人之足下，甘心什倍于戴王冠，久矣夫，已非一日矣……。

近来对于厦大一切，已不过问了，但他们还常要来找我演说，一演说，则与当局者的意见，一定是相反的，此校竟如教会学校或英国人所开的学校；玉堂现在亦深知其不可为，有相当机会，什九是可以走的。我手已不抖，前信竟未说明。至于寄给《语丝》的那篇文章，因由未名社转寄，被他们截留了，登在《莽原》第廿三期上。

“能食能睡”，是的确的，现在还如此，每天可以睡至八九小时，然而人还是懒，这大约是气候之故。我想厦门的气候，水土，似乎于居人都不宜，我所见的人们，胖子很少，十之九都黄瘦，女性也很少美丽活泼的，加以街道污秽，空地上就都是坟，所以人寿保险的价格，居厦门者比别处贵。我想国学院倒大可以缓办，不如作卫生运动，一面将水，土壤，都分析分析，讲个改善之方。

此刻已经夜一时了，本来还可以投到所外的箱子里去，但既有命令，就待至明晨罢，真是可惧。

迅

十二月十二日

（五）

平平：

你看到这些字的时候，天也许早已黑了下来，不知你是在灯下，展信阅览，还是在江南明亮的月色里，费眼识读，而我，正在北方的大风尘中，写下这些絮语，外面，阳光刚刚照进屋子，就是你上次曾经住了一夜的小屋，仿佛，还弥漫着你的体香，存留着你的温度。

惶然间，自鸣钟又敲出响声，在耳边，发出令我恐惧的沉闷地响声，如在心上，它提示我，时间，又过了一大块，流过去，或者说滚过去，我浑然不觉，只因在那逝去的时光里，我脑海里全是你的影，举手投足，言笑晏晏恍如昨昔，钟声响起来，才知道你已在千里之外的江南，着实挂念你，不知你过的可好。

他们说，平安夜要到了，北方的城里已经在作着准备，他们迎接这样盛大的节日，欢笑，歌舞蹈，鲜花，都已备妥，唯有我于此一窍不通，没有你在身边，我对身外地所有都失了兴趣，若你在这儿，我们也可备足过平安夜的东西，平安而又快乐地渡过平安夜。

时光永是流逝，对于时间的如此流逝，我是很忧虑恐惧地，坦白说，如果它能停下来等我一等，我宁愿让它拿刀子割去我身上的这些肉，用肉来换取时间，是我一厢情愿的生意，我像那些倒挂于水中，拼命想捞取并拯救月亮的猴子一样，可笑。记得以前读过的闲书里，曾有一个孝子，为了父亲生命的延续，去要求阎王，用自己的三十年的寿命，折换老父亲十年生存，阎王也感动于他的痴孝，答应了他，那有福气的老父亲，也得以再多蹉跎十年岁月，而那孝子，竟也活于中国人的心里，成了一个永不死去的代表与典范。于我，感动之余，常常是羡慕那老父亲，如果我也有儿子，我可以跟他讲这远古的故事，如果他肯效法，那我也作一次有福的老父亲，如果他不肯，我就可得出世风日下人心不古的结论。

1946年7月许广平与周海婴在上海

上次，你说我应当去作商人，因为我如此的精于算计，如此舍义取利，我觉得你很对，可是你却不知我为何不去作商人，而心甘情愿为人之师，并写一些收入不菲的文章。你不知这个世上，每人都是商人，人与人之间的关系，就是简单地交换关系，不过有人是赤裸裸地，有人是遮遮掩掩地，有人是偷偷摸摸地，有人是欲盖弥彰地，有人是扯着广告地，有人是无声无息地，各种匪夷所思的交换方式都有，而交换的内容，则更是五花八门，有人以物换物，有人以钱换物，有人以钱换名，有人以钱换人，有人以名换钱，有人心小钱换大钱，也有人以大钱换小名，并且最近几年来，就我所知，商人们更加的精明起来，交换也更加复杂多样。但是，无论交换什么，怎样交换，商人都是有风险地，有句话叫富贵险中求，想要得到自己想要的富贵，只能大着胆子去冒险，于是你看商人之中，一夜暴富者有之，血本无归者有之，而他们都犯了一个大忌，贪欲过大，利令智晕。

而我现在，为人之师，并写一些收入不菲的文章，发给那些报纸杂志，不仅可得一份富裕，也可得一份悠闲，还可得一份好名声，这是商人们做梦也得不到的东西。为人之师，则受人敬重，没有半丝风险，保卒余年绰绰有余，写一些不关咸淡地文章，总是会有逐臭之报章，抢着拿银子来换，若有人不识好歹，就与他辩论到底，连他祖宗八辈的趣事轶闻，也不留情面地说出来，让他知耻而后退，不然，我就施展死缠烂打之绝技，他跟我讲法律，我跟他讲道德，他跟我讲道德，我跟他讲文化，他跟我讲文化，我跟他耍流氓，他跟我耍流氓，我就跟他讲法律，只到他两眼翻白口吐白沫不省人事，还要再大喊一声痛打落水狗，杀鸡吓唬猴子，直到所有人都见到我躲着走，那我就胜利了，不光赚到了白花花的银子，也赚到了英勇善战的好名声，岂不是一箭多鸟吗，世上还有比这更合算的生意吗，小平平。

至于会不会给别人，给这个社会，给其他的方面，带来什么样的后果，这就不好说了，我本着负责任的态度告诉你，社会的进步，不会因一个人两个人的叫嚷，而发生任何的改变，像比我厉害无数倍的太后老佛爷，也仅仅是阻拦了一下社会的前进，如此而已。每一人，都有自己的宿命，前途是早就已经注定了的，碰到我算他们自己倒运气。愿他们都汲取教训，不要与我为敌，须知，他们是敌不过我一根手指地，因为厚黑学于我，几十年来，是必修是专业也是特长。

平平，唯有你，令我放心不下，你的言笑，在我心里，荡起连续不断地涟漪，我想，你是我的毒药，你是我的烈酒，你让我如此沉迷，沉醉不归。想起你，我觉得自己是年轻，是青春，是活力。盼你快回到我的身边，一慰厚重相思。

而与你的不相见，也已三天又十七个小时了，平安夜快要到来，祝你平安，也祝我们平安。

许广平说鲁迅

许广平在《鲁迅与青年们》一文里，如此描写了鲁迅先生为她上的第一堂课。“许久许久，同学们醒了过来，那是初春的和风，新从冰冷的世间吹拂着人们，阴森森中感到了一丝暖气，不约而同的大家吐一口气回转过来了”。

他们的爱情遇到了守旧者的讥讽和反对。在讥笑和压力面前许广平表现了超凡脱俗的远见，坚韧不屈的精神。1925年10月，她在鲁迅主编的《国民新报》副刊发表了《同行者》一文，像烈火一样炽热，公开表达了对鲁迅的爱，她说，她不畏惧“人间的冷漠，压迫”，“一心一意的向着爱的方向奔驰。”

老来得子的鲁迅

许广平还在《风子是我的爱》的文章中宣布誓言。针对旧礼教的威吓，她说：“不自量也罢，不相当也罢，合法也罢，不合法也罢，这都与我不相干！”许广平铿锵有力的回应也给了鲁迅坚守爱情的信心，二人最终赢得了胜利。1927年10月3日，鲁迅和许广平同到上海，开始了共同的生活。那一年，鲁迅46岁，许广平28岁。

许广平致鲁迅书信（节录）

文／许广平

（一）

鲁迅先生：

现在执笔写信给你的，是一个受了你快要两年的教训，是每星期翘盼着希有的，每星期三十多点钟中一点钟小说史听讲的，是当你授课时，坐在头一排的坐位，每每忘形地直率地凭其相同的刚决的言语，在听讲时好发言的一个小学生。他有许多怀疑而愤懑不平的久蓄于中的话，这时许是按抑不住吧，所以向先生陈诉。

有人以为学校场所，能愈隔离城市的尘纷、政潮的影响，愈是效果佳些，的确！这是否有一部分的理由呢？记得在中学时代，那时也未常〔尝〕不有攻击教员反对校长的事情发生，然而无论反与正的二方面总是偏重在“人”的方面权衡它，从没遇过在“利”的方面去取过，先生！这是受都市政潮的影响呢，还是年龄的继续增长戕害了他呢？先生！你请看看吧！现在北京学界中发生了驱逐校长的事，同时反对的，赞成的，立刻就各标旗帜，校长以“留学”、“留堂”——毕业留本校任职——谋优良位置为饼饵，学生以权利得失为去取，今日收买一个，明日收买一个……今日被买一个，明日被买一个……在买者蝇营狗苟，凡足以固位恋栈的无所不用其极，有洞皆钻，无门不入。被买者也廉耻丧尽，人格破产。似此情形，出于清洁之教育界人物，有同猪仔行径其尤可愤恨的，这种含多量细菌的空气，乃播于名为受高等教育之女校长女学生身上。做女校长的，如其确有谋该校教育发展的干材的伟大教育高见，及其年来经过成绩，何妨公开的布告，而乃“昏暮乞怜，丑态百出，啧啧在人耳口”。呜呼！中国教育之前途。但是女校长或者因环境种种关系，支配了她不能不如此！而何以校中学生，对于该事乃日见软化，明明今日好好的出席，提出种种反对条件，转眼就掉过头来噤若寒蝉，或者明示其变态行动。呜呼！此中国女子教育之前途！或者此政潮影响教育之前途！！！情形是一天天的恶化了！五四以后的青年是很可以悲观痛哭的了！在无可救药的赤火红红的气焰之下，先生，你放下书包，洁身远引的时候，是可以“立地成佛”的了，然而，先生！你在仰首吸那卷着一丝丝醉人的黄叶，喷出一缕缕香雾迷漫时，先生！你也垂怜，注意，想及有在蛋盆中展〔辗〕转待拔的么？也愿意而且痛快地予以“杨枝玉液”时时浸入他心脾，使他坚确牢固他的愚直么？先生！他自信他自己是一个刚率的人，他也更相信先生（是）比他更刚率十二万分的人，因为有这点点小同，他对于先生是尽量地质言的，是希望先生收录他作个无时、地界限的指南诱导的！先生！你可允许他？

苦闷之果是最难尝的，虽然食过苦果之后有点回甘，然而苦的成分太重了！也容易抹煞甘的部分，在饮过苦茶之后，细细的吮吮嘴唇皮虽然有些儿甘香，但总不能引起人好食苦茶——药——的兴味，除了病的压迫，人是绝对不肯无故去寻苦茶喝的！苦闷之不能免掉，或者如同疾病的不能免掉一般——除了毕生抱疾——但是疾病不是时时刻刻在身边的，而苦闷则总比爱人还来得亲切，总时刻地不招即来，挥之不去。先生！有什么法子在苦药中加点糖分？有糖分是否即绝对不苦？先生！你能否不像章锡琛先生在（《妇志》指《妇女杂志》月刊，1915年1月创刊于上海，1931年12月停刊。）中答话的那样模糊，而给我一个真切的明白的引导？

现在的青年的确一日日的堕入九层地狱了！或者我也是其中之一。虽然每星期中一小时的领教，可以快心壮气，但是危险得很呀！先生！你有否打算过“救人一命，胜造七级浮屠”呢？先生！你虽然很果决的平时是，但我现在希望你把果决的心意缓和一点，能够拯拔得一个灵魂就先拯拔一个！先生呀！他是如何的“惶急待命之至”！敬候

撰安！

谨受教的一个小学生许广平
十一，三，十四年

他虽则被人视为学生二字上应加一“女”字，但是他之不敢以小姐自居也如同先生之不以老爷少爷自命，因为他实在不佩〔配〕居小姐的身分地位，请先生不要怀疑。一笑。

（二）

my dear teacher：

今日（十六）午饭后回办公处，看见桌上有你十日寄来的一信，我一面欢喜，一面又仿佛觉着有了什么事体似的，拆开信一看，才知道是这样子。

校事似乎没有什么了，然而潜伏着是有问题的，在被革除的反动派，心中不服，日前恐吓无效，现时极力酝酿罢课，今日要求开全体大会，我以校长不在校没法批准来推辞他们，但一旦大会开会，压制起来，群众盲从，恐怕就又闹起来了。至于教职员方面，因薪少辞去的现时有五六人，再过不几天恐怕更多，那时虽欲维持，但中途如何能得到许多教员？自然也等于瓦解。在解决经费一层，在北伐期中，谈何容易，进退维谷，则后来校长只有决意俟本月卅（日）即提出辞呈而飘然引去，那时我亦无须再留，也便可走，my dear teacher，你愿否我到厦一次，我们师生又见见再说，依你这七，八，九天的心情，似乎有一个深了解你的来填一填你的空虚，——否——或者说，另以一杯水，换去一杯酒才能振作起你来，但是，还请你决定一下通知我。

1927年，鲁迅与许广平、周建人（前排左一）等

…………

看了《送南行的爱而君》，情话缠绵，是作者的热情呢，还是远行的人善于道情呢，我想，有人喜欢说“你的OO”对这个人，转过来又向别人说“你的OO”对那个人，这个属性随时间而转移，其变化可想。你的弊病，就是对一些人太过（于）深恶痛绝，简直不愿同在一地呼吸，面对一些人则期望太殷，于是不惜赴汤蹈火，一旦人家不以此种为殊遇而淡漠处之，或以待寻常人者对你，则你感觉天鹅绒了。这原因，是由于你感觉太锐敏太热情，其实世界上你所深恶痛绝的和期望太殷的，走到十字街头，还不是一样吗，而你把十字街头的牛鬼蛇神硬搬到“象牙之塔”“艺术之宫”，这不能不说是小说家取材失策，如果明了凡小有小说材料，都是空中楼阁，自然心平气和了。害马从来脾气也有点这样傻气，在天津时，一个小学的同学来到，见常君问我不错，于是痛责我一通，我以为是惭愧对不起人，跑去服毒，都是一类傻事。后来有人劝我不要太“认真”，我想一想，的确是太认真的过处。现在那人死了，这句话我总时时记起，所以我到悬崖勒“马”的时候，就常因记起这一句。

你就因为长虹辈的批评而气短么？别人的批评你就不顾，而只任一面之辞而信托吗？我好久有一套话，要和你见面商量，我觉得要走的路还在开垦，成绩不一定恶，人又何必因了一点小障碍而不走路呢？即如我，回粤以来，信内不是总向你诉苦吗？然而我回来两足月，造了两件（参与而已）快意事，从这方面看，可以说回来无效果吗？我自然知道去汕头薪水劳苦都比这里好，但我到此校两月就把反动生开除两个，给他们反革命的学生一个打击，在我未来以前呢？她们猖獗到目无师长，口口声声打倒校长，实行反革命而没奈何，又说到县立学校的事，那天县知事要因反动派而停止开会了，我起来力争，继续开会，后来大家要将捣乱的登报写出名字来声罪致讨，有些胆怯的，就不敢附议，力争取消，我又起来坚持，卒之如愿，结果这会完满成功。这两件事，我觉得抵得过我回来在学校捱的苦处，想到你，在厦比我更苦，然而你的受学生欢迎，也超出我万万倍之上，将来你即去而之他，而学生受过你的洗礼，不敢说一生，就是有一时期，如遇安之在京，你不也可以似在京时之好感相待吗？至于异日，唉！那你还是照我上面所说罢，不要认真，而且，你敢说天下间就没有一个人矢志忠尽诚对你吗？有一个人，你就可以自慰了，你也可以由一个人而推及二三以至无穷了，那你何必天鹅绒呢，如果，连一个人也出乎意表之外……也许是真的吗？总之，现在还有一个人是在劝你，就请你容纳这点意思，你要做的事，不必有金钱才达目的的，措置得法，一边做事一边还可以设法筹款的。

小峰没有给足钱，我看他目标似乎转了，他不免渔利性质，迎合社会心理，所以许钦文的出版物，大有取而代之的样子，一连就是几本，小峰找到新主了罢？其实他的作品，在现社会，或者永远的社会自然难免“子贡贤于仲尼”之说，这有何妨呢，尔为尔，我为我，文艺不止一方的。

想不起写什么了。记得七日我又寄了信去，如果回信，就迟三四天可到，到时再一起复吧，除了七日，十二，十五，十六也寄了信去，想都先到。

你在没有接到我离我此校（讯）时，不妨仍寄信到这里。如我离开，自然托人代收转交的。

你有闷气，尽管扔向我发，但愿不要闷在心里就好了。

your H. m.

十一月十六晚十时半

鲁迅的讲演与讲课

文／许广平

鲁迅是一个平凡的人，如果走到大街上，绝不会引起人们的注意。论面貌、身段、衣冠等，都不会吸引人的。

但在讲台上，在群众中，在青年们的眼里所照出来的真相却不一样。有一位作家郑伯奇同志在一篇题为《鲁迅先生的演讲》里，描写的很生动：

> ……左翼作家联盟宣告成立，就在这时候，为了将新的文学主张扩大宣传起见，鲁迅先生和笔者便被派到沪西大夏大学去演讲。
>
> …………
>
> 那时候，鲁迅先生是住在宝兴路景云里。他一个人在书房里，脸色很坏，他告诉我们，他病了几天，夜里睡不着，牙齿都掉落了。他表示不能演讲，还把掉落了的一颗大牙齿给我们看。
>
> 代表很为难，他说。同学们都在等待着鲁迅先生去，若第一次就使同学失望，以后什么怕都不好进行了。我是知道自己不会演讲，唱独角戏准得失败的，故也极盼先生出马，看见这样情形，鲁迅先生终于答应我们，带病同去了。
>
> …………
>
> 耳边懵懵懂懂听见一阵热烈的鼓掌声，是鲁迅先生登坛了。
>
> 怕是有病的关系吧，鲁迅先生的声音并不高，但却很沉着，口调是徐缓的，像是跟自己人谈家常一样的亲切。
>
> 他先从他的家乡说起，他说，他是浙东一个产酒名区的人，但他并不爱喝酒。这样，他对于曾经说他“醉眼朦胧”的同志轻轻地回敬了一下。
>
> 以后，他便谈起他家乡的风俗。语词记不清楚了，大意是他的家乡那里，讨媳妇的时候，并不要什么杏脸柳腰的美人，要的是腰臂圆壮、脸色红润的健康妇女。由这类的例子，他归结到农民和绅士对

1964年，许广平先生与儿孙的全家福

于美观的不同。然后，他用实例揭破了“美是绝对的”这种观念论的错误，而给“美的阶级性”这种思想，找出了铁一般的根据。

在朴实的语句中，时时露出讽刺的光芒。而每一个讽刺的利剑投射到大众中间，便引起热烈的鼓掌和哄堂的笑声。

不知什么时候，屋子里添进了那么多的人。偌大一座讲堂是挤得水泄不通了。连窗子上面都爬着挟书本的学生。

演讲是在热烈的空气中宣告了成功。在散会以后，大夏大学马上成立了一个新的文学组织。

这当然是鲁迅先生抱病演讲的功绩。

…………

——《忆鲁迅》

…………

我以听讲者的体会，证实了郑伯奇同志所遇到的情况。鲁迅以朴素的、质直的、不加文饰的说话，款款而又低沉的声音，投向群众，投向四周的空中。使人们亲切的听到、看到他的声音笑貌，先得我心。说出了人们普遍懂得的事物的真理，说出了人们心坎里所正要说出而未能说出的语言。朴素而率直的换得了人们的信任。也像他所写的文章一样，雄辩地驳斥了异端邪说，摈弃了弥漫世间的乌烟瘴气，使听众如饮醇醪，如服清凉散，这种说话，听一百遍也不会厌。

但是谁使他没有发言的机会呢？是黑暗的政治压迫！

他曾经考虑过教书（说话的一种方式）和写作的矛盾，“因为这两件事，是势不两立的：作文要热情，教书要冷静。”（见《两地书·第六十六》）。鲁迅到上海之后，果然辞去教书，专心一致地做编写的工作了，成就是比较大的。看他末期十年的写作，是较之头二十年合起来还不止一倍，就可以证明。然而毕竟使我们感觉到减少了讲话，是多么可惜！听过讲的人们不会忘记：无论在北京，在厦门，或在广州，他的讲课都是那么吸引人，以致别科别系的学生，或校外的学生，都一致的津津乐道听过他的课，而且每个地方都一样地得到热烈的拥护，其中必定有道理存在着。

他干脆、守时刻，走到讲台上就打开包裹，那黑地红色（注：据勘误表改“红地黑色”为“黑地红色”）线条的布包，为他所喜爱的代表钢铁与热血的两种色彩的包裹，无异把他坚定如铁，热情如血的整个人生展示给大众，他一点也不浮夸，他的包里什么都有，就是没有些儿虚假，不太多也不太少的称出来，货真价实，童叟无欺地讲出来了。脸上的两只亮晶晶的仁慈而坚定的眼珠子，就好像洞察一切地扫射出来。他又何必点名呢（以前学校上课一开始是点名报到的）横竖一个也不会少，连生病的除非起不来了才告假。像真理一样普遍，他到过的学校都是这般情景。

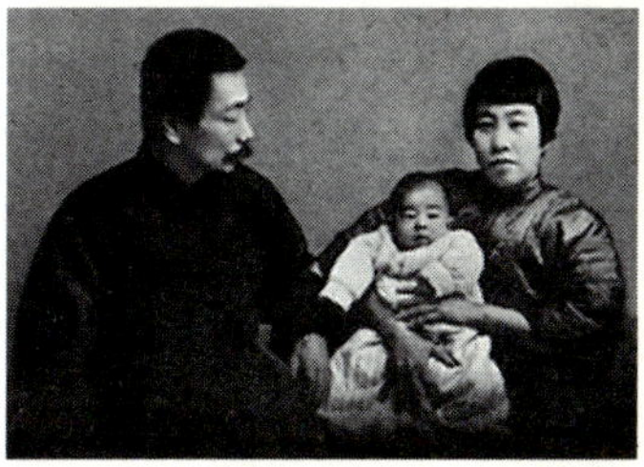
鲁迅、许广平和周海婴

他是严峻的，严峻到使人肃然起敬。但瞬即融化了，如同冰见了太阳一样，是他讲到可笑的时候大家都笑了。有时他并不发笑，这样很快就又讲下去了。到真个令人压抑不住了，从心底内引起共鸣的时候，他也会破颜一笑，那是青年们的欢笑使他忘却了人世的许多哀愁。

那爽朗松脆的笑声，常常是发自肺腑中，无拘束地披诚相见的时候，更加是在遇到知己的时候。痛快地，对自己的命运、世界的前途都感到有不可动摇的信念，完全了解了自己也相信了对面的人的时候。不多遇而也确乎遇见像他和瞿秋白同志的见面，就有这样的炽烈而明快，灵魂的深处有着不可制服的力量的样子的，释然于怀的欢笑爆发出来。多难得的遇合、相逢呀！在那个时候。

在讲课中，比较为众所知的是讲《中国小说史略》。听过的人比较多，也许讲的内容大略相同，而未必全然一致。但总之，听者都满意了。我是有幸听过两次的。一次是做学生时候在课堂上的；另一次是旁听：他用日语讲给增田涉先生听的，我算是为学习日语之助的旁听生。那时是一九三一年的时候，我们生活上永不会忘记的刚刚度过柔石等人被害之后，我们才从避难的旅舍回家不过住了一个多月，也就是四月十一日，从增田君和内山夫妇来到我家吃晚饭认识起，从此增田君每日下午都来。有时讲课之余，鲁迅往同文书院讲一小时的《流氓与文学》是同他去的；也曾带来另一位日本朋友，这时就会谈至晚上才行分散；或者一同往电影院、展览会；有一回还看过不终曲而去的歌舞团演出。又或兴之所至，晚饭后忽然跑去跳舞场的池子旁坐着看一阵子的跳舞。从多样性的、并不枯躁无味的生活中，朋友般地这样度过了几个月，在鲁迅生活上是难得的。到七月十一日的下午，日记只写着那么简单的几个字：“为增田君讲《中国小说史略》毕。”而在鲁迅却是为一个不认识的青年，就每天用去

许广平和周海婴合影

大半天的时间，为他做讲解工作。详尽地、无私地给予文学上的帮助。这时藤野先生的印象活跃在他的脑海：为文化交流、中日友谊而服务是值得的。这里看到鲁迅帮助青年的热诚，有似园艺匠人为中国的佳种获得新的移植而愉快欣慰的心情，是无可以言语形容的。增田君原是从日本盐谷温先生那里学过《中国小说史略》的，从而他更加了解，盐谷的教材取自鲁迅，而不是如陈西滢恶意污蔑所说，是鲁迅"盗取盐谷"的了。

当我自己在课堂上听着讲《中国小说史略》时，也许我们听讲时程度低，仅止体会到以下一些也难说。鲁迅对我们讲《中国小说史略》的时候在早期，那时的书还刚刚在北大第一院的新潮社出版，我们就人手一册地拿这分装成上下册的《中国小说史略》做课本了。讲前三篇课本还没有印出，就用中国的油光纸临时印的，现在手边没有了。但那上下册的两个课本，还在身旁，就从这引起我的一二回忆，以告没有听讲过的读者，但也只是一鳞一爪，未必完整的。如第四篇《今所见汉人小说》，他明确地指出"存之所谓汉人小说，盖无一真出于汉人，晋以来文人方士皆有伪作，至宋明尚不绝。"大旨不离乎言神仙的东方朔与班固，前者属于写神仙而后者则写历史，但统属于文人所写的一派。《神异经》亦文人作品。而道士的作品之不同处则带有恐吓性。有时一面讲一面又从科学的见地力斥古人的无稽。讲到《南荒经》的蚘虫，至今传说仍存小儿胃中，鲁迅就以医学头脑，指出此说属谬，随时实事求是地分析问题。在《西南荒经》上说出讹兽，食其肉，则其人言不诚。鲁迅又从问路说起，说有人走到三岔路口，去问上海人（旧时代），则三个方向的人所说的都不同。那时问路之难，是人所共知的。鲁迅就幽默地说："大约他们亦是食过讹兽罢！"众大笑。《中荒经》载西王母每岁登翼上会东王公。鲁迅说："西王母是地名，后人因母字而附会为人名，因西有王母，更假设为东有王公，而谬说起来了，犹之牵牛织女星的假说为人，乌鹊填桥成天河，即与此说相仿，为六朝文人所作，游戏而无恶意。"他随即在黑板上绘出中央一柱状为"翼"，东王公西王母相遇于中央的状况，更形象地使人们破除了流传西王母故事的疑团。谈到《十州纪》，亦题东方朔撰，但中有恐吓的话，故鲁迅疑为道士所作。其中宫室有金芝玉草，服食有龙肝凤肺，居住有仙宫，都是道士特意写的，与常人不同。又如武帝时，西胡月支献香四两，烧于城内能起死回生，于是信知其神，“乃更秘录余香，后一旦又失之。”已经是故神其说，从空想的香的不是凡品，又入到事实上以坚人信，如果厚待月支使者，则“帝崩之时，何缘不得灵香”，是道士怕人不相信，故为此语，这都是他随讲解而分析的。关于“金屋藏娇”，原出于《汉武帝故事》，他四岁时，人问欲得妇否？答以欲得，指左右百余人，皆云不用，末指阿娇好不？乃笑对曰：“好，若得阿娇，当作金屋贮之也。”后人移用于纳妓，说是“金屋藏娇”，实乃大误的。

鲁迅讲书，不是逐段逐句的，只是在某处有疑难的地方才加以解释。如说到《汉武帝内传》时，他首先讲出：故事是文人所作，内传则为道士所作。道士是反对佛教的，而《汉武帝内传》于王母降临的描写则多用佛语，字句繁丽，而语则似懂非懂，以迷惑人，属于神秘派之类。其中之句如“容眸流盼”的容是指颜面，颜面如何能流盼呢，不是不通就是多余的字了。大约古作文之法有秘诀：一为省去“之乎者也”等字，一为换成难解之字，也就是以似懂非懂的字句以迷惑人。又多用赘语，如“真美人也”、“真灵人也”，灵与美究有何分别？用了许多不可测之字和语，如骂人曰牛曰马，人易了解其骂我为牛为马，因明白易懂得。如果换了猹，喳来骂人，则比较难于认识，至多体会为犬旁则大抵属于以兽类骂我，但口旁的喳字，则究竟指的什么东西呢，恐怕连字典也没有这个字，无从索解，使被骂的人，也觉得因不懂而心中不安。古文难测，其弊多在此，神秘派之秘也在此。

又，古时席地而坐，西王母如何坐，武帝如何跪拜又是什么样的，现在恐怕很多人不大了解了，鲁迅深通字体变迁的历史，他用很简单的方法就写出来，就让人一目了然了。坐＝□，跪＝□，拜＝□，这就是古代人日常坐起方式。

杂载人间琐事的《西京杂记》，有与历史有关而正史没有记载的，如吕后之杀赵王事（如卷一）；有似考据语，令阅者恍以为真，实作者故作神妙的（如卷三）；又齐人弹琴而能作单鹄寡凫之弄；武帝以象牙为簟，都在有无不可知之列，是足以令人疑信参半，是作古小说的人写下“空中楼阁”的妙手秘诀。

照这样讲解了字句，当时文章流派，内容的荒诞与否，可信程度如何？都在书本之外，逐一指出，使人不会因读书而迷信古人，是很重要的。

“巫风”到汉末而大畅。鲁迅在讲到第六篇《六朝之鬼神志怪书》时说：拜鬼属于迷信，人们划出阴阳二界，以为阳界属人，则阴界属鬼。写人以

“传”，写鬼是“志”。既信有鬼则烧纸物等，成为纯消耗性的，于国民经济有关的，影响实是不浅。

又如《太平御览》载：“武昌新县北山上有望夫石”，鲁迅为之分析：是属于拜物教的以无生物为生物，附会生说的。又或人与动物不分，二者常交互变易，都是妄说，这就教人读古书而应加以区别看待。

释典，天竺故事之流传世间，在印度讲出世，是说做人诸多苦恼，不好。但佛教经典也无非说说而已，即在印度本土，亦不能尽人实践，这是揭开佛说连印度也不能普遍遵行的情况。

《唐之传奇文》中谈到元稹的《莺莺传》，其后来的各自分飞，张生解释为“大凡天之所命尤物也，不妖其身，必妖于人”，因而舍弃莺莺，社会上（时人）多许张为善补过者云。鲁迅于讲解时不以为然，他同意有人说《会真记》是写的元稹自己的事，目的在辩护自己。是属于“辩解文”一类，不是为做小说而做的。

从《会真记》鲁迅又谈到中国人的矛盾性。他说：中国人（指旧文人——作者）矛盾性很大，一方面讲道德礼义；一方面言行又绝不相关。又喜欢不负责任，如《聊斋》的女性，不是狐就是鬼，不要给她穿衣吃饭，不会发生社会督责，都是对人不需要负担责任。中国男子，一方面骂《会真记》、《聊斋》；一方面又喜欢读这些书，都是矛盾性存在之故。

李公佐《古岳渎经》所写无支祁的形状：“善应对言语，辨江淮之浅深，原隰之远近。形若猿猴，缩鼻高额，青躯白首，金目雪牙，颈伸百尺，力逾九象，搏击腾踔疾奔，轻利倏忽，闻视不可久。”鲁迅认为他是孙悟空的雏形。在第九篇《唐之传奇文（下）》中，鲁迅说：“明吴承恩演《西游记》，又移其神变奋迅之状于孙悟空，于是禹伏无支祁故事遂以尘昧也。”追源无支祁说成立之故，据鲁迅说：有山下而面临水之处，适山下有大铁链，则文人为之附会其说，谓大铁链后必有被锁的东西，这东西又必是怪物才被锁，而能伏怪物的必是了不起的人物，这人物是谁？则首推大禹，因禹治水故，层层推想附会而成故事。

关于传奇，鲁迅批评宋不如唐，其理由有二：（一）多含教训话语，则不是好的小说，因为文艺做了封建说教训的奴隶了；（二）宋传奇又多言古代事，文情不活泼，失于平板，对时事又不敢言，因忌讳太多，不如唐之传奇多谈时事的。这一分析，对我们学习很有帮助，所以听讲的时候，觉得对书本以外的实益获教不浅的。

到第十四篇《元明传来之讲史》，谈到宋江故事时，鲁迅说，小说乃是写的人生，非真的人生。故看小说第一不应把自己跑入小说里面。又说看小说犹之看铁槛中的狮虎，有槛才可以细细地看，由细看以推知其在山中生活情况。故文艺者，乃借小说——槛——以理会人生也。槛中的狮虎，非其全部状貌，但乃狮虎状貌之一片段。小说中的人生，亦一片段，故看小说看人生都应站立在槛外地位，切不可钻入，一钻入就要生病了。他这种对待古典文学的态度，在今天看来，也是很正确的。

这个观点，在当时各种庸俗、荒诞小说麻醉青年灵魂的时候，尤有着非常清醒头脑的作用。这里鲁迅教导我们，不但看小说，就是对一切世事也应如看槛中的狮虎一般，应从这里推知全部状貌，不要为片断状况所蒙蔽，亦犹之马列主义教人全面看问题一样道理。所以虽说是听讲《中国小说史略》，实在是对一切事物都含有教育道理，无怪学生们对这门功课，对这样的讲解都拥护不尽，实觉受益无穷。大家试想想：有谁从讲解中能广博到这样，把一个大道理，从文艺、狮虎、槛的比方：来了解一切事物的真理呢？鲁迅的讲学，他的说话，和演说时的讲话风格不同，精神则一致的。

第九篇

鲁迅与萧红

——良师益友

萧红

萧红（1911～1942年），笔名萧红、悄吟、玲玲、田娣等，1935年首次以萧红为笔名，出版了小说《生死场》。萧红出生于黑龙江省呼兰县一个地主家庭，幼年丧母。1930年，为了反对包办婚姻，逃离家庭，困窘间向报社投稿，并因此结识萧军，两人相爱，萧红也从此走上写作之路。1934年到上海，与鲁迅相识，同年完成长篇小说《生死场》，次年在鲁迅帮助下作为"奴隶丛书"之一出版，萧红由此取得了在现代文学史上的地位。《生死场》是最早反映东北人民在日本帝国主义统治下生活和斗争的作品之一，引起当时文坛的重视。鲁迅为之作序，给予热情鼓励。1942萧红在香港玛丽医院含恨离世，弥留之际在纸上写下"我将与蓝天碧水永处，留下那半部《红楼》给别人写了"，"半生尽遭白眼冷遇，……身先死，不甘，不甘。"

鲁迅与萧红，是现代文学史上情感深厚的良师益友。萧红在民国女作家里，长得不漂亮，文采也不见得最好，却在文学史上留下一笔浓墨重彩，这与鲁迅的提携帮助是分不开的。鲁迅曾多次帮助萧红萧军夫妇出版作品，还亲自为萧红的《生死场》作序，称她"是当今中国最有前途的女作家"。在萧红的文学发展过程中，鲁迅无疑是影响最大的一位老师；而在生活和情感上，鲁迅与萧红也有着千丝万缕的联系，以至于有不少人猜测二人有过暧昧关系。鲁迅对萧红很热情，他们相处得很和谐。萧红经常到鲁迅家作客，只要萧红一来，鲁迅就很高兴，谈话的兴趣也很浓。鲁迅爱吃北方的饺子，萧红去他家时，就与许广平一起包饺子。有一次萧红在鲁家待到深夜，临走时鲁迅还特地嘱咐许广平给萧红零钱乘车回去。

1936年10月21日，萧红在东京得知了鲁迅逝世的消息，悲痛万分，写了散文《海外的悲悼》来悼念恩师。没能亲自为鲁迅送行，成了她永久的遗憾。

鲁迅说萧红

1931年“九一八”事件爆发，日本人大约半年之内占领了东北全境，萧红萧军伴侣二人作为难民离开东北往内地跑。1934年二人来到青岛，萧军在这里写《八月的乡村》，萧红则完成了《生死场》，一部反映东北人民抗战生活的小说。。两本书写完之后就寄给了鲁迅。鲁迅看后很欣赏，没有太费周折就助其作品出版，并为之作序。

生死场·序

文／鲁迅

记得已是四年前的事了，时维二月，我和妇孺正陷在上海闸北的火线中，眼见中国人的因为逃走或死亡而绝迹。后来仗着几个朋友的帮助，这才得进平和的英租界，难民虽然满路，居人却很安闲。和闸北相距不过四五里罢，就是一个这么不同的世界，我们又怎么会想到哈尔滨。

这本稿子的到了我的桌上，已是今年的春天，我早重回闸北，周围又复熙熙攘攘的时候了，但却看见了五年以前，以及更早的哈尔滨。这自然还不过是略图，叙事和写景，胜于人物的描写，然而北方人民的对于生的坚强，对于死的挣扎，却往往已经力透纸背；女性作者的细致的观察和越轨的笔致，又增加了不少明丽和新鲜。精神是健全的，就是深恶文艺和功利有关的人，如果看起来，他不幸得很，他也难免不能毫无所得。

听说文学社曾经愿意给她付印，稿子呈到中央宣传部书报检查委员会那里去，搁了半年，结果是不许可。人常常会事后才聪明，回想起来，这正是当然的事；对于生的坚强和死的挣扎，恐怕也确是大背“训政”之道的。今年五月，只为了《略谈皇帝》这一篇文章，这一个气焰万丈的委员会就忽然烟消火灭，便是“以身作则”的实地大教训。

奴隶社以汗血换来的几文钱，想为这本书出版，却又在我们的上司“以身作则”的半年之后了，还要我写几句序。然而这几天，却又谣言蜂起，闸北的熙熙攘攘的居民，又在抱头鼠窜了，路上是络绎不绝的行李车和人，路旁是黄白两色的外人，含笑在赏鉴这礼让之邦的盛况。自以为居于安全地带的报馆的报纸，则称这些逃命者为“庸人”或“愚民”。我却以为他们也许是聪明的，至少，是已经凭著经验，知道了煌煌的官样文章之不可信。他们还有些记性。

现在是一九三五年十一月十四日的夜里，我在灯下再看完了《生死场》，周围像死一般寂静，听惯的邻人的谈话声没有了，食物的叫卖声也没有了，不过偶有远远的几声犬吠。想起来，英法租界当不是这情形，哈尔滨也不是这情形；我和那里的居人，彼此都怀着不同的心情，住在不同的世界。然而我的心现在却好像古井中水，不生微波，麻木的写了以上那些字。这正是奴隶的心！——但是，如果还是扰乱了读者的心呢？那么，我们还决不是奴才。

不过与其听我还在安坐中的牢骚话，不如快看下面的《生死场》，她才会给你们以坚强和挣扎的力气。

1935年11月14日夜

萧红与鲁迅的书信来往始于1934年10月，稍后，二萧夫妇因局势变化流亡上海。与鲁迅的书信交往成了二萧上亡之初的精神支撑。鲁迅对其提出的见面要求态度审慎，除了从频繁的书信往来中对两人加以了解之外，还托胡风等人侧面打听二萧的身份和党派背景，直到当年11月30日才安排全家与之见面。自1934年10月9日至1936年2月23日，鲁迅一共给二萧致信53封。其中，19封以二萧为共同收信人，至萧军33封，单独写给萧红的信只有1封。

鲁迅致萧军萧红书信一封

文／鲁迅

刘先生吟：

两信均收到。我知道我们见面之后，是会使你们悲哀的，我想，你们单看我的文章，不会料到我已这么衰老。但这是自然的法则，无可如何。其实，我的体子并不算坏，十六七岁就单身在外面混，混了三十年，这费力可就不小；但没有生过大病或卧床数十天，不过精力总觉得不及先前了，一个人过了五十岁，总不免如此。

中国是古国，历史长了，花样也多，情形复杂，做人也特别难，我觉得别的国度里，处世法总还要简单，所以每个人可以有工夫做些事，在中国，则单是为生活，就要化去生命的几乎全部。尤其是那些诬陷的方法，真是出人意外，譬如对于我的许多谣言，其实大部分是所谓“文学家”造的，有什么仇呢，至多不过是文章上的冲突，有些是一向毫无关系，他不过造着好玩，去年他们还称我为“汉奸”，说我替日本政府做侦探。我骂他时，他们又说我器量小。

单是一些无聊事，就会化去许多力气。但，敌人是不足惧的，最可怕的是自己营垒里的蛀虫，许多事都败在他们手里。因此，就有时会使我感到寂寞。但我是还要照先前那样做事的，虽然现在精力不及先前了，也因学问所限，不能慰青年们的渴望，然而我毫无退缩之意。

《两地书》其实并不像所谓“情书”，一者因为我们通信之初，实在并未有什么关于后来的豫料的；二则年龄，境遇，都已倾向了沈静方面，所以决不会显出什么热烈。冷静，在两人之间，是有缺点的，但打闹，也有弊病，不过，倘能立刻互相谅解，那也不妨。至于孩子，偶然看看是有趣的，但养起来，整天在一起，却真是麻烦得很。

你们目下不能工作，就是静不下，一个人离开故土，到一处生地方，还不发生关系，就是还没有在这土里下根，很容易有这一种情境。一个作者，离开本国后，即永不会写文章了，是常有的事。我到上海后，即做不出小说来，而上海这地方，真也不能叫人和他亲热。我看你们的现在的这种焦躁的心情，不可使它发展起来，最好是常到外面去走走，看看社会上的情形，以及各种人们的脸。

以下答问——

1. 我的孩子叫海婴，但他大起来，自己要改的，他的爸爸，就连姓都改掉了。阿菩是我的第三个兄弟的女儿。

2. 会是开成的，费了许多力；各种消息，报上都不肯登，所以在中国很少人知道。结果并不算坏，各代表回国后都有报告，使世界上更明瞭了中国的实情。我加入的。

3.《君山》我这里没有。

4.《母亲》也没有。这书是被禁止的，但我可以托人去找一找。《没落》我未见过。

5.《两地书》我想东北是有的，北新书局在寄去。

6. 我其实是不喝酒的；只在疲劳或愤慨的时候，有时喝一点，现在是绝对不喝了，不过会客的时候，是例外。说我怎样爱喝酒，也是“文学家”造的谣。

7. 关于脑膜炎的事，日子已经经过许久了，我看不必去更正了罢。

我们有了孩子以后，景宋几乎和笔绝交了，要她改稿子，她是不敢当的。但倘能出版，则错字和不妥处，我当负责改正。

你说文化团体，都在停滞——无政府状态中……，一点不错。议论是有的，但大抵是唱高调，其实唱高调就是官僚主义。我的确常常感到焦烦，但力所能做的，就做，而又常常有“独战”的悲哀。不料有些朋友们，却斥责我懒，不做事；他们昂头天外，评论之后，不知那里去了。

来信上说到用我这里拿去的钱时，觉得刺痛，这是不必要的。我固然不收一个俄国的卢布，日本的金圆，但因出版界上的资格关系，稿费总比青年作家来得容易，里面并没有青年作家的稿费那样的汗水的——用用毫不要紧。而且这些小事，万不可放在心上，否则，人就容易神经衰弱，陷入忧郁了。

来信又愤怒于他们之迫害我。这是不足为奇的，他们还能做什么别的？我究竟还要说话。你看老百姓一声不响，将汗血贡献出来，自己弄到无衣无食，他们不是还要老百姓的性命吗？

此复，即请俪安。

迅上

十二月六日

再：有《桃色的云》及《小约翰》，是我十年前所译，现在再版印出来了，你们两位要看吗？望告诉我。

萧红说鲁迅

鲁迅先生记

文／萧红

（一）

在我住所的北边，有一带小高坡，那上面种的或是松树，或是柏树。它们在雨天里，就像同在夜雾里一样，是那么朦胧而且又那么宁静！好像飞在枝间的鸟雀羽翼的音响我都能够听到。

但我真的听得到的，却还是我自己脚步的声音，间或从人家墙头的枝叶落到雨伞上的大水点特别地响着。

那天，我走在道上，我看着伞翅上不住地滴水。

“鲁迅是死了吗？”

于是心跳了起来，不能把“死”和鲁迅先生这样的字样相连接，所以左右反复着地是那个饭馆里下女的金牙齿，那些吃早餐的人的眼镜、雨伞，他们好像小型木凳似的雨鞋；最后我还想起了那张贴在厨房边的大画，一个女人，抱着一个举着小旗的很胖的孩子，小旗上面就写着：“富国强兵”；所以以后，一想到鲁迅的死，就想到那个很胖的孩子。

我已经打开了房东的格子门，可是我无论如何也走不进来，我气恼着：我怎么忽然变大了？

女房东正在瓦斯炉旁斩断一根萝卜，她抓住了她白色的围裙开始好像鸽子似的在笑：“伞 …… 伞……”

原来我好像要撑着伞走上楼去。

她的肥胖的脚掌和男人一样，并且那金牙齿也和那饭馆里下女的金牙齿一样。日本女人多半镶了金牙齿。

我看到有一张报纸上的标题是鲁迅的“偲”。这偲个字，我翻了字典，在我们中国的字典上没有这个字。而文章上的句子里，“逝世，逝世”这字样有过好几个，到底是谁逝世了呢？因为是日文报纸看不懂之故。

第二天早晨，我又在那个饭馆里在什么报的文艺篇幅上看到了“逝世，逝世”，再看下去，就看到“损失”或“殒星”之类。这回，我难过了，我的饭吃了一半，我就回家了。一走上楼，那空虚的心脏，像铃子似的闹着，而前房里的老太婆在打扫着窗棂和席子的噼啪声，好像在打着我的衣裳那么使我感到沉重。在我看来，虽是早晨，窗外的太阳好像正午一样大了。

我赶快乘了电车，去看××。我在东京的时候，朋友和熟人，只有她。车子向着东中野市郊开去，车上本不拥挤，但我是站着。“逝世，逝世”，逝世的就是鲁迅？路上看了不少的山、树和人家，它们却是那么平安、温暖和愉快！我的脸几乎是贴在玻璃上，为的是躲避车上的烦扰，但又谁知道，那从玻璃吸收来的车轮声和机械声，会疑心这车子是从山崖上滚下来了。

××在走廊边上，刷着一双鞋子，她的扁桃腺炎还没有全好，看见了我，颈子有些不会转弯地向我说：

“啊！你来得这样早！”

我把我来的事情告诉她，她说她不相信。因为这事情我也不愿意它是真的，于是找了一张报纸来读。

“这些日子病得连报也不订，也不看了。”她一边翻那在长桌上的报纸，一边用手在摸抚着颈间的药布。

萧红、萧军夫妇

而后，她查了查日文字典，她说那个“偲”字是个印象的意思，是面影意思。她说一定有人到上海访问了鲁迅回来写的。

我问她：“那么为什么有逝世在文章中呢？”我又想起来了，好像那文章上又说：鲁迅的房子有枪弹穿进来，而安静的鲁迅，竟坐在摇椅上摇着。或者鲁迅是被枪打死的？日本水兵被杀事件，在电影上都看到了，北四川路又是戒严，又是搬家。鲁迅先生又是住的北四川路。

但她给我的解释，在阿Q心理上非常圆满，她说：“逝世”是从鲁迅的口中谈到别人的“逝世”，“枪弹”是鲁迅谈到“一二.八”时的枪弹，至于“坐在摇椅上”，她说谈过去的事情，自然不用惊慌，安静地坐在摇椅上又有什么希奇。

出来送我走的时候，她还说：

“你这个人啊！不要神经质了！最近在《作家》上、《中流》上他都写了文章，他的身体可见是在复原期中… …”

她说我好像慌张得有点傻，但是我愿意听。于是在阿Q心理上我回来了。

我知道鲁迅先生是死了，那是22日，正是靖国神社开庙会的时节。我还未起来的时候，那天天空开裂的爆竹，发着白烟，一个跟着一个在升起来。隔壁的老太婆呼喊了几次，她阿拉阿拉地向着那爆竹升起来的天空呼喊，她的头发上开始束了一条红绳。楼下，房东的孩子上楼来送我一块撒着米粒的糕点，我说谢谢他们，但我不知道在那孩子脸上接受了我怎样的眼睛。因为才到五岁的孩子，他带小碟下楼时，那碟沿还不时地在楼梯上磕碰着。他大概是害怕我。

靖国神社的庙会一直闹了三天，教员们讲些下女在庙会时节的故事，神的故事，和日本人拜神的故事，而学生们在满堂大笑，好像世界上并不知道鲁迅死了这回事。

有一天，一个眼睛好像金鱼眼猜的人，在黑板上写着：鲁迅先生大骂徐懋庸引起了文坛一场风波……茅盾起来讲和……

这字样一直没有擦掉。那卷发的，小小的，和中国人差不多的教员，他下课以后常常被人团聚着，谈些个两国不同的习惯和风俗。他的北京话说得很好，中国的旧文章和诗也读过一些。他讲话常常把眼睛从下往上看着：

“鲁迅这个人，你觉得怎么样？”我很奇怪，又像很害怕，为什么他向我说？结果晓得不是向我说。在我旁边那个位置上的人站起来了，有的教员点名的时候问过他：“你多大岁数？”他说他30多岁。教员说：“我看你好像50多岁的样子……”因为他的头发白了一半。

他作旧诗作得很多，秋天，中秋游日光，游浅草，而且还加上谱调读着。有一天他还让我看看，我说我不懂，别的同学有的借他的诗本去抄录。我听过几次，有人问他：“你没再作诗吗？”他答：“没有喝酒呢？”

他听到有人问他，他就站起来了：

“我说……先生……鲁迅，这个人没有什么，没有什么了不起的，他的文章就是一个骂 ，而且人格上也不好，尖酸刻薄。”

他的黄色的小鼻子歪了一下。我想用手替他扭正过来。

一个大个子，戴着四角帽子，他是“满洲国”的留学生，听说话的口音，还是我的同乡。

“听说鲁迅不是反对‘满洲国’的吗？”那个日本教员，抬一抬肩膀，笑了一下：“嗯！”

过了几天，日华学会开鲁迅追悼会了。我们这一班中40几个人，去追悼鲁迅先生的只有一位小姐。她回来的时候，全班的人都笑她，她的脸红了，打开门，用脚尖向前走着，走得越轻越慢，而那鞋跟就越响。她穿的衣裳颜色一点也不调配，有时是一件红裙子绿上衣，有时是一件黄裙子红上衣。

这就是我在东京看到的这些不调配的人，以及鲁迅的死对他们激起怎样不调配的反应。

1937年10月16日出版的《七月》第1集第1期

（二）

鲁迅先生家里的花瓶，好象画上所见的西洋女子用以取水的瓶子，灰蓝色，有点从瓷釉而自然堆起的纹痕，瓶口的两边，还有两个瓶耳，瓶里种的是几棵万年青。

我第一次看到这花的时候，我就问过：

“这叫什么名字？屋里不生火炉，也不冻死？”

第一次，走进鲁迅家里去，那是近黄昏的时节，而且是个冬天，所以那楼下室稍微有一点暗，同时鲁迅先生的纸烟，当它离开嘴边而停在桌角的地方，那烟纹的疮痕一直升腾到他有一些白丝的发梢那么高。而且再升腾就看不见了。

“这花，叫‘万年青’，永久这样！”他在花瓶旁边的烟灰盒中，抖掉了纸烟上的灰烬，那红的烟火，就越红了，好象一朵小红花似的和他的袖口相距离着。

“这花不怕冻？”以后，我又问过，记不得是在什么时候了。

许先生说：“不怕的，最耐久！”而且她还拿着瓶口给我抓着。

我还看到了那花瓶的底边是一些圆石子，以后，因为熟识了的缘故，我就自己动手看过一两次，又加上这花瓶是常常摆在客厅的黑色长桌上；又加上自己是来在寒带的北方，对于这在四季里都不凋零的植物，总带着一点惊奇。

而现在这“万年青”依旧活着，每次到许先生家去，看到那花，有时仍站在那黑色的长桌子上，有时站在鲁迅先生照像的前面。

花瓶是换了，用一个玻璃瓶装着，看得到淡黄色的须根，站在瓶底。

有时候许先生一面和我们谈论着，一面检查着房中所有的花草。看一看叶子是不是黄了？该剪掉的剪掉；该洒水的洒水，因为不停地动作是她的习惯。有时候就检查着这“万年青”，有时候就谈鲁迅先生，就在他的照像前面谈着，但那感觉，却象谈着古人那么悠远了。

至于那花瓶呢？站在墓地的青草上面去了，而且瓶底已经丢失，虽然丢失了也就让它空空地站在墓边。我所看到的是从春天一直站到秋天；它一直站到邻旁墓头的石榴树开了花而后结成了石榴。

从开炮以后，只有许先生绕道去过一次，别人就没有去过。当然那墓草是长得很高了，而且荒了，还说什么花瓶，恐怕鲁迅先生的瓷半身像也要被荒了的草埋没到他的胸口。

我们在这边，只能写纪念鲁迅先生的文章，而谁去努力剪齐墓上的荒草？我们是越去越远了，但无论多少远，那荒草是总要记在心上的。

1938年

1937年萧红从日本回国，到上海后便去万国公墓拜谒鲁迅先生的墓，表达哀思。3月8日，她写下了《拜墓诗——为鲁迅先生》，发表在4月23日的《文艺》上。

拜墓诗——为鲁迅先生

文／萧红

跟着别人的脚印，
我走进了墓地。
又跟着别人的脚印，
来到了你的墓边。
那天是个半阴的天气，
你死后我第一次来拜访你。
我就在墓边竖了一株小小的花草，
但并不是用以招吊你的亡灵，
只是说一声："久违。"
我们踏着墓畔的小草，
听着附近石匠钻刻着墓石，
或是碑文的声音。
那一刻，
胸中的肺叶跳跃起来，
我哭着你，
不是哭你，
而是哭着正义。
你的死，
总觉得是带走了正义，

虽然正义并不能被带去。
我们走出墓门，
那送着我们的仍是铁钻去打着石头的声音，
我不敢去问那石匠，
将来他为你将刻成怎样的碑文？

1939年10月，在鲁迅逝世三周年之际，萧红出版了《回忆鲁迅先生》。作者选取的都是日常生活的琐碎小事，以朋友的姿态为读者呈现出一个有血有肉的“活生生”的鲁迅，没有丝毫神化鲁迅的倾向。《回忆鲁迅先生》可以说是关于鲁迅生活最为原生态的叙述，保留了许多对于鲁迅研究者来说，极为宝贵的原始资料。

回忆鲁迅先生（节选）

文／萧红

鲁迅先生的笑声是明朗的，是从心里的欢喜。若有人说了什么可笑的话，鲁迅先生笑得连烟卷都拿不住了，常常是笑得咳嗽起来。

鲁迅先生走路很轻捷，尤其使人记得清楚的，是他刚抓起帽子来往头上一扣，同时左腿就伸出去了，仿佛不顾一切的走去。

鲁迅先生不大注意人的衣裳，他说：“谁穿什么衣裳我看不见的……”

鲁迅先生生病，刚好了一点，窗子开着，他坐在躺椅上，抽着烟，那天我穿着新奇的火红的上衣，很宽的袖子。

鲁迅先生说：“这天气闷热起来，这就是梅雨天。”他把他装在象牙烟嘴上的香烟，又用手装得紧一点，往下又说了别的。

许先生忙着家务跑来跑去，也没有对我的衣裳加以鉴赏。

于是我说：“周先生，我的衣裳漂亮不漂亮？”

鲁迅先生从上往下看了一眼：“不大漂亮。”

过了一会又加着说：“你的裙子配的颜色不对，并不是红上衣不好看，各种颜色都是好看的，红上衣要配红裙子，不然就是黑裙子，咖啡色的就不行了；这两种颜色放在一起很混浊……你没看到外国人在街上走的吗？绝没有下边穿一件绿裙子，上边穿一件紫上衣，也没有穿一件红裙子而后穿一件白上衣的……”

鲁迅先生就在躺椅上看着我：“你这裙子是咖啡色的，还带格子，颜色混浊得很，所以把红衣裳也弄得不漂亮了。”

“……人瘦不要穿黑衣裳，人胖不要穿白衣裳；脚长的女人一定要穿黑鞋子，脚短就一定要穿白鞋子；方格子的衣裳胖人不能穿，但比横格子的还好；横格子的，胖人穿上，就把胖子更往两边裂着，更横宽了，胖子要穿竖条子的，竖的把人显得长，横的把人显得宽……”

那天鲁迅先生很有兴致，把我一双短统靴子也略略批评一下，说我的短靴是军人穿的，因为靴子的前后都有一条线织的拉手，这拉手据鲁迅先生说是放在裤子下边的……

我说：“周先生，为什么那靴子我穿了多久了而不告诉我，怎么现在才想起来呢？现在不是不穿了吗？我穿的这不是另外的鞋吗？”

“你不穿我才说的，你穿的时候，一说你该不穿了。”

那天下午要赴一个筵会去，我要许先生给我找一点布条或绸条束一束头发。许先生拿了来米色的绿色的还有桃红色的。经我和许先生共同选定的是米色的。为着取笑，把那桃红色的，许先生举起来放在我的头发上，并且许先生很开心地说着：

“好看吧！多漂亮！”

我也非常得意，很规矩又顽皮地在等着鲁迅先生往这边看我们。

鲁迅先生这一看，他就生气了，他的眼皮往下一放向我们这边看着：

“不要那样装饰她……”

许先生有点窘了。

我也安静下来。

鲁迅先生在北平教书时，从不发脾气，但常常好用这种眼光看人，许先生常跟我讲，她在女师大读书时，周先生在课堂上，一生气就用眼睛往下一掠，看着她们，这种眼光鲁迅先生在记范爱农先生的文字里曾自己述说过，而谁曾接触过这种眼光的人就会感到一个旷代的全智者的催逼。

我开始问：“周先生怎么也晓得女人穿衣裳的这些事情呢？”

“看过书的，关于美学的。”

“什么时候看的……”

“大概是在日本读书的时候……”

“买的书吗？”

“不一定是买的，也许是从什么地方抓到就看的……”

“看了有趣味吗？”

“随便看看……”

“周先生看这书做什么？”

“……”没有回答。好像很难以回答。

许先生在旁说：“周先生什么书都看的。”

在鲁迅先生家里做客人，刚开始是从法租界来到虹口，搭电车也要差不多一个钟头的工夫，所以那时候来的次数比较少，还记得有一次谈到半夜了，一过十二点电车就没有的，但那天不知讲了些什么，讲到一个段落就看看旁边小长桌上的圆钟，十一点半了，十一点四十五分了，电车没有了。

“反正已十二点，电车已没有，那么再坐一会。”许先生如此劝着。

鲁迅先生好像听了所讲的什么引起了幻想，安顿的举着象牙烟嘴在沉思着。

一点钟以后，送我(还有别的朋友)出来的是许先生，外边下着蒙蒙的小雨，弄堂里灯光全然灭掉了，鲁迅先生嘱咐许先生一定让坐小汽车回去，并且一定嘱咐许先生付钱。

以后也住到北四川路来，就每夜饭后必到大陆新村来了，刮风的天，下雨的天，几乎没有间断的时候。

鲁迅先生很喜欢北方饭。还喜欢吃油炸的东西，喜欢吃硬的东西，就是后来生病的时候，也不大吃牛奶。鸡汤端到旁边用调羹舀了一二下就算了事。

有一天约好我去包饺子吃，那还是住在法租界，所以带了外国酸菜和用绞肉机绞成的牛肉。就和许先生站在客厅后边的方桌边包起来，海婴公子围着闹得起劲，一会把按成圆饼的面拿去了，他说做了一只船来，送在我们的眼前，我们不看它，转身他又做了一只小鸡，许先生和我都不去看它，对他竭力避免加以赞美，若一赞美起来，怕他更做得起劲。

客厅后没到黄昏就先黑了，背上感到些微的寒凉，知道衣裳不够了，但为着忙，没有加衣裳去。等把饺子包完了看看那数目并不多，这才知道和许先生谈话谈得太多，误了工作。许先生怎样离开家的，怎样到天津读书的，在女师大读书时怎样做了家庭教师，她去考家庭教师的那一段描写，非常有趣，只取一名，可是考了好几十名，她之能够当选算是难得了。指望对于学费有一点补足，冬天来了，北平又冷，那家离学校又远，每月除了车子钱之外，若伤风感冒还得自己拿出买阿司匹林的钱来，每月薪金十元要从西城跑到东城……

饺子煮好，一上楼梯，就听到楼上明朗的鲁迅先生的笑声冲下楼梯来，原来有几个朋友在楼上也正谈得热闹。那一天吃得是很好的。

以后我们又做过韭菜合子，又做过荷叶饼，我一提议鲁迅先生必然赞成，而我做得又不好，可是鲁迅先生还是在饭桌上举着筷子问许先生："我再吃几个吗？"

因为鲁迅先生的胃不大好，每饭后必吃"脾自美"胃药丸一二粒。

有一天下午鲁迅先生正在校对着瞿秋白的《海上述林》，我一走进卧室去，从那圆转椅上鲁迅先生转过来了，向着我，还微微站起了一点。

"好久不见，好久不见。"一边说着一边向我点头。

刚刚我不是来过了吗？怎么会好久不见？就是上午我来的那次周先生忘记了，可是我也每天来呀……怎么都忘记了吗？

周先生转身坐在躺椅上才自己笑起来，他是在开着玩笑。

梅雨季，很少有晴天，一天的上午刚一放晴，我高兴极了，就到鲁迅先生家去了，跑得上楼还喘着，鲁迅先生说："来啦！"我说："来啦！"

我喘着连茶也喝不下。

鲁迅先生就问我：

"有什么事吗？"

我说："天晴啦，太阳出来啦。"

许先生和鲁迅先生都笑着，一种对于冲破忧郁心境地展然地会心地笑。

海婴一看到我非拉我到院子里和他一道玩不可，拉我的头发或拉我的衣裳。

为什么他不拉别人呢？据周先生说："他看你梳着辫子，和他差不多，别人在他眼里都是大人，就看你小。"

许先生问着海婴："你为什么喜欢她呢？不喜欢别人？"

"她有小辫子。"说着就来拉我的头发。

…………

在1935年10月1日。

鲁迅先生的客厅摆着长桌，长桌是黑色的，油漆不十分新鲜，但也并不破旧，桌上没有铺什么桌布，只在长桌的当心摆着一个绿豆青色的花瓶，花瓶里长着几株大叶子的万年青，围着长桌有七八张木椅子。尤其是在夜里，全弄堂一点什么声音也听不到。

那夜，就和鲁迅先生和许先生一道坐在长桌旁边喝茶的。当夜谈了许多关于伪满洲国的事情，从饭后谈起，一直谈到九点钟十点钟而后到十一点，时时想退出来，让鲁迅先生好早点休息，因为我看出来鲁迅先生身体不大好，又加上听许先生说过，鲁迅先生伤风了一个多月，刚好了的。

但是鲁迅先生并没有疲倦的样子。虽然客厅里也摆着一张可以卧倒的藤椅，我们劝他几次想让他坐在藤椅上休息一下，但是他没有去，仍旧坐在椅子上。并且还上楼一次，去加穿了一件皮袍子。

那夜鲁迅先生到底讲了些什么，现在记不起来了。也许想起来的不是那夜讲的而是以后讲的也说不定。过了十一点，天就落雨了，雨点淅沥淅沥地打在玻璃窗上，窗子没有窗帘，所以偶一回头，就看到玻璃窗上有小水流往下流。夜已深了，并且落了雨，心里十分着急，几次站起来想要走，但是鲁迅先生和许先生一再说坐一下："十二点钟以前终归有车子可搭的。"所以一直坐到将近十二点，才穿起雨衣来，打开客厅外面的响着的铁门，鲁迅先生非要送到铁门外不可。我想为什么他一定要送呢？对于这样年轻的客人，这样他送是应该的么？雨不会打湿了头发，受了寒伤风不又要继续下去么？站在铁门外边，鲁迅先生说，并且指着隔壁那家写着有"茶"字的大牌子："下次来记住这个'茶'，就是这个'茶'的隔壁。"而且伸出手去，几乎是触到了钉在铁门旁边的那个九号的"九"字，"下次来记住'茶'的旁边九号。"

于是脚踏着方块的水门汀，走出弄常来，回过身去往院子里边看了一看，鲁迅先生那一排房子统统是黑洞洞的，若不是告诉得那样清楚，下次来恐怕要记不住的。

鲁迅先生的卧室，一张铁架大床，床顶上遮着许先生亲手做的白布刺花的围子，顺着床的一边折着两床被子，都是很厚的，是花洋布的被面。挨着门口的床头的方面站着屉柜。一进门的左手摆着八仙桌，桌子的两旁藤椅各一，立柜站在和方桌一排的墙角，立柜本是挂衣裳的，衣裳却很少，都让糖盒子，饼干筒子，瓜子罐给塞满了，有一次××老板的太太来拿版权的图章花，鲁迅先生就从立柜下边大抽屉里取出的。沿着墙角望窗子那边走，有一张装饰台，台子上有一个方形的满浮着绿草的玻璃养鱼缸，里边游着的不是金鱼而是灰色的扁肚子的小鱼，除了鱼缸之外另有一只圆的表，其余那上边满装着书。铁架床靠窗子的那头的书柜里书柜外都是书。最后是鲁迅先生的写字台，那上边也都是书。

鲁迅先生家里，从楼上到楼下，没有一个沙发，鲁迅先生工作时坐的椅子是硬的，休息时的藤椅是硬的，到楼下陪客人时坐的椅子又是硬的。

鲁迅先生的写字台面向着窗子，上海弄堂房子的窗子差不多满一面墙那么大，鲁迅先生把它关起来，因为鲁迅先生工作起来有一个习惯，怕吹风，他说，风一吹，纸就动，时时防备着纸跑，文章就写不好。所以屋子热得和蒸笼似的，请鲁迅先生到楼下去，他又不肯，鲁迅先生的习惯是不换地方。有时太阳照进来，许先生劝他把书桌移开一点都不肯。只有满身流汗。

鲁迅先生的写字桌，铺了一张蓝格子的油漆布，四角都用图钉按着。桌子上有小砚台一方，墨一块，毛笔站在笔架上，笔架是烧瓷的，在我看来不很细致，是一个龟，龟背上带着好几个洞，笔就插在那洞里。鲁迅先生多半是用毛笔的，钢笔也不是没有，是放在抽屉里。桌上有一个方大的白瓷的烟灰盒，还有一个茶杯，杯子上戴着盖。

鲁迅先生的习惯与别人不同，写文章用的材料和来信都压在桌子上，把桌子都压得满满的，几乎只有写字的地方可以伸开手，其余桌子的一半被书或纸张占有着。

左手边的桌角上有一个带绿灯罩的台灯，那灯泡是横着装的，在上海那是极普通的台灯。

冬天在楼上吃饭，鲁迅先生自己拉着电线把台灯的机关从棚顶的灯头上拔下，而后装上灯泡子，等饭吃过了，许先生再把电线装起来，鲁迅先生的台灯就是这样做成的，拖着一根长的电线在棚顶上。

鲁迅先生的文章，多半是在这台灯下写的。因为鲁迅先生的工作时间，多半是在下半夜一两点起，天将明了休息。

卧室就是如此，墙上挂着海婴公子一个月时婴孩的油画像。

挨着卧室的后楼里边，完全是书了，不十分整齐，报纸和杂志或洋装的书，都混在这间屋子里，一走进去多少还有些纸张气味，地板被书遮盖得太小了，几乎没有了，大网篮也堆在书中。墙上拉着一条绳子或者是铁丝，就在那上边系了小提盒，铁丝笼之类；风干荸荠就盛在铁丝笼里，扯着的那铁丝几乎被压断了在弯弯着。一推开藏书室的窗子，窗子外边还挂着一筐风干荸荠。

“吃罢，多得很，风干的，格外甜。”许先生说。

楼下厨房传来了煎菜的锅铲的响声，并且两个年老的娘姨慢重重地在讲一些什么。

厨房是家里最热闹的一部分。整个三层楼都是静静的。喊娘姨的声音没有，在楼梯上跑来跑去的声音没有。鲁迅先生家里五六间房子住着五个人，三位是先生的全家，余下的二位是年老的女佣人。

来了客人都是许先生亲自倒茶，即或是麻烦到娘姨时，也是许先生下楼去吩咐，绝没有站到楼梯口就大声呼唤的时候。所以整个的房子都在静悄悄之中。

只有厨房比较热闹了一点，自来水花花地流着，洋瓷盆在水门汀的水池子上，每拖一下磨着嚓嚓地响，洗米的声音也是嚓嚓的。鲁迅先生很喜欢吃竹笋的，在菜板上切着笋片笋丝时，刀刃每划下去都是很响的。其实比起别人家的厨房来却冷清极了，所以洗米声和切笋声都分开来听得样样清清晰晰。

客厅的一边摆着并排的两个书架，书架是带玻璃橱的，里面有朵斯托益夫斯基的全集和别的外国作家的全集，大半多是日文译本，地板上没有地毯，但擦得非常干净。

海婴公子的玩具橱也站在客厅里，里边是些毛猴子，橡皮人，火车汽车之类，里边装得满满的，别人是数不清的，只有海婴自己伸手到里边找什么就有什么，过新年时在街上买的兔子灯，纸毛上已经落了灰尘了，仍摆在玩具橱顶上。

客厅只有一个灯头，大概五十烛光，客厅的后门对着上楼的楼梯，前门一打开有一个一方丈大小的花园，花园里没有什么花看，只有一棵很高的七八尺高的小树，大概那树是柳桃，一到了春天，喜欢生长蚜虫，忙得许先生拿着喷蚊虫的机器，一边陪着谈话，一边喷着杀虫药水。沿了墙根，种了一排玉米，许先生说："这玉米长不大的，这土是没有养料的，海婴一定要种。"

春天，海婴在花园里掘着泥沙，培植着各种玩艺。

三楼则特别静了，向着太阳开着两扇玻璃门，门外有一个水门汀的突出的小廊子，春天很温暖的抚摸着门口长垂着的帘子，有时候帘子被风打得很高，飘扬的饱满得和大鱼泡似的，那时候隔院的绿树照进玻璃门扇里来了。

海婴坐在地板上装着小工程师在修着一座楼房，他那楼房是用椅子横倒了架起来修的，而后遮起一张被单来算做屋瓦，全个房子在他自己拍着手的赞誉声中完成了。

这间屋感到些空旷和寂寞，既不像女工住的屋子，又不像儿童室。海婴的眠床靠着屋子的一边放着，那大圆顶帐子日里也不打起来，长拖拖地好像从棚顶一直垂到地板上，那床是非常讲究的属于刻花的木器一类的。许先生讲过，租这房子时，从前一个房客转留下来的。海婴和他的保姆，就睡在五六尺宽的大床上。

冬天烧过的火炉，三月里还冷冰冰地在地板上站着。

海婴不大在三楼上玩的，除了到学校去，就是在院子里踏脚踏车，他非常喜欢跑跳，所以厨房，客厅，二楼，他是无处不跑的。

三楼整天在高处空着，三楼的后楼住着另一个老女工，一天很少上楼来，所以楼梯擦过之后，一天到晚干净得溜明。

1936年3月里鲁迅先生病了，靠在二楼的躺椅上，心脏跳动得比平日厉害，脸色略微灰了一点。

许先生正相反的，脸色是红的，眼睛显得大了，讲话的声音是平静的，态度并没有比平日慌张。在楼下，一走进客厅来许先生就告诉说：

“周先生病了，气喘……喘得厉害，在楼上靠在躺椅上。”

鲁迅先生呼喘的声音，不用走到他的旁边，一进了卧室就听得到的。鼻子和胡须在煽着，胸部一起一落。眼睛闭着，差不多永久不离开手的纸烟，也放弃了。藤躺椅后边靠着枕头，鲁迅先生的头有些向后，两只手空闲地垂着。眉头仍和平日一样没有聚皱，脸上是平静的，舒展的，似乎并没有任何痛苦加在身上。

“来了吗？”鲁迅先生睁一睁眼睛，“不小心，着了凉……呼吸困难……到藏书的房子去翻一翻书……那房子因为没有人住，特别凉……回来就……”

许先生看周先生说话吃力，赶快接着说周先生是怎样气喘的。

医生看过了，吃了药，但喘并未停，下午医生又来过，刚刚走。

卧室在黄昏里边一点一点地暗下去，外边起了一点小风，隔院的树被风摇着发响。别人家的窗子有的被风打着发出自动关开的响声，家家的流水道都是花拉花拉地响着水声，一定是晚餐之后洗着杯盘的剩水。晚餐后该散步的散步去了，该会朋友的会友去了，弄堂里来去地稀疏不断地走着人，而娘姨们还没有解掉围裙呢，就依着后门彼此搭讪起来。小孩子们三五一伙前门后门地跑着，弄堂外汽车穿来穿去。

鲁迅先生坐在躺椅上，沉静的，不动的阖着眼睛，略微灰了的脸色被炉里的火光染红了一点。纸烟听子蹲在书桌上，盖着盖子，茶杯也蹲在桌子上。

许先生轻轻地在楼梯上走着，许先生一到楼下去，二楼就只剩了鲁迅先生一个人坐在椅子上，呼喘把鲁迅先生的胸部有规律性地抬得高高的。

鲁迅先生必得休息的，须藤老医生是这样说的。可是鲁迅先生从此不但没有休息，并且脑子里所想的更多了，要做的事情都像非立刻就做不可，校《海上述林》的校样，印珂勒惠支的画，翻译《死魂灵》下部；刚好了，这些就都一起开始了，还计算着出三十年集。

右一为萧红

鲁迅先生感到自己的身体不好，就更没有时间注意身体，所以要多做，赶快做，当时大家不解其中的意思，都以为鲁迅先生不加以休息不以为然，后来读了鲁迅先生《死》的那篇文章才了然了。

鲁迅先生知道自己的健康不成了，工作的时间没有几年了，死了是不要紧的，只要留给人类更多，鲁迅先生就是这样。

不久书桌上德文字典和日文字典又都摆起来了，果戈里的《死魂灵》又开始翻译了。

鲁迅先生的身体不大好，容易伤风，伤风之后，照常要陪客人，回信，校稿子。所以伤风之后总要拖下去一个月或半个月的。

瞿秋白的《海上述林》校样，1935年冬，1936年的春天，鲁迅先生不断地校着，几十万字的校样，要看三遍，而印刷所送校样来总是十页八页的，并不是统统一道地送来，所以鲁迅先生不断地被这校样催索着，鲁迅先生竟说：

“看吧，一边陪着你们谈话，一边看校样的，眼睛可以看，耳朵可以听……”

有时客人来了，一边说着笑话，一边鲁迅先生放下了笔。有的时候也说：“就剩几个字了……请坐一坐……”

1935年冬天许先生说：

“周先生的身体是不如从前了。”

有一次鲁迅先生到饭馆里去请客，来的时候兴致很好，还记得那次吃了一只烤鸭子，整个的鸭子用大钢叉子叉上来时，大家看着这鸭子烤的又油又亮的，鲁迅先生也笑了。

菜刚上满了，鲁迅先生就到竹躺椅上吸一支烟，并且阖一阖眼睛。一吃完了饭，有的喝多了酒的，大家都乱闹了起来，彼此抢着苹果，彼此讽刺着玩，说着一些刺人可笑的话，而鲁迅先生这时候，坐在躺椅上，阖着眼睛，很庄严

二萧和许广平、周海婴母子在鲁迅墓前

地在沉默着，让拿在手上纸烟的烟丝，慢慢地上升着。

别人以为鲁迅先生也是喝多了酒吧！

许先生说，并不是的。

“周先生的身体是不如从前了，吃过了饭总要阖一阖眼稍微休息一下，从前一向没有这习惯。”

周先生从椅子上站起来了，大概说他喝多了酒的话让他听到了。

“我不多喝酒的，小的时候，母亲常提到父亲喝了酒，脾气怎样坏，母亲说，长大了不要喝酒，不要像父亲那样子……所以我不多喝的……从来没有喝醉过……”

鲁迅先生休息好了，换了一支烟，站起来也去拿苹果吃，可是苹果没有了。鲁迅先生说：

“我争不过你们了，苹果让你们抢没了。”

有人抢到手还在保存着的苹果，奉献出来，鲁迅先生没有吃，只在吸烟。

1936年春，鲁迅先生的身体不大好，但没有什么病，吃过了晚饭，坐在躺椅上，总要闭一闭眼睛沉静一会。

许先生对我说，周先生在北京时，有时开着玩笑，手按着桌子一跃就能够跃过去，而近年来没有这么做过，大概没有以前那么灵便了。

这话许先生和我是私下讲的，鲁迅先生没有听见，仍靠在躺椅上沉默着呢。

许先生开了火炉的门，装着煤炭花花地响，把鲁迅先生震醒了。一讲起话来鲁迅先生的精神又照常一样。

…………

鲁迅先生吃饭，是在楼上单开一桌，那仅仅是一个方木盘，许先生每餐亲手端到楼上去，那黑油漆的方木盘中摆着三四样小菜，每样都用小吃碟盛着，那小吃碟直径不过二寸，一碟豌豆苗或菠菜或苋菜，把黄花鱼或者鸡之类也放在小碟里端上楼去，若是鸡，那鸡也是全鸡身上最好的一块地方拣下来的肉，若是鱼，也是鱼身上最好一部分许先生才把它拣下放在小碟里。

许先生用筷子来回地翻着楼下的饭桌上菜碗里的东西，菜拣嫩的，不要茎，只要叶，鱼肉之类，拣烧得软的，没有骨头没有刺的。

心里存着无限的期望，无限的要求，用了比祈祷更虔诚的目光，许先生看着她自己手里选得精精致致的菜盘子，而后脚板触着楼梯上了楼。

希望鲁迅先生多吃一口，多动一动筷，多喝一口鸡汤。鸡汤和牛奶是医生所嘱的，一定要多吃一些的。

把饭送上去，有时许先生陪在旁边，有时走下楼来又做些别的事，半个钟头之后，到楼上去取这盘子。这盘子装得满满的，有时竟照原样一动也没有动又端下来了，这时候许先生的眉头微微地皱了一点。旁边若有什么朋友，许先生就说："周先生的热度高，什么也吃不落，连茶也不愿意吃，人很苦，人很吃力。"

有一天许先生用着波浪式的专门切面包的刀切着一个面包，是在客厅后边方桌上切的，许先生一边切着一边对我说：

"劝周先生多吃些东西，周先生说，人好了再保养，现在勉强吃也是没用的。"

许先生接着似乎问着我：

"这也是对的。"

而后把牛奶面包送上楼去了。一碗烧好的鸡汤，从方盘里许先生把它端出来了。就摆在客厅后的方桌上。许先生上楼去了，那碗热的鸡汤在桌子上自己悠然地冒着热气。

许先生由楼上回来还说呢：

"周先生平常就不喜欢吃汤之类，在病里，更勉强不下了。"

那已经送上去的一碗牛奶又带下来了。

许先生似乎安慰着自己似的：

"周先生人强，欢喜吃硬的，油炸的，就是吃饭也喜欢吃硬饭。……"

许先生楼上楼下地跑，呼吸有些不平静，坐在她旁边，似乎可以听到她心脏的跳动。

鲁迅先生开始独桌吃饭以后，客人多半不上楼来了，经许先生婉言把鲁迅先生健康的经过报告了之后就走了。

鲁迅先生在楼上一天一天地睡下去，睡了许多日子就有些寂寞了，有时大概热度低了点就问许先生：

"有什么人来过吗？"

看鲁迅先生精神好些，就一一地报告过。

有时也问到有什么刊物来。

鲁迅先生病了一个多月了。

证明了鲁迅先生是肺病，并且是肋膜炎，须藤老医生每天来了，为鲁迅先生先把肋膜积水用打针的方法抽净，共抽过两三次。

这样的病，为什么鲁迅先生自己一点也不晓得呢，许先生说，周先生有时觉得肋痛了就自己忍着不说，所以连许先生也不知道，鲁迅先生怕别人晓得了又要不放心，又要看医生，医生一定又要说休息。鲁迅先生自己知道做不到的。

福民医院美国医生的检查，说鲁迅先生肺病已经二十年了。这次发了怕是很严重。

医生规定个日子，请鲁迅先生到福民医院去详细检查，要照X光的。

但鲁迅先生当时就下楼是下不得的，又过了许多天，鲁迅先生到福民医院去查病去了。照X光后给鲁迅先生照了一个全部的肺部的照片。

这照片取来的那天，许先生在楼下给大家看了，右肺的上尖角是黑的，中部也黑了一块，左肺的下半部都不大好，而沿着左肺的边边黑了一大圈。

这之后，鲁迅先生的热度仍高，若再这样热度不退，就很难抵抗了。

那查病的美国医生，只查病，而不给药吃，他相信药是没有用的。

须藤老医生，鲁迅先生早就认识，所以每天来，他给鲁迅先生吃了些退热的药，还吃停止肺部菌活动的药。他说若肺不再坏下去，就停止在这里，热自然就退了，人是不危险的。

…………

鲁迅先生在四月里，曾经好了一点，有一天下楼去赴一个约会，把衣裳穿得整整齐齐，腋下挟着黑花包袱，戴起帽子来，出门就走。

许先生在楼下正陪客人，看鲁迅先生下来了，赶快说：

“走不得吧，还是坐车子去吧。”

鲁迅先生说：“不要紧，走得动的。”

许先生再加以劝说，又去拿零钱给鲁迅先生带着。

鲁迅先生说不要不要，坚决地就走了。

“鲁迅先生的脾气很刚强。”

许先生无可奈何地，只说了这一句。

鲁迅先生晚上回来，热度增高了。

鲁迅先生说：

“坐车子实在麻烦，没有几步路，一走就到。还有，好久不出去，愿意走走……动一动就出毛病……还是动不得……”

病压服着鲁迅先生又躺下了。

七月里，鲁迅先生又好些。

药每天吃，记温度的表格照例每天好几次在那里画，老医生还是照常地来，说鲁迅先生就要好起来了，说肺部的菌已停止了一大半，肋膜也好了。

客人来差不多都要到楼上来拜望拜望，鲁迅先生带着久病初愈的心情，又谈起话来，披了一张毛巾子坐在躺椅上，纸烟又拿在手里了，又谈翻译，又谈某刊物。

一个月没有上楼去，忽然上楼还有些心不安，我一进卧室的门，觉得站也没有地方站，坐也不知坐在哪里。

许先生让我吃茶，我就倚着桌子边站着，好像没有看见那茶杯似的。

鲁迅先生大概看出我的不安来了，便说：

“人瘦了，这样瘦是不成的，要多吃点。”

鲁迅先生又在说玩笑话了。

“多吃就胖了，那么周先生为什么不多吃点？”

鲁迅先生听了这话就笑了，笑声是明朗的。

从七月以后鲁迅先生一天天地好起来了，牛奶，鸡汤之类，为了医生所嘱也隔三差五地吃着，人虽是瘦了，但精神是好的。

鲁迅先生说自己体质是好的，若差一点的，就让病打倒了。

这一次鲁迅先生保持了很长的时间，没有下楼更没有到外边去过。

在病中，鲁迅先生不看报，不看书，只是安静地躺着。但有一张小画是鲁迅先生放在床边上不断看着的。

那张画，鲁迅先生未生病时，和许多画一道拿给大家看过的，小得和纸烟包里抽出来的那画片差不多。那上边画着一个穿大长裙子飞散着头发的女人在大风里边跑，在她旁边的地面上还有小小的红玫瑰花的花朵。

记得是一张苏联某画家着色的木刻。

鲁迅先生有很多画，为什么只选了这张放在枕边？

许先生告诉我的，她也不知道鲁迅先生为什么常常看这小画。

有人来问他这样那样的，他说：

“你们自己学着做，若没有我呢！”

这一次鲁迅先生好了。

还有一样不同的，觉得做事要多做……

鲁迅先生以为自己好了，别人也以为鲁迅先生好了。

准备冬天要庆祝鲁迅先生工作三十年。

又过了三个月。

1936年10月17日，鲁迅先生病又发了，又是气喘。

17日，一夜未眠。

18日，终日喘着。

19日，夜的下半夜，人衰弱到极点了。天将发白时，鲁迅先生就像他平日一样，工作完了，他休息了。

第十篇

鲁迅与许羡苏

——亦真亦幻师生情

许羡苏

许羡苏（1901～1986年），许钦文的四妹，鲁迅同乡，在绍兴女子师范学校上学时，曾是周建人的学生。1920年，许羡苏与许钦文从家乡到北京求学，曾暂住八道湾。1923年7月鲁迅与周作人兄弟失和，在许羡苏的介绍下，8月鲁迅便迁居砖塔胡同61号。1924年，鲁迅介绍许羡苏去当中学教员。1925年暑假，许羡苏因无处寄住，又住进鲁迅家里（南屋），年底，鲁迅介绍她去女师大图书馆任职，她才搬出砖塔胡同。但每逢休息日她又照例回到鲁迅家，仿佛其家人。1930年2月，许羡苏到了大名河北第五女子师范学校任教，不久结婚。1933年10月后，和鲁迅再无联系。1986年，85岁的许羡苏病故于四川。

鲁迅在北京居住期间，曾在女子师范大学等学校任教，与学生的关系甚好。而这些学生当中，与之最相交厚的，除了后来成为其夫人的许广平，另一位也在鲁迅的一生中扮演了比较重要的一个角色，她就是许钦文的妹妹、也是鲁迅的同乡许羡苏。鲁迅曾给予许羡苏多方帮助和关怀，许羡苏也曾为鲁迅租房，体贴地为自己的老师织毛衣围巾，并且长期居住于鲁迅家中为恩师料理家务。鲁迅南下时许羡苏曾与其他人一起到车站相送，在之后的几年中二人常有书信往来。这些事件多多少少都在鲁迅的日记中或是许羡苏的回忆中有所体现，表现出师生之间亲密的关系。长久以来，有很多人谈论他们这对有着深情厚谊的师生，也有不少争论。但可以肯定的是，许羡苏对鲁迅是非常敬重和关爱的，而鲁迅对她也是特别的喜爱和关心。

许羡苏说鲁迅

1926年8月至1930年3月，鲁迅共给许羡苏写了155封信，许羡苏给鲁迅写了100余封信。许羡苏离京去大名前，把鲁迅寄给她的书信交给了朱安，朱安后来又把它们交给许广平，可是这些信件却没得以发表，难道它们全部丢失了吗？但鲁迅生前对书信一向妥善保存，又是谁把它们弄丢了呢？这些书信如今究竟在何方？

回忆鲁迅先生

文／许羡苏

鲁迅先生离开北京的时候，虽也带走了许多书籍和拓片，但到厦门后仍然有许多刊物和书籍要转寄，几乎三天两头有信往还。鲁迅先生记忆力真好，每次写信来要书，说在那一屋那一柜的第几格的那一头，你去找的时候很快的就可以找到它们，拓片也一样，说是要的几张在第几口箱内，也很快的可以找出来。

一九三〇年当我离开鲁迅先生的家往河北第五女师去的前夕，我把鲁迅先生的来信，捆成一包交给了朱氏，以备有事要查查。后来不知她怎样处理了。在整理故居的时候，在朱氏的箱内，并没找到。否则可以多一些手稿，并且可以了解当时许多事情。

一九二〇年是五四运动的第二年，北京大学已经招收女生，并且在学的女生也可以住在学校附近的公寓里。我在这一年的秋天到北京，投考之前，原来也想在公寓里住一段时间的，但不料公寓不收未入学校的女生。我没有住处，就找到周建人先生，在八道湾住了一段时间。考入北京女子高等师范学校之后，在星期天或别的假期也常常去看老太太。不久发现俞芬在女高师附中上学，就时常同她一道去，因为她也是绍兴人，也是建人先生在绍兴女子师范教书时的学生。

这回要说的是我又两次住过宫门口西三条鲁迅先生家里。我当时在北京是个无住处的人。考进女高师，搬到学校不久，支持我到北京来上学的我的房叔许宗益（当年北大理科的学生）病死在家乡之后，我在北京除建人先生和俞芬之外再也没有一个直接的关系人了，建人先生就无形成了我的监护人。一九二一年建人先生去了上海工作之后，这监护的责任就落到鲁迅先生头上，有事就求助于他。一九二一年我转学到男高师生物系的时候，他给我当了保证人，以后又由他帮助仍然回女高师的数理系学习。一九二四年我在女高师毕业之后，鲁迅先生介绍我到私立华北大学附属中学当教员。一九二五年秋，我又无处可住，搬到西单一个公寓里，但在公寓又住不安，因而就住到鲁迅先生官门口西三条二十一号的南屋里，这是第一次。不久女师大风潮平息，学校光复。鲁迅先生介绍我到女师大图书馆工作，我才又搬到学校里。一九二六年“三·一八”惨案之后，我在翊教女子中学教书，可以搬到该校去住，因鲁迅先生要去厦门教书，在他离开北京之后，我又第二次搬到西三条二十一号鲁迅先生家里，一直住到一九三〇年的春天，我离开北京往大名府河北第五女子师范去教书时才离开了他的家。

一九二三年的一个星期日我又去看老太太，她告诉我们：“大先生和二先生忽然闹起来了，也不知道是什么事情，头天还好的，弟兄二人把书抱进抱出的商量写文章。现在大先生决定要找房子搬出去。”我们说，俞芬同院的纽太太刚刚接走，到东北纽先生那里去了，正有三间北房空着。不久，大先生托孙伏园转许钦文叫我到八道湾去一趟，这样我就做了他住砖塔胡同六十一号的介绍人。

关于鲁迅先生的记忆

文／许羡苏

这年秋天他终于不能不离开北京往厦门去了，在厦门大学，他有国学院的功课，时常要来调他的曾经自己收集的各种拓片，我就时常帮他找藏在四个白纸箱中的拓片，转信，转杂志，也转稿子。北京方面因长期欠薪，北大、师大等校发欠薪的时候也由我去领取，教育部的欠薪是有人送来的。因为太师母爱热闹，我就从南房迁到老虎尾巴居住，每晚在鲁迅先生的写字台上批改学生（数学）的作业，太师母最爱看小说也爱看报的我早上七点半出去到下午四五点回去，一进门，太师母就拿了一张报纸等着我，提出问题，或要求第二天买什么，或叫写信给大先生什么什么。

一天，我在学校里，正是张作霖与冯玉祥相打的当儿，害马（即许广平）忽然飞来，进门就说：“弟弟快到西三条，太师母要你，听说阜成门架起了机关枪。”我知道大先生不在家，大约是太师母听不懂广东官话，需要我说绍兴话去了，拔脚就跑，直到阜成门果见有机关枪架在那里……太师母告诉我："大先生不在家，害马的话听不懂，你就不要走了吧！"这样我就住在鲁迅先生家南屋的客室里。每天早出晚归，开始充当了鲁迅先生避难期间的交通。

事情稍静之后，我来西三条看太师母的时候，她说："许小姐，刘和珍死后，大先生不吃饭，不睡觉话也不说，单说'刘和珍是我的学生…'，病倒了又不肯看医生"语气中是在向我要办法……我也发愁了，我仍然是传统式的不敢向他像俞芬那样在他跟前乱闹，而且在那样严肃的当儿，我在师母的房中坐着，考虑着怎样能使许、孙诸公能在这时来到。忽然听到鲁迅先生叫我："先生！（这是在许羡苏做了教师之后，鲁迅先生对她的称呼）请你来一下"我这才大胆的进了老虎尾巴，他要求我把许钦文的故乡校稿交出去，同时还有许多语丝之类的刊物要分发，我照他的嘱咐完成了任务之后，就提出我的要求，我说太师母的意思要我到旧刑部街去请山本医生来给他看病，一边就想出去的样子。这样他才起来自己去看了山本医生，吃了药，慢慢的才吃饭，恢复。

上海鲁迅纪念馆有一块围巾（原件）北京鲁迅博物馆也有同样的一块围巾（复制品），……白纸皮箱内还有一双手套，是俞芬做的。1925年的冬天，鲁迅先生丢掉了围巾和手套，家中无人会做。一天太师母告诉我们，过去在八道湾，大先生的毛衣是三太太做的，现在三太太不来，大太太不会织毛衣。我和俞芬商量，她织手套，我织围巾，织好送给大先生。26年离开北京时也带着，一直在上海还是在用的。先生日常有一种高超的作风，如有谁送他，不管是什么东西，总是收着，即使这东西烂了，也是不肯弃舍的，他的书架上有一只别人送他的佛手，又干又烂一直躺在那里。自己不丢也不要别人帮他丢。

这样的一直到29年鲁迅先生北上探亲。因为他想回北京写一本文学史，怕住房不够住，就租下了西三条22号白木匠的三间北房下来简直把它买了下来。这样我就觉得南房也不该有人常住，碰巧我的一位同事也是同学要去河北五女师做校长，缺少教员，邀我到五女师教书，我就决定离开了北京。太师母很希望有大先生回北京，也同意我离京去教书，只是她哭了。

节选自许羡苏未编发的手稿

鲁迅说许羡苏

许羡苏的一次人生经历成为了鲁迅小说的素材之一。鲁迅在《从胡须说到牙齿》一文中写道："虽然已是民国九年，而有些人之嫉视剪发的女子，竟和清朝末年之嫉视剪发的男子相同；校长M先生虽被天夺其魄，自己的头顶秃到近乎精光了，却偏以为女子的头发可系千钧，示意要她留起。设法去疏通了几回，没有效，连我也听得麻烦起来，于是乎'感慨系之矣'了，随口呻吟一篇《头发的故事》。但是，不知怎的，她后来竟居然并不留发，现在还是蓬蓬松松的在北京道上走。"文中所说的"她"即指许羡苏。

1921年，许羡苏考取女师大数理系，但女师大有规定，剪短发的学生不得入学，而许羡苏恰好剪了短发，就打算找鲁迅通融。鲁迅以为自己本身就是女师大教师，和校长毛邦伟又是教育部同事，毛邦伟一定会给他面子，不想他的说情竟然无济于事。鲁迅一气之下，于1921年9月2日退还女师大聘书，毛邦伟被迫同意许羡苏入学。鲁迅因此事而在10月撰写《头发的故事》。自那以后，鲁迅与许羡苏的关系渐渐密切起来。

头发的故事

文／鲁迅

星期日的早晨，我揭去一张隔夜的日历，向着新的那一张上看了又看的说："阿，十月十日，——今天原来正是双十节。这里却一点没有记载！"

我的一位前辈先生N，正走到我的寓里来谈闲天，一听这话，便很不高兴的对我说：

"他们对！他们不记得，你怎样他；你记得，又怎样呢？"

这位N先生本来脾气有点乖张，时常生些无谓的气，说些不通世故的话。当这时候，我大抵任他自言自语，不赞一辞；他独自发完议论，也就算了。

他说：

"我最佩服北京双十节的情形。早晨，警察到门，吩咐道'挂旗！''是，挂旗！'各家大半懒洋洋的踱出一个国民来，撅起一块斑驳陆离的洋布。这样一直到夜，——收了旗关门；几家偶然忘却的，便挂到第二天的上午。

"他们忘却了纪念，纪念也忘却了他们！

“我也是忘却了纪念的一个人。倘使纪念起来，那第一个双十节前后的事，便都上我的心头，使我坐立不稳了。

“多少故人的脸，都浮在我眼前。几个少年辛苦奔走了十多年，暗地里一颗弹丸要了他的性命；几个少年一击不中，在监牢里身受一个多月的苦刑；几个少年怀着远志，忽然踪影全无，连尸首也不知那里去了。——

“他们都在社会的冷笑恶骂迫害倾陷里过了一生；现在他们的坟墓也早在忘却里渐渐平塌下去了。

“我不堪纪念这些事。

“我们还是记起一点得意的事来谈谈罢。”

N忽然现出笑容，伸手在自己头上一摸，高声说：

“我最得意的是自从第一个双十节以后，我在路上走，不再被人笑骂了。

“老兄，你可知道头发是我们中国人的宝贝和冤家，古今来多少人在这上头吃些毫无价值的苦呵！

“我们的很古的古人，对于头发似乎也还看轻。据刑法看来，最要紧的自然是脑袋，所以大辟是上刑；次要便是生殖器了，所以宫刑和幽闭也是一件吓人的罚；至于髡，那是微乎其微了；然而推想起来，正不知道曾有多少人们因为光着头皮便被社会践踏了一生世。

“我们讲革命的时候，大谈什么扬州十日，嘉定屠城，其实也不过一种手段；老实说：那时中国人的反抗，何尝因为亡国，只是因为拖辫子。

“顽民杀尽了，遗老都寿终了，辫子早留定了，洪杨又闹起来了。我的祖母曾对我说，那时做百姓才难哩，全留着头发的被官兵杀，还是辫子的便被长毛杀！

“我不知道有多少中国人只因为这不痛不痒的头发而吃苦，受难，灭亡。”

N两眼望着屋梁，似乎想些事，仍然说：

“谁知道头发的苦轮到我了。

“我出去留学，便剪掉了辫子，这并没有别的奥妙，只为他不太便当罢了。不料有几位辫子盘在头顶上的同学们便很厌恶我，监督也大怒，说要停了我的官费，送回中国去。

“不几天，这位监督却自己被人剪去辫子逃走了。去剪的人们里面，一个便是做《革命军》的邹容，这人也因此不能再留学，回到上海来，后来死在西牢里。你也早忘却了罢？

“过了几年，我的家景大不如前了，非谋点事做便要受饿，只得也回到中国来。我一到上海，便买定一条假辫子，那时是二元的市价，带着回家。我的母亲倒也不说什么，然而旁人一见面，便都首先研究这辫子，待到知道是假，就一声冷笑，将我拟为杀头的罪名；有一位本家，还预备去告官，但后来因为恐怕革命党的造反或者要成功，这才中止了。

“我想，假的不如真的直截爽快，我便索性废了假辫子，穿着西装在街上走。

“一路走去，一路便是笑骂的声音，有的还跟在后面骂：‘这冒失鬼！’‘假洋鬼子！’

“我于是不穿洋服了，改了大衫，他们骂得更利害。

“在这日暮途穷的时候，我的手里才添出一支手杖来，拚命的打了几回，他们渐渐的不骂了。只是走到没有打过的生地方还是骂。

“这件事很使我悲哀，至今还时时记得哩。我在留学的时候，曾经看见日报上登载一个游历南洋和中国的本多博士的事；这位博士是不懂中国和马来语的，人问他，你不懂话，怎么走路呢？他拿起手杖来说，这便是他们的话，他们都懂！我因此气愤了好几天，谁知道我竟不知不觉的自己也做了，而且那些人都懂了。……

“宣统初年，我在本地的中学校做监学，同事是避之惟恐不远，官僚是防之惟恐不严，我终日如坐在冰窖子里，如站在刑场旁边，其实并非别的，只因为缺少了一条辫子！

“有一日，几个学生忽然走到我的房里来，说，‘先生，我们要剪辫子了。’我说，‘不行！’‘有辫子好呢，没有辫子好呢？’‘没有辫子好……’‘你怎么说不行呢？’‘犯不上，你们还是不剪上算，——等一等罢。’他们不说什么，撅着嘴唇走出房去，然而终于剪掉了。

“呵！不得了了，人言啧啧了；我却只装作不知道，一任他们光着头皮，和许多辫子一齐上讲堂。

“然而这剪辫病传染了；第三天，师范学堂的学生忽然也剪下了六条辫子，晚上便开除了六个学生。这六个人，留校不能，回家不得，一直挨到第一个双十节之后又一个多月，才消去了犯罪的火烙印。

“我呢？也一样，只是元年冬天到北京，还被人骂过几次，后来骂我的人也被警察剪去了辫子，我就不再被人辱骂了；但我没有到乡间去。”

N显出非常得意模样，忽而又沉下脸来：

“现在你们这些理想家，又在那里嚷什么女子剪发了，又要造出许多毫无所得而痛苦的人！

“现在不是已经有剪掉头发的女人，因此考不进学校去，或者被学校除了名么？

“改革么，武器在那里？工读么，工厂在那里？

“仍然留起，嫁给人家做媳妇去：忘却了一切还是幸福，倘使伊记着些平等自由的话，便要苦痛一生世！

“我要借了阿尔志跋绥夫的话问你们：你们将黄金时代的出现豫约给这些人们的子孙了，但有什么给这些人们自己呢？

“阿，造物的皮鞭没有到中国的脊梁上时，中国便永远是这一样的中国，决不肯自己改变一支毫毛！

“你们的嘴里既然并无毒牙，何以偏要在额上帖起‘蝮蛇’两个大字，引乞丐来打杀？……”

N愈说愈离奇了，但一见到我不很愿听的神情，便立刻闭了口，站起来取帽子。

我说，“回去么？”

他答道，“是的，天要下雨了。”

我默默的送他到门口。

他戴上帽子说：

“再见！请你恕我打搅，好在明天便不是双十节，我们统可以忘却了。”

1920年10月

从胡须说到牙齿

文／鲁迅

（一）

一翻《呐喊》，才又记得我曾在中华民国九年双十节的前几天做过一篇《头发的故事》；去年，距今快要一整年了罢，那时是《语丝》出世未久，我又曾为它写了一篇《说胡须》。实在似乎很有些章士钊之所谓“每况愈下”了，——自然，这一句成语，也并不是章士钊首先用错的，但因为他既以擅长旧学自居，我又正在给他打官司，所以就栽在他身上。当时就听说，——或者也是时行的“流言”，——一位北京大学的名教授就愤慨过，以为从胡须说起，一直说下去，将来就要说到屁股，则于是乎便和上海的《晶报》一样了。为什么呢？这须是熟精今典的人们才知道，后进的“束发小生”是不容易了然的。因为《晶报》上曾经登过一篇《太阳晒屁股赋》，屁股和胡须又都是人身的一部分，既说此部，即难免不说彼部，正如看见洗脸的人，敏捷而聪明的学者即能推见他一直洗下去，将来一定要洗到屁股。所以有志于做gentleman者，为防微杜渐起见，应该在背后给一顿奚落的。——如果说此外还有深意，那我可不得而知了。

昔者窃闻之：欧美的文明人讳言下体以及和下体略有渊源的事物。假如以生殖器为中心而画一正圆形，则凡在圆周以内者均在讳言之列；而圆之半径，则美国者大于英。中国的下等人，是不讳言的；古之上等人似乎也不讳，所以虽是公子而可以名为黑臀。讳之始，不知在什么时候；而将英美的半径放大，直至于口鼻之间或更在其上，则昉于一千九百二十四年秋。

文人墨客大概是感性太锐敏了之故罢，向来就很娇气，什么也给他说不得，见不得，听不得，想不得。道学先生于是乎从而禁之，虽然很像背道而驰，其实倒是心心相印。然而他们还是一看见堂客的手帕或者姨太太的荒冢就要做诗。我现在虽然也弄弄笔墨做做白话文，但才气却仿佛早经注定是该在“水平线”之下似的，所以看见手帕或荒冢之类，倒无动于中；只记得在解剖室里第一次要在女性的尸体上动刀的时候，可似乎略有做诗之意，——但是，不过“之意”而已，并没有诗，读者幸勿误会，以为我有诗集将要精装行世，传之其人，先在此预告。后来，也就连“之意”都没有了，大约是因为见惯了的缘故罢，正如下等人的说惯一样。否则，也许现在不但不敢说胡须，而且简直非“人之初性本善论”或“天地玄黄赋”便不屑做。遥想土耳其革命后，撕去女人的面幕，是多么下等的事？呜呼，她们已将嘴巴露出，将来一定要光着屁股走路了！

（二）

虽然有人数我为“无病呻吟”党之一，但我以为自家有病自家知，旁人大概是不很能够明白底细的。倘没有病，谁来呻吟？如果竟要呻吟，那就已经有了呻吟病了，无法可医。——但模仿自然又是例外。即如自胡须直至屁股等辈，倘使相安无事，谁爱去纪念它们；我们平居无事时，从不想到自己的头，手，脚以至脚底心。待到慨然于“头颅谁斫”，“髀肉（又说下去了，尚希绅士淑女恕之）复生”的时候，是早已别有缘故的了，所以，“呻吟”。而批评家们曰：“无病”。我实在艳羡他们的健康。

譬如腋下和胯间的毫毛，向来不很肇祸，所以也没有人引为题目，来呻吟一通。头发便不然了，不但白发数茎，能使老先生揽镜慨然，赶紧拔去；清初还因此杀了许多人。民国既经成立，辫子总算剪定了，即使保不定将来要翻出怎样的花样来，但目下总不妨说是已经告一段落。于是我对于自己的头发，也就淡然若忘，而况女子应否剪发的问题呢，因为我并不预备制造桂花油或贩卖烫剪：事不干己，是无所容心于其间的。但到民国九年，寄住在我的寓里的一位小姐（即许羡苏，编者按）考进高等女子师范学校去了，而她是剪了头发的，再没有法可梳盘龙髻或S髻。到这时，我才知道虽然已是民国九年，而有些人之嫉视剪发的女子，竟和清朝末年之嫉视剪发的男子相同；校长M先生虽被天夺其魄，自己的头顶秃到近乎精光了，却偏以为女子的头发可系千钧，示意要她留起。设法去疏通了几回，没有效，连我也听得麻烦起来，于是乎“感慨系之矣”了，随口呻吟了一篇《头发的故事》。但是，不知怎的，她后来竟居然并不留长，现在还是蓬蓬松松的在北京道上走。

本来，也可以无须说下去了，然而连胡须样式都不自由，也是我平生的一件感愤，要时时想到的。胡须的有无，式样，长短，我以为除了直接受着影响的人以外，是毫无容喙的权利和义务的，而有些人们偏要越俎代谋，说些无聊的废话，这真和女子非梳头不可的教育，“奇装异服”者要抓进警厅去办罪的政治一样离奇。要人没有反拨，总须不加刺激；乡下人捉进知县衙门去，打完屁股之后，叩一个头道：“谢大老爷！”这情形是特异的中国民族所特有的。

不料恰恰一周年，我的牙齿又发生问题了，这当然就要说牙齿。这回虽然并非说下去，而是说进去，但牙齿之后是咽喉，下面是食道，胃，大小肠，直肠，和吃饭很有相关，仍将为大雅所不齿；更何况直肠的邻近还有膀胱呢，呜呼！

（三）

中华民国十四年十月二十七日，即夏历之重九，国民因为主张关税自主，游行示威了。但巡警却断绝交通，至于发生冲突，据说两面“互有死伤”。次日，几种报章（《社会日报》，《世界日报》，《舆论报》，《益世报》，《顺天时报》等）的新闻中就有这样的话：

"学生被打伤者，有吴兴身（第一英文学校），头部刀伤甚重……周树人（北大教员）齿受伤，脱门牙二。其他尚未接有报告。……"

这样还不够，第二天，《社会日报》，《舆论报》，《黄报》，《顺天时报》又道：

"……游行群众方面，北大教授周树人（即鲁迅）门牙确落二个。……"

舆论也好，指导社会机关也好，"确"也好，不确也好，我是没有修书更正的闲情别致的。但被害苦的是先有许多学生们，次日我到L学校去上课，缺席的学生就有二十余，他们想不至于因为我被打落门牙，即以为讲义也跌了价的，大概是预料我一定请病假。还有几个尝见和未见的朋友，或则面问，或则函问；尤其是朋其君，先行肉薄中央医院，不得，又到我的家里，目睹门牙无恙，这才重回东城，而"昊天不吊"，竟刮起大风来了。

假使我真被打落两个门牙，倒也大可以略平"整顿学风"者和其党徒之气罢；或者算是说了胡须的报应，——因为有说下去之嫌，所以该得报应，——依博爱家言，本来也未始不是一举两得的事。但可惜那一天我竟不在场。我之所以不到场者，并非遵了胡适教授的指示在研究室里用功，也不是从了江绍原教授的忠告在推敲作品，更不是依着易卜生博士的遗训正在"救出自己"；惭愧我全没有做那些大工作，从实招供起来，不过是整天躺在窗下的床上而已。为什么呢？曰：生些小病，非有他也。

然而我的门牙，却是"确落二个"的。

（四）

这也是自家有病自家知的一例，如果牙齿健全，决不会知道牙痛的人的苦楚，只见他歪着嘴角吸风，模样着实可笑。自从盘古开辟天地以来，中国就未曾发明过一种止牙痛的好方法，现在虽然很有些什么"西法镶牙补眼"的了，但大概不过学了一点皮毛，连消毒去腐的粗浅道理也不明白。以北京而论，以中国自家的牙医而论，只有几个留美出身的博士是好的，但是，yes，贵不可言。至于穷乡僻壤，却连皮毛家也没有，倘使不幸而牙痛，又不安本分而想医好，怕只好去即求城隍土地爷爷罢。

我从小就是牙痛党之一，并非故意和牙齿不痛的正人君子们立异，实在是"欲罢不能"。听说牙齿的性质的好坏，也有遗传的，那么，这就是我的父亲赏给我的一份遗产，因为他牙齿也很坏。于是或蛀，或破，……终于牙龈上出血了，无法收拾；住的又是小城，并无牙医。那时也想不到天下有所谓“西法……”也者，惟有《验方新编》是唯一的救星；然而试尽“验方”都不验。后来，一个善士传给我一个秘方：择日将栗子风干，日日食之，神效。应择那一日，现在已经忘却了，好在这秘方的结果不过是吃栗子，随时可以风干的，我们也无须再费神去查考。自此之后，我才正式看中医，服汤药，可惜中医仿佛也束手了，据说这是叫“牙损”，难治得很呢。还记得有一天一个长辈斥责我，说，因为不自爱，所以会生这病的；医生能有什么法？我不解，但从此不再向人提起牙齿的事了，似乎这病是我的一件耻辱。如此者久而久之，直至我到日本的长崎，再去寻牙医，他给我刮去了牙后面的所谓“齿涎”，这才不再出血了，化去的医费是两元，时间是约一小时以内。

我后来也看看中国的医药书，忽而发见触目惊心的学说了。它说，齿是属于肾的，“牙损”的原因是“阴亏”。我这才顿然悟出先前的所以得到申斥的原因来，原来是它们在这里这样诬陷我。到现在，即使有人说中医怎样可靠，单方怎样灵，我还都不信。自然，其中大半是因为他们耽误了我的父亲的病的缘故罢，但怕也很挟带些切肤之痛的自己的私怨。

事情还很多哩，假使我有Victor Hugo先生的文才，也许因此可以写出一部Les Misérables的续集。然而岂但没有而已么，遭难的又是自家的牙齿，向人分送自己的冤单，是不大合式的，虽然所有文章，几乎十之九是自身的暗中的辩护。现在还不如迈开大步一跳，一径来说“门牙确落二个”的事罢：

袁世凯也如一切儒者一样，最主张尊孔。做了离奇的古衣冠，盛行祭孔的时候，大概是要做皇帝以前的一两年。自此以来，相承不废，但也因秉政者的变换，仪式上，尤其是行礼之状有些不同：大概自以为维新者出则西装而鞠躬，尊古者兴则古装而顿首。我曾经是教育部的佥事，因为“区区”，所以还不入鞠躬或顿首之列的；但届春秋二祭，仍不免要被派去做执事。执事者，将所谓“帛”或“爵”递给鞠躬或顿首之诸公的听差之谓也。民国十一年秋，我“执事”后坐车回寓去，既是北京，又是秋，又是清早，天气很冷，所以我穿着厚外套，带了手套的手是插在衣袋里的。那车夫，我相信他是因为磕睡，胡涂，决非章士钊党；但他却在中途用了所谓“非常处分”，以“迅雷不及掩耳之手段”，自己跌倒了，并将我从车上摔出。我手在袋里，来不及抵按，结果便自然只好和地母接吻，以门牙为牺牲了。于是无门牙而讲书者半年，补好于十二年之夏，所以现在使朋其君一见放心，释然回去的两个，其实却是假的。

（五）

孔二先生说，“虽有周公之才之美，使骄且吝，其余，不足观也矣。”这话，我确是曾经读过的，也十分佩服。所以如果打落了两个门牙，借此能给若干人们从旁快意，“痛快”，倒也毫无吝惜之心。而无如门牙，只有这几个，而且早经脱落何？但是将前事拉成今事，却也是不甚愿意的事，因为有些事情，我还要说真实，便只好将别人的“流言”抹杀了，虽然这大抵也以有利于己，至少是无损于已者为限。准此，我便顺手又要将章士钊的将后事拉成前事的胡涂账揭出来。

又是章士钊。我之遇到这个姓名而摇头，实在由来已久；但是，先前总算是为“公”，现在却像憎恶中医一样，仿佛也挟带一点私怨了，因为他“无故”将我免了官，所以，在先已经说过：我正在给他打官司。近来看见他的古文的答辩书了，很斤斤于“无故”之辩，其中有一段：

“……又该伪校务维持会擅举该员为委员，该员又不声明否认，显系有意抗阻本部行政，既情理之所难容，亦法律之所不许。……不得已于八月十二日，呈请执政将周树 人免职，十三日由执政明令照准……”

于是乎我也“之乎者也”地驳掉他：

“查校务维持会公举树人为委员，系在八月十三日，而该总长呈请免职，据称在十 二日。岂先预知将举树人为委员而先为免职之罪名耶？……”

其实，那些什么“答辩书”也不过是中国的胡牵乱扯的照例的成法，章士钊未必一定如此胡涂；假使真只胡涂，倒还不失为胡涂人，但他是知道舞文玩法的。他自己说过：“挽近政治。内包甚复。一端之起。其真意往往难于迹象求之。执法抗争。不过迹象间事。……”所以倘若事不干己，则与其听他说政法，谈逻辑，实在远不如看《太阳晒屁股赋》，因为欺人之意，这些赋里倒没有的。

离题愈说愈远了：这并不是我的身体的一部分。现在即此收住，将来说到那里，且看民国十五年秋罢。

1925年10月30日

本篇最初发表于一九二五年十一月九日《语丝》周刊第五十二期

许羡苏这个名字第一次出现在鲁迅日记里是1921年，随后鲁迅便频繁地在日记里提到“许璇苏”“淑卿”“许小姐”，这些称呼指向的都是同一个人。

据笔者粗略统计，《鲁迅日记》中，淑卿出现200多次；许羡苏出现（包括羡苏、许璇苏）20多次；许小姐（特指许羡苏）出现将近10次。总计250多次。可见当时二人往来甚密。

鲁迅日记（节选）

文／鲁迅

1921年

十月一日：“上午寄孙伏园信。许璇苏来。”

十月八日：下午至女高师校邀许羡苏，同至高师校为作保人。

十二月七日：上午得许羡苏信。下午往高师讲。

十二月八日：休息。……下午许羡苏来。

1923年

七月二十七日：上午往砖塔胡同看屋。下午收拾书籍入箱。

八月三日：下午赠许羡苏、俞芬《桃色之云》各一册。

1924年

一月八日：……往女师校以泉廿付许羡苏君，内十三元为三弟款。

九月二十七日：……寄许羡苏、俞芬小姐信。

1925年

一月二十五日：……治午餐邀陶璇卿、许钦文、孙伏园，午前皆至，钦文赠《晨报增刊》一本。母亲邀俞小姐姊妹三人及许小姐、王小姐午餐，正午皆至也。

七月二十一日：……下午许广平、淑卿来。王顺亲及俞氏三姐妹来。

1926年

三月二十九日：上午入山本医院。上午淑卿来。

八月二十六日：……子佩来、钦文来，同为押行李至车站。三时至车站，淑卿、季市、有麟、仲芸、高歌、沸声、培良、元庆、云章、晶清、评梅来送，秋芳亦来，四时二十五分发北京，广平同行。（鲁迅与许广平南下）。

八月二十七日：上午以明信片寄寿山、淑卿。午登车，一点钟发天津。

八月二十八日：午后二时半抵浦口（南京长江北岸），即渡江寓招商旅馆。下午以明信片寄淑卿、季市。同广平阅市一周。夜十时登车，十一时发下关。

十月二十六日：上午收淑卿所寄绒线衣两件，十滴药水一瓶，八日付邮。

1927年

一月十八日：晨发香港。午后雨。抵黄浦，雇小舟至长堤，寓宾兴旅馆。下午寄淑卿信。晚访广平。

十月十四日：……寄淑卿信并照相两枚。

十一月九日：……得淑卿信，三日发。夜食蟹饮酒，大醉。

十二月二日：……收淑卿所寄围巾一条，十月二十八日付邮。

十二月十三日：午得淑卿织背心一件，十一月二十八日寄。

1928年

一月九日：上午得淑卿信并照相一枚。

一月十七日：上午收淑卿所寄《タイニス》一本。

1929年

六月三日：……携行李赴津浦车站登车，桌凤、紫佩、淑卿相送。

十月二十三日：……以海婴照相寄谢敦南及淑卿。

十一月二十七日：……下午寄淑卿信并家用三百。

1930年

三月二日：……收淑卿所寄家用帐簿一本。（这是许羡苏将要离开北京，向鲁迅先生交待家用账目。）

七月十九日：……淑卿来，晚邀之往中西食堂晚饭，并邀乔峰、蕴如、晔儿、广平及海婴。将陶璇卿图案稿一枚，托淑卿携至杭州，交钦文陈列。

十二月七日：……下午从三弟寓持来母亲所寄果脯、小米、斑豆、玉蜀黍粉等，云是淑卿带来上海者。

（注：鲁迅日记中所提到的“许璇苏”“淑卿”“许小姐”均为许羡苏）

第十一篇

徐志摩与林徽因

——你是人间的四月天

徐志摩（1897～1931年）现代诗人、散文家，新月派代表诗人，新月诗社成员，金庸表兄。1915年毕业于杭州一中，先后就读于上海沪江大学、天津北洋大学和北京大学。1918年赴美国学习银行学。1921年赴英国留学，入剑桥大学当特别生，研究政治经济学。在剑桥两年深受西方教育的熏陶及欧美浪漫主义和唯美派诗人的影响。1924年与胡适、陈西滢等创办《现代诗评》周刊，任北京大学教授。印度大诗人泰戈尔访华时任翻译。1931年初，与陈梦家、方玮德创办《诗刊》季刊，被推选为笔会中国分会理事。同年11月19日，由南京乘飞机（济南号）到北平，因大雾飞机在济南附近触山，不幸遇难。

徐志摩

林徽因(1904～1955年)，出生于浙江杭州，中国第一位女性建筑学家、作家。被胡适誉为中国一代才女。三十年代初，与梁思成用现代科学方法研究中国古代建筑，获得巨大成就，为中国古代建筑研究奠定了坚实的科学基础。北平解放后，林徽因受聘为清华大学建筑系教授，从1949年9月到1950年6月，她与清华大学建筑系的几位教师一起完成了中华人民共和国国徽图案的设计任务。1951年，她担任人民英雄纪念碑建筑委员会委员，承担为碑座设计纹饰和花圈浮雕图案的任务。1952年，她参加中南海怀仁堂的内部装修设计。

林徽因

徐志摩与林徽因，两个因为爱情而存在的人。不论是徐志摩与林徽因、陆

小曼、张幼仪，还是林徽因与徐志摩、梁思成、金岳霖，都留下了或是遗憾或是惊喜的爱情故事。有人说徐志摩与林徽因曾有真正的爱情，也有人说只是徐志摩对林徽因的“单相思”，但无论是绯闻还是确有其事，萦绕在才子徐志摩和才女林徽因的身上的爱情气息，总是感染着后来人。

1920年秋天，24岁的徐志摩在一次偶然的机会在英伦邂逅了16岁的林徽因，之后两人结下不解之缘，不少人猜测，徐志摩对康桥、对伦敦的怀念，其实是对那段与林徽因之间的回忆的怀念。但众所周知，林徽因最终与梁思成成婚，而徐志摩也与陆小曼在一起，虽然之后两人关系依然密切，却只是普通的朋友了。两人曾一同接待来华访问的印度诗人泰戈尔，也曾一直有所联系，当林徽因得知徐志摩逝世的消息时，十分悲痛，并多次撰写长文悼念。对于这样两个幸福而浪漫的人，即使他们的故事不一定完美，我们又有什么必要去苛责？

徐志摩说林徽因

1919年经父辈介绍，林徽因结识了梁思成，二人从1922年开始确立恋爱关系，1928年3月结婚。这对一直痴迷林徽因的徐志摩来说无疑是沉痛的打击。也为徐志摩这位浪漫诗人提供了更为丰富的情感素材。

1924年6月，林徽因随梁思成赴美国宾夕法尼亚大学，伤心之余的徐志摩写下了这样的诗篇。

偶然

文／徐志摩

我是天空里的一片云，
偶尔投影在你的波心——
你不必讶异，
更无须欢喜——
在转瞬间消灭了踪影。
你我相逢在黑夜的海上，
你有你的，
我有我的，方向：

你记得也好，
最好你忘掉，
在这交会时互放的光亮！

写于1926年5月，初载同年5月27日《晨报副刊·诗镌》第9期

你去

文／徐志摩

你去，我也走，我们在此分手；
你上哪一条大路，你放心走，
你看那街灯一直亮到天边，
你只消跟从这光明的直线！
你先走，我站在此地望着你，
放轻些脚步，别教灰土扬起，
我要认清你的远去的身影，
直到距离使我认你不分明，
再不然我就叫响你的名字，
不断的提醒你有我在这里
为消解荒街与深晚的荒凉，
目送你归去……
不，我自有主张，
你不必为我忧虑；你走大路，
我进这条小巷，你看那棵树，
高抵着天，我走到那边转弯，
再过去是一片荒野的凌乱：
有深潭，有浅洼，半亮着止水，
在夜芒中像是纷披的眼泪；
有石块，有钩刺胫踝的蔓草，
在期待过路人疏神时绊倒！
但你不必焦心，我有的是胆，

凶险的途程不能使我心寒。
等你走远了，我就大步向前，
这荒野有的是夜露的清鲜；
也不愁愁云深裹，但须风动，
云海里便波涌星斗的流汞；
更何况永远照彻我的心底；
有那颗不夜的明珠，我爱你！

徐志摩张幼仪夫妇

原载1931年10月5日《诗刊》第3期

我不知道风 是在哪一个方向吹

文／徐志摩

我不知道风
是在哪一个方向吹——
我是在梦中，
在梦的轻波里依洄。
我不知道风
是在哪一个方向吹——
我是在梦中，
她的温存我的迷醉。
我不知道风
是在哪一个方向吹——
我是在梦中，
甜美是梦里的光辉。
我不知道风
是在哪一个方向吹——
我是在梦中，
她的负心，我的伤悲。
我不知道风
是在哪一个方向吹——

我是在梦中，
在梦的悲哀里心碎！
我不知道风
是在哪一个方向吹——
我是在梦中，
黯淡是梦里的光辉。

写于1928年，初载同年3月10日《新月》月刊第一卷第1号

1931年有一段时期，林徽因因为肺病复发，带着女儿在香山养病。徐志摩十分关切，写了如下一封信，这也是唯一一封保存下来并公开发表的徐志摩写给林徽因的信件，其它的都在文革中毁掉了。

徽因：

我愁望着云泞的天和泥泞的地，直担心你们上山一路平安。到山上大家都安好否？我在记念。

我回家累得直挺在床上，像死人——也不知哪来的累。适之在午饭时说笑话，我照例照规矩把笑放上嘴边，但那笑仿佛离嘴有半尺来远，脸上的皮肉像是经过风腊，再不能活动！

下午忽然诗兴发作，不断的抽着烟，茶倒空了两壶，在两小时内，居然诌得了一首。哲学家上来看见，端详了十多分钟，然后正色的说“It is one of your very best.”但哲学家关于美术作品只往往挑错的东西来夸，因而，我还不敢自信，现在抄了去请教女诗人，敬求指正！

雨下得凶，电话电灯会断。我讨得半根蜡，匍伏在桌上胡乱写。上次扭筋的脚有些生痛。一躺平眼睛发跳，全身的脉搏似乎分明的觉得。再有两天如此，一定病倒——但希望天可以放晴。

思成恐怕也有些着凉，我保荐喝一大碗姜糖汤，妙药也！宝宝老太都还高兴否？我还牵记你家矮墙上的艳阳。此去归来时难说完，敬祝山中人“神仙生活”，快乐康强！

脚疼人

洋郎牵（洋）牛渡（洋）河夜此信写于1931年7月7日

1924年泰戈尔访华，5月20日，泰戈尔一行离开北京去太原，徐志摩陪同前往。车站上，送行的人很多，林徽因也在里面。车快开动了，徐还在给林写信，尚未写完，车已开动，他要冲过去递给车下的林，泰戈尔的英文秘书恩厚之见他太伤感，一把抢过来替他藏起，并保存起来作为纪念，直到离开中国，带回英国托特尼斯的达廷顿庄园。20世纪70年代他们共同的朋友梁锡华去拜访恩厚之，才看到了这封短信。原文如下：

我真不知道我要说的是什么话，我已经好几次提起笔来想写，但是每次总是写不成篇。这两日我的头脑只是昏沉沉的，开着眼闭着眼都只见大前晚模糊的凄清的月色，照着我们不愿意的车辆，迟迟地向荒野里退缩。离别！怎么的能叫人相信？我想着了就要发疯，这么多的丝，谁能割得断？我的眼前又黑了！

林徽因说徐志摩

你是人间的四月天——一句爱的赞颂

文／林徽因

我说你是人间的四月天；
笑响点亮了四面风；轻灵
在春的光艳中交舞着变。

你是四月早天里的云烟，
黄昏吹着风的软，
星子在无意中闪，
细雨点洒在花前。

那轻，那娉婷，你是，鲜妍
百花的冠冕你戴着，你是
天真，庄严，你是夜夜的月圆

1924年泰戈尔访华，徐志摩、林徽因等人作为陪同

雪化后那片鹅黄，你像；新鲜
初放芽的绿，你是；柔嫩喜悦
水光浮动着你梦期待中白莲。
你是一树一树的花开，是燕
在梁间呢喃，——你是爱，是暖，
是希望，你是人间的四月天！

1934年4月5日《学文》一卷一期

面对徐志摩热烈的求爱信，林徽因预感到这将给他的妻子张幼仪带来巨大的伤害，而当张见到林徽因之后，更是看出了她与徐志摩的暧昧关系。于是张幼仪决定离开沙士顿到德国去，徐志摩竟然没有听张说去德国的理由，便认可了这一决定。就在三个星期后，亲自送张到了德国。临行前，张幼仪还让徐志摩陪同她与林徽因辞行。徐志摩从德国回来之后，就去找林徽因。不料，林氏父女已经回国了！林徽因只留下一封信让房东转交给徐志摩，婉拒了徐的爱意。

志摩：

我走了，带着记忆如锦金，里面藏着我们的情，我们的谊，已经说出和还没有说出的所有的话走了。我回国了，伦敦使我痛苦。我知道，您一从柏林回来就会打火车站直接来我家的。我怕，怕您那沸腾的热情，也怕我自己心头绞痛着的感情，火，会将我们两人都烧死的。原谅我的怯懦，我还是个未成熟的少女，我不敢将自己一下子投进那危险的漩涡，引起亲友的误解与指责、社会的喧嚣与非难，我还不具有抗争这一切的勇气、和力量。

我也还不能过早的失去父亲的宠爱和那由学校和艺术带给我的安宁生活。我降下了帆，拒绝大海的诱惑，逃避那浪涛的拍打……

我说过，看了太多的小说我已经不再惊异人生的遭遇。不过这是诳语，一个自大者的诳语。实际上，我很脆弱，脆弱得像一支暮夏的柳条，经不住什么风雨。

我忘不了，也受不住那双眼睛。上次您和幼仪去德国，我，爸爸、西滢兄在送别你们时，火车启动的那一瞬间，您和幼仪把头伸出窗外，在您的面孔旁边，她张着一双哀怨、绝望、祈求和嫉意的眼睛定定地望着我。我颤抖了。那目光直进我心灵的底蕴，那里藏着我的无人知晓的秘密。她全看见了。

其实，在您陪着她来向我们辞行时，听说她要单身离你去德国，我就明白你们两人的关系起了变故。起因是什么我不明白，但不会和我无关。我真佩服幼仪的镇定自若、从容裕如的风度，做到这一点不是件易事，我就永远也做不到。她待我那么亲切，当然不是假装的，你们走后我哭了一个通宵，多半是为了她。志摩，我理解您对真正的爱情幸福的追求，这原也无可厚非；但我恳求您理解我对幼仪悲苦的理解。她待您委实是好的，您说这不是真正的爱情，但获得了这种真切的情份，志摩，您已经大大的有福了。尽管幼仪不记恨于我，但是我不愿意被人理解为拆散你们的主要根源。她的出走使我不能再在伦敦居住下去了。我要逃避，逃得远远的，逃回我的故乡，让那里浓荫如盖的棕榈、幽深的古宅来庇护我，庇护我这颗不安宁的心。

我不能等您回来后再作这个决定。那样，也许这个决定永远也无法作出了。我对爸爸说，我想家，想故乡，想马上回国。他没问什么，但是我知道他一切都清楚，他了解我，他永远是我最好的朋友。他同意了。正好他收到一封国内的来信，也有回国一次的意向，这样，我们就离开了这留着我的眼泪多于微笑的雾都。

我不能明智如那个摔碎瓦盆头也不回的阿拉伯人，我是女人，总免不了拖泥带水，对"过去"要投去留恋的一瞥。我留下这一封最后的紫信——紫色，这个我喜欢的哀愁、忧郁、悲剧性的颜色，就是我们生命邂逅的象征吧。走了。可我又真地走了吗？我又真地收回了留在您生命里的一切吗？又真地奉还了您留在我生命里的一切吗？

我们还会重逢吗？还会继续那残断了的梦吗？我说不清。一切都交给那三个纺线的老婆子吧，听任她们那神秘的手将我们的生命之线拉扯成怎样，也许，也许……

只是，我不期待，不祈求。

徽徽

P. S. 这一段时期您也没有好好念书，从今您该平静下来，发愤用功，希望您早日用智慧的光芒照亮那灰暗的文坛！

1931年11月19日，徐志摩先生乘“济南号”飞机在济南西南郊遇难。得知消息的林徽因悲痛万分，写下了悼念徐志摩的文章。后来，林徽因的丈夫梁思成去了济南，从出事地点捡了一块飞机的残片，直到去世她都把它挂在卧室的墙上。在志摩死后两周，林徽因写了一篇《悼志摩》，发表于1931年12月7日的《北平晨报》。

1935年志摩忌日，林徽因写了《纪念志摩去世四周年》发表在当年12月8日的《大公报》，表达她的悼念，字里行间的悲痛之情丝毫不减当年。到了1935年夏天，她发表了诗作《别丢掉》，再一次袒露了对志摩的深切的思念。

悼志摩

文／林徽因

十一月十九日我们的好朋友，许多人都爱戴的新诗人，徐志摩突兀的，不可信的，惨酷的，在飞机上遇险而死去。这消息在二十日的早上像一根针刺猛触到许多朋友的心上，顿使那一早的天墨一般地昏黑，哀恸的咽哽锁住每一个人的嗓子。

志摩……死……谁曾将这两个句子联在一处想过！他是那样活泼的一个人，那样刚刚站在壮年的顶峰上的一个人。朋友们常常惊讶他的活动，他那像小孩般的精神和认真，谁又会想到他死？

突然的，他闯出我们这共同的世界，沉入永远的静寂，不给我们一点预告，一点准备，或是一个最后希望的余地。这种几乎近于忍心的决绝，那一天不知震麻了多少朋友的心？现在那不能否认的事实，仍然无情地挡住我们前面。任凭我们多苦楚的哀悼他的惨死，多迫切的希冀能够仍然接触到他原来的音容，事实是不会为体贴我们这悲念而有些须更改；而他也不会为不忍我们这伤悼而有些须活动的可能！这难堪的永远静寂和消沉便是死的最残酷处。

我们不迷信的，没有宗教地望着这死的帏幕，更是丝毫没有把握。张开口我们不会呼吁，闭上眼不会入梦，徘徊在理智和情感的边沿，我们不能预期后会，对这死，我们只是永远发怔，吞咽枯涩的泪，待时间来剥削这哀恸的尖锐，痂结我们每次悲悼的创伤。那一天下午初得到消息的许多朋友不是全跑到胡适之先生家里么？但是除拭泪相对，默然围坐外，谁也没有主意，谁也不知有什么话说，对这死！

谁也没有主意，谁也没有话说！事实不容我们安插任何的希望，情感不容我们不伤悼这突兀的不幸，理智又不容我们有超自然的幻想！默然相对，默然围坐……而志摩则仍是死去没有回头，没有音讯，永远地不会回头，永远地不会再有音讯。

我们中间没有绝对信命运之说的，但是对着这不测的人生，谁不感到惊异，对着那许多事实的痕迹又如何不感到人力的脆弱，智慧的有限。世事尽有定数？世事尽是偶然？对这永远的疑问我们什么时候能有完全的把握？

在我们前边展开的只是一堆坚质的事实：

“是的，他十九早晨有电报来给我……

“十九早晨，是的！说下午三点准到南苑，派车接……

“电报是九时从南京飞机场发出的……

“刚是他开始飞行以后所发……

“派车接去了，等到四点半……说飞机没有到……

“没有到……航空公司说济南有雾……很大……”只是一个钟头的差别；下午三时到南苑，济南有雾！谁相信就是这一个钟头中便可以有这么不同事实的发生，志摩，我的朋友！

他离平的前一晚我仍见到，那时候他还不知道他次晨南旅的，飞机改期过三次，他曾说如果再改下去，他便不走了的。我和他同由一个茶会出来，在总布胡同口分手。在这茶会里我们请的是为太平洋会议来的一个柏雷博士，因为他是志摩生平最爱慕的女作家曼殊斐儿的姊丈，志摩十分的殷勤；希望可以再从柏雷口中得些关于曼殊斐儿早年的影子，只因限于时间，我们茶后匆匆地便散了。晚上我有约会出去了，回来时很晚，听差说他又来过，适遇我们夫妇刚走，他自己坐了一会儿，喝了一壶茶，在桌上写了些字便走了。我到桌上一看：——

“定明早六时飞行，此去存亡不卜……”我怔住了，心中一阵不痛快，却忙给他一个电话。

“你放心。”他说，“很稳当的，我还要留着生命看更伟大的事迹呢，哪能便死？……”

话虽是这样说，他却是已经死了整两周了！

凡是志摩的朋友，我相信全懂得，死去他这样一个朋友是怎么一回事！

现在这事实一天比一天更结实，更固定，更不容否认。志摩是死了，这个简单惨酷的实际早又添上时间的色彩，一周，两周，一直的增长下去……

我不该在这里语无伦次的尽管呻吟我们做朋友的悲哀情绪。归根说，读者抱着我们文字看，也就是像志摩的请柏雷一样，要从我们口里再听到关于志摩的一些事。这个我明白，只怕我不能使你们满意，因为关于他的事，动听的，使青年人知道这里有个不可多得的人格存在的，实在太多，决不是几千字可以表达得完。谁也得承认像他这样的一个人世间便不轻易有几个的，无论在中国或是外国。

我认得他，今年整十年，那时候他在伦敦经济学院，尚未去康桥。我初次遇到他，也就是他初次认识到影响他迁学的狄更生先生。不用说他和我父亲最谈得来，虽然他们年岁上差别不算少，一见面之后便互相引为知己。他到康桥之后由狄更生介绍进了皇家学院，当时和他同学的有我姊丈温君源宁。一直到最近两个月中源宁还常在说他当时的许多笑话，虽然说是笑话，那也是他对志摩最早的一个惊异的印象。志摩认真的诗情，绝不含有丝毫矫伪，他那种痴，那种孩子似的天真实能令人惊讶。源宁说，有一天他在校舍里读书，外边下起了倾盆大雨——惟是英伦那样的岛国才有的狂雨——忽然他听到有人猛敲他的房门，外边跳进一个被雨水淋得全湿的客人。不用说他便是志摩，一进门一把扯着源宁向外跑，说快来我们到桥上去等着。这一来把源宁怔住了，他问志摩等什么在这大雨里。志摩睁大了眼睛，孩子似的高兴地说“看雨后的虹去”。源宁不止说他不去，并且劝志摩趁早将湿透的衣服换下，再穿上雨衣出去，英国的湿气岂是儿戏，志摩不等他说完，一溜烟地自己跑了。

以后我好奇地曾问过志摩这故事的真确，他笑着点头承认这全段故事的真实。我问：那么下文呢，你立在桥上等了多久，并且看到虹了没有？他说记不清但是他居然看到了虹。我诧异地打断他对那虹的描写，问他：怎么他便知道，准会有虹的。他得意地笑答我说：“完全诗意的信仰！”

“完全诗意的信仰”，我可要在这里哭了！也就是为这“诗意的信仰”他硬要借航空的方便达到他“想飞”的宿愿！“飞机是很稳当的”他说，“如果要出事那是我的运命！”他真对运命这样完全诗意的信仰！

志摩我的朋友，死本来也不过是一个新的旅程，我们没有到过的，不免过分地怀疑，死不定就比这生苦，“我们不能轻易断定那一边没有阳光与人情的温慰”，但是我前边说过最难堪的是这永远的静寂。我们生在这没有宗教的时代，对这死实在太没有把握了。这以后许多思念你的日子，怕要全是昏暗的苦楚，不会有一点点光明，除非我也有你那美丽的诗意的信仰！

我个人的悲绪不竟又来扰乱我对他生前许多清晰的回忆，朋友们原谅。

诗人的志摩用不着我来多说，他那许多诗文便是估价他的天平。我们新诗的历史才是这样的短，恐怕他的判断人尚在我们儿孙辈的中间。我要谈的是诗人之外的志摩。人家说志摩的为人只是不经意的浪漫，志摩的诗全是抒情诗，这断语从不认识他的人听来可以说很公平，从他朋友们看来实在是对不起他。志摩是个很古怪的人，浪漫固然，但他人格里最精华的却是他对人的同情，和蔼，和优容；没有一个人他对他不和蔼，没有一种人，他不能优容，没有一种的情感，他绝对地不能表同情。我不说了解，因为不是许多人爱说志摩最不解人情么？我说他的特点也就在这上头。

我们寻常人就爱说了解；能了解的我们便同情，不了解的我们便很落寞乃至于酷刻。表同情于我们能了解的，我们以为很适当；不表同情于我们不能了解的，我们也认为很公平。志摩则不然，了解与不了解，他并没有过分地夸张，他只知道温存，和平，体贴，只要他知道有情感的存在，无论出自何人，在何等情况下，他理智上认为适当与否，他全能表几分同情，他真能体会原谅他人与他自己不相同处。从不会刻薄地单支出严格的迫仄的道德的天平指摘凡是与他不同的人。他这样的温和，这样的优容，真能使许多人惭愧，我可以忠实地说，至少他要比我们多数的人伟大许多；他觉得人类各种的情感动作全有它不同的，价值放大了的人类的眼光，同情是不该只限于我们划定的范围内。他是对的，朋友们，归根说，我们能够懂得几个人，了解几桩事，几种情感？哪一桩事，哪一个人没有多面的看法！为此说来志摩的朋友之多，不是个可怪的事；凡是认得他的人不论深浅对他全有特殊的感情，也是极为自然的结果。而反过来看他自己在他一生的过程中却是很少得着同情的。不止如是，他还曾为他的一点理想的愚诚几次几乎不见容于社会。但是他却未曾为这个而鄙吝他给他人的同情心，他的性情，不曾为受了刺激而转变刻薄暴戾过，谁能不承认他几有超人的宽量。

志摩的最动人的特点，是他那不可信的纯净的天真，对他的理想的愚诚，对艺术欣赏的认真，体会情感的切实，全是难能可贵到极点。他站在雨中等虹，他甘冒社会的大不韪争他的恋爱自由；他坐曲折的火车到乡间去拜哈岱，他抛弃博士一类的引诱卷了书包到英国，只为要拜罗素做老师，他为了一种特异的境遇，一时特异的感动，从此在生命途中冒险，从此抛弃所有的旧业，只是尝试写几行新诗——这几年新诗尝试的运命并不太令人踊跃，冷嘲热骂只是家常便饭——他常能走几里路去采几茎花，费许多周折去看一个朋友说两句话；这些，还有许多，都不是我们寻常能够轻易了解的神秘。我说神秘，其实竟许是傻，是痴！事实上他只是比我们认真，虔诚到傻气，到痴！他愉快起来他的快乐的翅膀可以碰得到天，他忧伤起来，他的悲戚是深得没有底。寻常评价的衡量在他手里失了效用，利害轻重他自有他的看法，纯是艺术的情感的脱离寻常的原则，所以往常人常听到朋友们说到他总爱带着嗟叹的口吻说："那是志摩，你又有什么法子！"他真的是个怪人么？朋友们，不，一点都不是，他只是比我们近情，近理，比我们热诚，比我们天真，比我们对万物都更有信仰，对神，对人，对灵，对自然，对艺术！

朋友们我们失掉的不止是一个朋友，一个诗人，我们丢掉的是个急难得可爱的人格。

至于他的作品全是抒情的么？他的兴趣只限于情感么？更是不对。志摩的兴趣是极广泛的。就有几件，说起来不认得他的人便要奇怪。他早年很爱数学，他始终极喜欢天文，他对天上星宿的名字和部位就认得很多，最喜暑夜观星，好几次他坐火车都是带着关于宇宙的科学的书。他曾经译过爱因斯坦的相对论，并且在一九二二年便写过一篇关于相对论的东西登在《民铎》杂志上。他常向思成说笑："任公先生的相对论的知识还是从我徐君志摩大作上得来的呢，因为他说他看过许多关于爱因斯坦的哲学都未曾看懂，看到志摩的那篇才懂了。"今夏我在香山养病，他常来闲谈，有一天谈到他幼年上学的经过和美国克莱克大学两年学经济学的景况，我们不禁对笑了半天，后来他在他的《猛虎集》的"序"里也说了那么一段。可是奇怪的！他不像许多天才，幼年里上学，不是不及格，便是被斥退，他是常得优等的，听说有一次康乃尔暑校里一个极严的经济教授还写了信去克莱克大学教授那里恭维他的学生，关于一门很难的功课。我不是为志摩在这里夸张，因为事实上只有为了这桩事，今夏志摩自己便笑得不亦乐乎！

此外他的兴趣对于戏剧绘画都极深浓，戏剧不用说，与诗文是那么接近，他领略绘画的天才也颇为可观，后期印象派的几个画家，他都有极精密的爱恶，对于文艺复兴时代那几位，他也很熟悉，他最爱鲍蒂切利和达文骞。自然他也常承认文人喜画常是间接地受了别人论文的影响，他的，就受了法兰（Roger Fry）和斐德（Walter Pater）的不少。对于建筑审美他常常对思成和我道歉说："太对不起，我的建筑常识全是Ruskins那一套。"他知道我们是最讨厌Ruskins的。但是为看一个古建的残址，一块石刻，他比任何人都热心，都更能静心领略。

他喜欢色彩，虽然他自己不会作画，暑假里他曾从杭州给我几封信，他自己叫它们做“描写的水彩画”，他用英文极细致地写出西（边？）桑田的颜色，每一分嫩绿，每一色鹅黄，他都仔细地观察到。又有一次他望着我园里一带断墙半晌不语，过后他告诉我说，他正在默默体会，想要描写那墙上向晚的艳阳和刚刚入秋的藤萝。

对于音乐，中西的他都爱好，不止爱好，他那种热心便唤醒过北京一次——也许唯一的一次——对音乐的注意。谁也忘不了那一年，克拉斯拉到北京在“真光”拉一个多钟头的提琴。对旧剧他也得算“在行”，他最后在北京那几天我们曾接连地同去听好几出戏，回家时我们讨论的热闹，比任何剧评都诚恳都起劲。

谁相信这样的一个人，这样忠实于“生”的一个人，会这样早地永远地离开我们另投一个世界，永远地静寂下去，不再透些须声息！

我不敢再往下写，志摩若是有灵听到比他年轻许多的一个小朋友拿着老声老气的语调谈到他的为人不觉得不快么？这里我又来个极难堪的回忆，那一年他在这同一个的报纸上写了那篇伤我父亲惨故的文章，这梦幻似的人生转了几个弯，曾几何时，却轮到我在这风紧夜深里握吊他的惨变。这是什么人生？什么风涛？什么道路？志摩，你这最后的解脱未始不是幸福，不是聪明，我该当羡慕你才是。

原刊《北平晨报》1931年12月7日

纪念志摩去世四周年

文／林徽因

今天是你走脱这世界的四周年！朋友，我们这次拿什么来纪念你？前两次的用香花感伤的围上你的照片，抑住嗓子底下叹息和悲哽，朋友和朋友无聊的对望着，完成一种纪念的形式，俨然是愚蠢的失败。因为那时那种近于伤感，而又不够宗教庄严的举动，除却点明了你和我们中间的距离，生和死的间隔外，实在没有别的成效；几乎完全不能达到任何真实纪念的意义。

去年今日我意外地由浙南路过你的家乡，在昏沉的夜色里我独立火车门外，凝望着那幽暗的站台，默默地回忆许多不相连续的过往残片，直到生和死间居然幻成一片模糊，人生和火车似的蜿蜓一串疑问在苍茫间奔驰。我想起你的：火车擒住轨，在黑夜里奔过山，过水，过……如果那时候我的眼泪曾不自主地溢出睫外，我知道你定会原谅我的。你应当相信我不会向悲哀投降，什么时候我都相信倔强的忠于生的，即使人生如你底下所说：就凭那精窄的两道，算是轨，驮着这份重，梦一般的累坠！就在那时候我记得火车慢慢地由站台拖出，一程一程地前进，我也随着酸怆的诗意，那“车的呻吟”，“过荒野，过池塘，……过噤口的村庄。”到了第二站——我的一半家乡。

今年又轮到今天这一个日子！世界仍旧一团糟，多少地方是黑云布满着粗筋络往理想的反面猛进，我并不在瞎说，当我写：信仰只一细炷香，那点子亮再经不起西风沙沙的隔着梧桐树吹朋友，你自己说，如果是你现在坐在我这位子上，迎着这一窗太阳：眼看着菊花影在墙上描画作态；手臂下倚着两叠今早的报纸；耳朵里不时隐隐地听着朝阳门外“打靶”的枪弹声；意识的，潜意识的，要明白这生和死的谜，你又该写成怎样一首诗来，纪念一个死别的朋友？

此时，我却是完全的一个糊涂！习惯上我说，每桩事都像是造物的意旨，归根都是运命，但我明知道每桩事都有我们自己的影子在里面烙印着！我也知道每一个日子是多少机缘巧合凑拢来拼成的图案，但我也疑问其间的摆布谁是主宰。据我看来：死是悲剧的一章，生则更是一场悲剧的主干！我们这一群剧中的角色自身性格与性格矛盾；理智与情感两不相容；理想与现实当面冲突，侧面或反面激成悲哀。日子一天一天向前转，昨日和昨日堆垒起来混成一片不可避脱的背景，做成我们周遭的墙壁或气氲，那么结实又那么飘缈，使我们每一个人站在每一天的每一个时候里都是那么主要，又是那么渺小无能为！

此刻我几乎找不出一句话来说，因为，真的，我只是个完全的糊涂；感到生和死一样的不可解，不可懂。

但是我却要告诉你，虽然四年了你脱离去我们这共同活动的世界，本身停掉参加牵引事体变迁的主力，可是谁也不能否认，你仍立在我们烟涛渺茫的背景里，间接地是一种力量，尤其是在文艺创造的努力和信仰方面。间接地你任凭自然的音韵，颜色，不时的风轻月白，人的无定律的一切情感，悠断悠续地仍然在我们中间继续着生，仍然与我们共同交织着这生的纠纷，继续着生的理想。你并不离我们太远。你的身影永远挂在这里那里，同你生前一样的飘忽，爱在人家不经意时莅止，带来勇气的笑声也总是那么嘹亮，还有，还有经过你热情或焦心苦吟的那些诗，一首一首仍串着许多人的心旋转。

说到你的诗，朋友，我正要正经的同你再说一些话。你不要不耐烦，这话迟早我们总要说清的。人说盖棺定论，前者早已成了事实，这后者在这四年中，说来叫人难受，我还未曾读到一篇中肯或诚实的论评，虽然对你的赞美和攻讦由你去世后一两周间，就纷纷开始了。但是他们每人手里拿的都不像纯文艺的天平；有的喜欢你的为人；有的疑问你私人的道德；有的单单尊崇你诗中所表现的思想哲学，有的仅喜爱那些软弱的细致的句子，有的每发议论必须牵涉到你的个人生活之合乎规矩方圆，或断言你是轻薄，或引证你是浮奢豪侈！朋友，我知道你从不介意过这些，许多人的浅陋老实或刻薄处你早就领略过一堆，你不止未曾生过气，并且常常表示怜悯同原谅；你的心情永远是那么洁净；头老抬得那么高；胸中老是那么完整的诚挚；臂上老有那么许多不折不挠的勇气。但是现在的情形与以前却稍稍不同，你自己既已不在这里，做你朋友的，眼看着你被误解，曲解，乃至于谩骂，有时真忍不住替你不平。

但你可别误会我心眼儿窄，把不相干的看成重要，我也知道误解曲解谩骂，都是不相干的，但是朋友，我们谁都需要有人了解我们的时候，真了解了我们，即使是痛下针砭，骂着了我们的弱处错处，那整个的我们却因而更增添了意义，一个作家文艺的总成绩更需要一种就文论文，就艺术论艺术的和平判断。

你在《猛虎集》“序”中说“世界上再没有比写诗更惨的事”，你却并未说明为什么写诗是一桩惨事，现在让我来个注脚好不好？我看一个人一生为着一个愚诚的倾向，把所感受到的复杂的情绪尝味到的生活，放到自己的理想和信仰的锅炉里烧炼成几句悠扬铿锵的语言，（哪怕是几声小唱），来满足他自己本能的艺术的冲动，这本来是个极寻常的事，哪一个地方哪一个时代，都不断有这种人。轮着做这种人的多半是为着他情感来的比寻常人浓富敏锐，而为着这情感而发生的冲动更是非实际的——或不全是实际的——追求。而需要那种艺术的满足而已。说起来写诗的人的动机多么简单可怜，正是如你“序”里所说“我们都是受支配的善良的生灵”！虽然有些诗人因为他们的成绩特别高厚广阔包括了多数人，或整个时代的艺术和思想的冲动，从此便在人中间披上神秘的光圈，使“诗人”两字无形中挂着崇高的色彩。这样使一般努力于用韵文表现或描画人在自然万物相交错时的情绪思想的，便被人的成见看作夸大狂的旗帜，需要同时代人的极冷酷的讥讪和不信任来扑灭它，以挽救人类的尊严和健康。

我承认写诗是惨淡经营，孤立在人中挣扎的勾当，但是因为我知道太清楚了，你在这上面单纯的信仰和诚恳的尝试，为同业者奋斗，卫护他们的情感的愚诚，称扬他们艺术的创造，自己从未曾求过虚荣，我觉得你始终是很逍遥舒畅的。如你自己所说："满头血水"，你"仍不曾低头"，你自己相信"一点性灵还在那里挣扎"，"还想在实际生活的重重压迫下透出一些声响来"。

简单的说，朋友，你这写诗的动机是坦白不由自主的，你写诗的态度是诚实，勇敢而倔强的。这在讨论你诗的时候，谁都先得明了的。

至于你诗的技巧问题，艺术上的造诣，在这新诗仍在彷徨歧路的尝试期间，谁也不能坚决地论断，不过有一桩事我很想提醒现在讨论新诗的人，新诗之由于无条件无形制宽泛到几乎没有一定的定义时代，转入这讨论外形内容，以至于音节韵脚章句意象组织等艺术技巧问题的时期，即是根据着对这方面努力尝试过的那一些诗，你的头两个诗集子就是供给这些讨论见解最多材料的根据。外国的土话说"马总得放在马车的前面"不是？没有一些尝试的成绩放在那里，理论家是不能老在那里发一堆空头支票的，不是？你自己一向不止在那里倔强地尝试用功，你还曾用尽你所有活泼的热心鼓励别人尝试，鼓励"时代"起来尝试——这种工作是最犯风头嫌疑的，也只有你胆子大头皮硬顶得下来！我还记得你要印诗集子时我替你捏一把汗，老实说还替你在有文采的老前辈中间难为情过，我也记得我初听到人家找你办《晨报副刊》时我的焦急，但你居然板起个脸抓起两把鼓锤子为文艺吹打开路乃至于扫地，铺鲜花，不顾旧势力的非难，新势力的怀疑，你干你的事"事在人为，做了再说"那股子劲，以后别处也还很少见。

现在你走了，这些事渐渐在人的记忆中模糊下来，你的诗和文章也散漫在各小本集子里，压在有极新鲜的封皮的新书后面，谁说起你来，不是马马糊糊地承认你是过去中一个势力，就是拿能够挑剔看轻你的诗为本事（散文人家很少提到，或许"散文家"没有诗人那么光荣，不值得注意），朋友，这是没法子的事，我却一点不为此灰心，因为我有我的信仰。

我认为我们这写诗的动机既如前边所说那么简单愚诚；因在某一时，或某一刻敏锐地接触到生活上的锋芒，或偶然地触遇到理想峰巅上云彩星霞，不由得不在我们所习惯的语言中，编缀出一两串近于音乐的句子来，慰藉自己，解放自己，去追求超实际的真美，读诗者的反应一定有一大半也和我们这写诗的一样诚实天真，仅想在我们句子中间由音乐性的愉悦，接触到一些生活的底蕴渗合着美丽的憧憬；把我们的情绪给他们的情绪搭起一座浮桥；把我们的灵感，给他们生活添些新鲜；把我们的痛苦伤心再揉成他们自己忧郁的安慰！

我们的作品会不会再长存下去，也就看它们会不会活在那一些我们从来不认识的人，我们作品的读者，散在各时，各处互相不认识的孤单的人的心里的，这种事它自己有自己的定律，并不需要我们的关心的。你的诗据我所知道的，它们仍旧在这里浮沉流落，你的影子也就浓淡参差地系在那些诗句中，另一端印在许多不相识人的心里。朋友，你不要过于看轻这种间接的生存，许多热情的人他们会为着你的存在，而加增了生的意识的。伤心的仅是那些你最亲热的朋友们和同兴趣的努力者，你不在他们中间的事实，将要永远是个不能填补的空虚。

你走后大家就提议要为你设立一个“志摩奖金”来继续你鼓励人家努力诗文的素志，勉强象征你那种对于文艺创造拥护的热心，使不及认得你的青年人永远对你保存着亲热。如果这事你不觉到太寒伧不够热气，我希望你原谅你这些朋友们的苦心，在冥冥之中笑着给我们勇气来做这一些蠢诚的事吧。

二十四年十一月十九日，北平

原载1935年12月8日《大公报·文艺副刊》

别丢掉

文／林徽因

别丢掉
这一把过往的势情，
现在流水似的，
轻轻
在幽冷的山泉底，
在黑夜 在松林，
叹息似的渺茫，
你仍要保存着那真！
一样是月明，
一样是隔山灯火，

满天的星，
只使人不见，
梦似的挂起，
你问黑夜要回
那一句话——你仍得相信
山谷中留着
有那回音！

梁思成、林徽因夫妇

二十五年三月十五日天津《大公报》